KB072693

내가 바로
세종대왕의
아들이다

내가 바로 세종대왕의 아들이다 8

유아리 퓨전 판타지 소설

초판 1쇄 찍은 날 § 2020년 11월 19일
초판 1쇄 펴낸 날 § 2020년 11월 26일

지은이 § 유아리
펴낸이 § 서경석

총괄팀장 § 노종아
편집책임 § 이민지
디자인 § 소소연

펴낸곳 § 도서출판 청어람
등록번호 § 제387-1999-000006호
등록일자 § 1999. 5. 31
어람번호 § 제1-3098호

주소 § 경기도 부천시 부일로 483번길 40 서경B/D 3F (우) 14640
전화 § 032-656-4452 팩스 § 032-656-4453
http://www.chungeoram.com
E-mail § chungeorambook@daum.net

© 유아리, 2020

ISBN 979-11-04-92279-4 04810
ISBN 979-11-04-92193-3 (세트)

FUSION FANTASTIC STORY

8

유아리
퓨전 판타지 소설

청어람

내가 바로
세종대왕의
아들이다

내가바로
세종대왕의
아들이다

목차

제1장
자유

최광손은 마음을 추스르고 서거정에게 질문을 이어갔다.

"그게 무슨 소린가? 함대와 화포를 이용할 정도로 발전한 나라에 왕이 없다니, 혹시 반정이라도 터져서 내전 중인 건가?"

"작년에 선대 왕이 후사를 남기지 않고 급서했다고 합니다."

"허, 우리가 최악의 때에 여기 왔군. 그럼 여긴 내전이 벌어지고 있는 건가?"

"저쪽에서도 자세한 사정을 밝히진 않았지만, 정보를 종합해 볼 때, 본격적으로 전쟁이 시작된 건 아닌 듯합니다."

"그럼 언제 전쟁이 터질지 모르는 상황이란 말이 아닌가?

"예, 아무래도 왕족이나 지방관들이 서로 다음 왕이 되기 위해 세력을 모으고 있는 듯싶습니다."

"산 넘어 산이로군. 당장 이곳을 우회할 만한 항로도 모르는 상황인데……."

그러자 왕충이 최광손에게 물었다.

"뒷일을 염려하셔서 그러십니까?"

"그래. 우리가 티무르와 직통 항로를 개척하면 이후로도 계속 이곳을 통과해야 하는데 그때마다 전투를 벌일 순 없잖은가."

그러자 서거정이 다시 말을 꺼냈다.

"이런 혼란한 상황에선 차라리 유력한 세력과 손을 잡고 통행권을 인정받는 게 좋지 않겠습니까?"

"그럼 방금 만난 이는 누구고, 무슨 조건을 제시했었나?"

"판나이를 총괄하는 지방관으로 이름은 수부티라고 했습니다. 그는 아국의 선단이 정말 대단하다고 말하며 만약 자신을 지지해 준다면 두 섬을 통과하는 해로를 이용하게 해주겠다고 했습니다."

"그 지지라는 게 아군이 수부티란 지방관을 도와 왕으로 만들어달라는 이야기겠군."

"아무래도 그런 뜻일 듯합니다."

그러자 통역을 맡았던 신미, 지금은 사역원 역관인 김수성이 한마디 덧붙였다.

"그의 이름은 석가의 제자 중 한 명인 수보리(須菩提)를 범어식으로 본뜬 듯싶고, 범어에도 능통했으며 독실한 불자인 듯 보였습니다. 소관과 이야기할 때마다 불경의 구절을 인용하여 이야기하더군요."

"그런가? 대월에서 전해 듣기론 이곳이 여러 섬으로 이뤄진 나라라고 했었네. 거병한 세력이 몇인지도 모르는 상황에서 쉽사리 그런 약속을 할 수는 없지. 시간이 좀 더 걸리더라도 신중하게 가세."

"그럼 당분간 이곳에 머무실 생각이십니까?"

"그렇네. 내 주상 전하께 전권을 부여받았지만, 이런 상황에선 정보도 없이 섣불리 움직일 수 없어."

서거정이 심각한 표정을 지으며 답했다.

"영감의 말씀이 맞는 것 같습니다. 왕족도 아닌 일개 지방관에게 힘을 실어주는 것도 꺼림칙하지만, 만약 정세가 급변하면 다음에 이곳에 들렀을 때 공격을 받을 수도 있겠지요."

"그래. 내가 하고 싶은 말을 자네가 대신해 줬군. 그러니 다른 유력자들과도 접촉해서 상황을 파악하는 게 우선이겠지."

"그럼 영감의 분부대로 하지요."

그러자 최광손이 김수성에게 말했다.

"그러고 보니 그댄 본래 승려였다고 했었지? 자네가 여기서 할 일이 많겠어. 앞으로도 잘 부탁하지."

"예, 미천하나마 소승… 아니, 소관의 재주가 쓰일 만한 장소에 온 듯싶습니다."

최광손은 웃으면서 고개를 끄덕였다.

"그래요, 스님. 잘 부탁드립니다."

"송구합니다. 소관이 아직 환속한 신분에 익숙지 않아 결례를 범했습니다."

"그저 농일세. 너무 진지하게 받아들이지 말게나."

"예, 알겠습니다."

그렇게 트마섹에 머물던 조선의 선단은 수부티의 제안을 생각해 보겠다며 시간을 끌었고, 일부 지백선을 보내 주변의 해도를 그리며 활동 영역을 넓혔다.

그 과정에서 다른 왕족들이나 지방관들과 접촉을 시작했으며 서거정과 김수성이 나서서 대화를 끌어냈다.

자바섬에 들러 유력자들과 대면을 마치고 물러나던 중, 서거정이 감탄한 듯 그간 전직 승려인 김수성을 꺼리던 태도를 바꿔 그를 추켜세워 주었다.

"범어와 불가에 능통한 역관이 있으니 정말 다행이라고 느껴집니다."

김수성은 웽커(Wengker, 현 자바섬 포노로고 지방)의 지배자이자 왕족이기도 한 기리샤와르다나(Girishawardhana)를 알현한 자리에서 적대적으로 나오던 상대를 능숙한 범어와 불교 지식으로 설득해 호의적인 태도를 끌어냈다.

"별것 아닌 재주를 칭찬하시니 부끄럽군요. 이게 다 주상 전하 덕입니다."

"그렇습니까? 어떤 부분을 말씀하시는지요?"

"이곳에서 믿는 불도는 조선과는 많은 부분이 다릅니다. 본래 주상 전하께서 세자 시절에 잊혀 있던 석가의 말씀을 찾아 세간에 일러주셨기에, 그간 불가에서도 사상적인 변화가 생겼지요. 소관도 그 덕을 본 것뿐입니다."

"그래요? 제가 석학이나 불가엔 별로 관심이 없어 설명을 들어도 잘 모를 겁니다."

"간단하게 말씀드리자면, 본래 소승이 알던 불도의 지식만으로 이들과 대화에 임했었다면 경전이나 교리의 해석 차이로 인해 분쟁이 생겼을 겁니다."

"아, 유가의 경전도 그런 경우가 많이 있지요. 불가에서도 그런다고 하니 비슷한 면이 있나 봅니다."

"예, 아무리 훌륭한 도라도 그걸 받아들이는 건 일개 사람일 뿐이니 그럴 수밖에 없지요."

그렇게 먼 이국에서 고명한 승려와 거대한 배로 이뤄진 함대가 왔다는 소문이 마자파힛 일대에 퍼졌고, 많은 고위 관료들이나 왕족들이 김수성을 만나길 청하며 선물을 보내기 시작했다.

*　　　*　　　*

탐험 선단이 마자파힛에서 세력 포섭에 한창일 때, 대만 다두 왕국의 수도 고웅 근처에선 죄인들이 노동에 한창이었다.

이들은 죄질에 따라 정해진 형기 동안 강제 노동을 해야 했고, 형기를 마치면 조정의 지원을 받아 이곳에 정착하게 되어 있었다.

이들은 울창하게 우거진 숲을 베어 개척촌을 만들고 다두의 주민들과 협력해 강에서 이어지는 수로를 만들어 논을 개간했으며 그와 동시에 남명에서 들여온 사탕수수를 심을 만한, 즉 불을 질러도 상관없는 넓은 경지를 확보하곤 재배를 시작했다.

그리고 관리들의 주도하에 티무르에서 들여온 커피 종자를 심은 후 울타리를 쳐서 농장처럼 꾸미기 시작했다.

"하, 대체 내가 뭘 잘못했다고 여기서 이러고 있냐."

숲에서 나무를 베던 홍윤성이 감시 중인 병사의 눈을 피해 농땡이를 치며 불평을 늘어놓자 그가 고발했던 소송 당사자이자 토호였던 박경현이 그의 말을 받았다.

"잘못한 게 없긴 개뿔, 네놈이 물길로 장난친 것도 모자라 우리 가문에 송사를 걸었으니 이렇게 된 거지. 내가 뭘 잘못해? 아오, 이걸 확 그냥……."

"어쭈, 그러다 한 대 치겠다? 전에 푸닥거리한 거로는 모자랐냐? 설욕할 자신 있으면 쳐보든가."

박경현은 체격이 건장한 홍윤성을 바라보곤 한숨을 쉬었다.

"에이 시발, 너 같은 잡놈한테 엮인 나야말로 진짜 억울한 사람인데……."

"야, 솔직히 까놓고 말해서 네놈 집안에서 그간 소작료에 장난친 게 한두 번이었냐? 물길에 손댄 건 나지만 이때다 싶어서 건수 잡아 국법 무시하고 고리 빚 지운 건 내가 아니라 너야, 인마."

홍윤성과 박경현은 이곳에 온 후 둘도 없는 원수가 되어 반목도 하고 주먹다짐으로 싸우기도 했었지만, 병졸들에게 발각되어 사이좋게 징벌을 받았다.

"쯧, 세상이 변해도 너무 변했어. 원랜 너 같은 놈은 나한테 제대로 말도 못 붙이는 게 정상인데."

"등신인가. 물려받은 재산 가지고 같잖게 사대부 흉내나 내던 반편이 새끼가 입만 살아서 허세는. 야, 솔직히 내가 과거 공부하면서 너보다 배운 게 더 많을 거다. 여기서 시경 끝까지 한번 읊어줄까?"

그렇게 이들이 아웅다웅 다투던 사이, 이들의 감시를 맡던 병졸이 나타나 고함쳤다.

"이봐! 지금 거기서 뭐 하는 거야? 당장 이리와!"

그러자 박경현은 금세 태도를 바꿔 비굴한 말투로 소리쳤다.

"죄송합니다, 나리! 이 친구가 잠시 용변을 본다길래, 짐승이라도 나올까 하여 망을 봐주고 있었습니다."

홍윤성은 황당한 표정으로 박경현을 바라봤지만, 어쩔 수 없이 그의 말에 맞춰줄 수밖에 없었다.

"예, 소인이 어제 뭘 잘못 먹었는지 속병이 나서 급하게……."

"너희들, 내가 지켜보고 있으니 처신 잘하는 게 좋을 거다. 지난번처럼 사고 치면 이번엔 궤형(櫃刑) 일주일로 끝나지 않을 거야. 그리고 작업 소홀히 하면… 말 안 해도 알지?"

그러자 둘은 고개를 조아리며 소리쳤다.

"예, 예, 여부가 있겠습니까."

이 둘은 지난번에 주먹다짐을 벌이다가 사람이 웅크려 들어갈 정도로 작게 만들어 옴짝달싹할 수조차 없는 등나무 궤짝에 갇힌 채로 숲 한가운데서 일주일을 보내야 했었다.

식사 시간이 아니면 움직일 수조차 없는 가혹한 환경에 처하자 이들은 정신을 놓지 않기 위해 밤마다 대화를 나눴고,

결국 지금에 이르게 된 것이었다.

그러다 보니 정이 든 듯 결국 둘의 사이는 악연으로 맺어진 친구처럼 변해가고 있었다.

그렇게 일과를 마치고 주거지로 돌아온 홍윤성은 감시하던 병졸들이 근무지로 돌아간 것을 보곤 주변을 살피며 박경현에게 다짐하듯 말을 꺼냈다.

"야, 언제까지고 이렇게 살 순 없어. 도망치자."

"뭐? 그러다 발각되면 어쩌려고? 그리고 넌 이곳 지리도 잘 모르잖아."

"이렇게 살다간 병으로 죽든, 골병이 들어서 죽든 마찬가지 아냐? 그리고 여기 사는 야인 놈들도 주제를 모르고 우릴 마구 부려먹잖아!"

"주에 한 번씩 의원들이 돌봐주는데 뭔 개소리야······. 그냥 일하기 싫은 거라고 해라."

"에이 시발, 내 말은 그게 아니잖아. 너 평생 여기서 일만 하다가 죽을 거야? 야인 놈들한테 비위나 맞추면서?"

"아니, 나도 그러고 싶진 않은데 방법이 없잖냐. 어딜 가나 감시가 붙는데 뭘 어쩌려고? 하다못해 같이 일하는 야인 놈들도 우릴 지켜보는데."

"어차피 그것도 일할 때 이야기잖아. 그치들은 우리가 농땡이 치지 않는지 감시하는 거지. 밤에 여길 감시하는 인원은 두 명밖에 없어, 마음만 먹으면 얼마든지 움직일 수 있단 말이야."

"그래서 뭐 어쩌겠다고?"

"난 이렇게는 못 살겠다. 일단 여분의 수저부터 구해봐."

"수저는 어디다 쓰게?"

"내 숙소 아래로 땅굴을 파서 울타리를 넘어갈 거야."

"이런 미친놈. 어느 세월에 그걸 파? 늙어 죽을 때까지 하려고 그러냐? 파낸 흙은 어쩌고?"

"조금씩 숨겨서 일하러 갈 때마다 버리면 되지 않을까?"

"그렇게 티 안 내고 할 거면 최소 20년은 걸리겠다. 야, 이 미친놈아, 그리고 그렇게 땅굴을 파서 어디로 가게? 숲속에서 혼자 살 수 있냐?"

"그건……."

"정신 차려. 인마, 병졸들이 우리 일하는 거 말고 감시 안 하는 이유가 뭔지 아냐? 여긴 사방이 바다니 도망쳐 봤자야. 그리고 우리가 모르는 깊은 숲속엔 아직도 목을 베어 가는 야인들이 가득하다고! 거기다 북쪽은 전쟁 중인데 넌 생각이 있냐?"

"……."

"뭔 대단한 계획이라도 있는 줄 알고 잠깐 설레었네. 쳇."

홍윤성은 즉석에서 떠올린 계획의 허점을 전부 지적당하자 절망한 채로 자신의 숙소로 돌아가 자리에 누웠다.

하지만 그는 자유를 위해 일하면서도 끊임없이 탈출 계획에 대해 생각했고, 일에 집중하지 못해 병졸에게 얻어맞기도 했다.

결국 그는 며칠간 고민하다 뾰족한 수를 찾지 못한 채 수로 작업에 인원이 모자라 동원된 후 관원들이 야자(椰子)라고 부르는 커다란 열매를 식사 시간에 지급받았다.

홍윤성을 포함해 죄인 대부분은 처음 다두에 도착해서 야자를 먹었을 땐 먹어본 적 없었던 이상한 맛과 향에 질색했었지만 굶지 않기 위해선 어쩔 수 없이 먹어야 했다.

또한 관원들이 주민들에게 배운 방법으로 야자 과육을 발효시켜 기름을 짜냈고, 그렇게 나온 기름은 요리를 비롯해 여러 가지 용도로 쓰이고 있기에 정착한 죄인들은 야자에 차츰 익숙해져 갔다.

홍윤성은 야자 과즙으로 갈증을 달래고 안쪽의 과육을 긁어 먹은 후, 남은 껍질을 강물에 던져 버렸다가 의외의 광경을 목격했다.

'이게… 물에 뜨네?'

그렇게 영감을 얻은 홍윤성은 오후 작업이 재개되자 곧장 박경현에게 새로운 계획을 털어놓았다.

"야, 우리 배를 만들자."

"갑자기 또 뭔 헛소리야? 진짜로 뭐 잘못 먹었냐? 우리가 뭔 수로 배를 만들어?"

"아니, 이번엔 확실해. 야자 껍데기가 물에 둥둥 뜨더라니까? 나무껍질로 엮을 줄을 미리 만들어놓든가, 아니면 항구에서 그물을 훔쳐서 야자를 뗏목처럼 이용하면 된다. 여긴 사방에 널린 게 야자잖아."

"그렇게 배를 만들면 어디로 가게? 설마 그걸 타고 조선으로 돌아갈 거야? 망망대해에서 굶어 죽을 셈이냐."

"내가 미쳤냐? 조선에 왜 가?"

"그럼? 대륙으로 가려고?"

"그래. 여기서나 우리가 죄인이지, 건너가면 분명 대우받고 살 수 있을걸? 산동에서 온 병졸들끼리 이야기하는 거 들었는데, 명국에서 조선인이라면 껌벅 죽는다더라."

"허… 관원에게 일러바치진 않을 테니까, 그냥 너 혼자 가라."

"왜, 잡힐까 봐 겁이라도 나냐? 갑자기 왜 이래?"

"난 홀몸이 아니야. 같이 온 식솔들도 있고, 아버지를 버리고 어디를 가라고. 내가 없어지면 가족들이 무슨 봉변을 당할 줄 알고 도망가란 말이야. 너같이 미친놈이나 부모 형제 다 버리고 갈 수 있겠지."

"쯧, 넌 여기서 평생 썩어라. 난 희망을… 아니, 뭐라고 할까… 내 의지로 살 수 있는… 이걸 뭐라고 해야 할지 모르겠네. 아, 이게 전에 책에서 봤던 자유(自由)라는 개념인 건가? 그땐 사실 이해가 잘 안 갔었는데… 아무튼 난 자유를 찾아 떠날 거다."

"예, 예, 마음대로 하세요."

그렇게 구체적인 계획을 짠 홍윤성은 먼저 본인 몫으로 나오는 식량을 빼돌리기 시작했다.

부식으로 나오는 마른고기나 사탕 같은 걸 먹지 않고 모으니, 고된 노동과 열대 환경까지 겹쳐 홍윤성의 체중이 급격하게 빠졌다.

그러다 보니 죄인들을 정기적으로 점검하는 의원은 홍윤성이 이질이나 물갈이병에 걸렸다고 판단했고, 결국 홍윤성은 강제로 경구수액을 퍼마시면서 휴식을 취하게 되었다.

"의원 나리, 소인은 멀쩡하다니까요? 그냥 일하게 해주세요."

"택도 없는 소리. 이러다가 자네가 쓰러지면 내가 경을 치네. 그러니 얌전히 쉬게."

'아, 이러다 몰래 모아둔 식량이 발각되기라도 하면 어쩌지? 주기적으로 위치를 옮겨야 하는데.'

그렇게 마음 졸이던 홍윤성은 어느 정도 체중을 회복하고 나서 식량을 모아 묻어둔 작업 장소에 갔다가 절망했다.

그가 강제로 갇혀 있던 사이, 개간하던 숲이 넓어져 위치를 찾을 수 없게 된 것이었다.

"하, 시발. 처음부터 다시 해야 하네."

그러자 박경현이 작업장에 복귀한 홍윤성을 보며 이죽댔다.

"그러게 적당히 먹으면서 했어야지. 미련하게 아득바득 굶으면서 모으면 탈이 안 나겠냐?"

"시끄러워. 속 쓰리니까 말 걸지 마."

"홍가야, 형님이라고 부르면 그걸 숨겨둔 위치 알려준다."

"그게 참말이냐?"

"그래, 이 형님께서 힘 좀 썼다. 뭐 하냐, 동생아? 형님이라고 부르지 않고."

"뭘 믿고 먼저 형님이라고 불러. 증명할 순 있고?"

"싫으면 말고."

"알았다. 여기서 나가면 다신 안 볼 얼굴이니 까짓것 한번 해주지. 형님!"

그렇게 숨겨두었던 식량을 확인한 홍윤성은 주기적으로 위치를 옮기며 천천히 식량을 빼돌려 하루에 한 끼로 쳐서 2달 치의 식량을 추가로 확보했다.

그리고 울타리를 타고 넘을 수 있게, 나무껍질을 꼬아 밧줄을 만들기 시작했다.

또한 틈틈이 야자 껍데기를 모아 숨겨두면서 뗏목을 만들

준비를 했다.

그렇게 석 달에 걸쳐 홍윤성은 만반의 준비를 마친 후, 자정 무렵에 숙소를 빠져 나와 은닉처에 숨겨둔 재료로 뗏목, 사실은 말만 뗏목이고 야자 껍데기를 넣은 자루 뭉치를 완성하곤 식량 주머니를 챙겨 빠르게 동쪽에 위치한 바다로 뛰기 시작했다.

홍윤성은 달리면서 흥겨운 기분이 들어 자기도 모르게 소리쳤다.

"그래, 난 자유를 찾아 떠나는 거다!"

홍윤성은 십여 미터 남짓한 절벽 위에 도착해 먼저 야자 껍데기 자루를 던지곤, 자신도 뒤따라 뛰어내렸다.

그렇게 부유물 위에 몸을 실은 홍윤성은 승리감에 젖어 크게 소리쳤다.

"야, 이 개새끼들아! 난 살았어, 살아남았다고! 잘 있어라. 나는 간다!"

그렇게 홍윤성은 손으로 헤엄치듯 물을 저어 바다를 헤쳐 나갔다.

그렇게 한 시간가량 시간이 흐르자 홍윤성은 이상함을 느꼈다.

조금씩 멀어지던 대만의 풍경이 어느 순간 다시 가까워지기 시작한 것이다.

"뭐야, 이거 왜 이래?"

대만과 대륙의 거리가 얼마만큼인지도 모르고, 또한 바다
에 대한 그 어떤 지식도 없이, 막연한 기대로 무작정 탈출에
나섰던 그의 바람과 다르게 해류가 그를 다시 육지로 밀어내
고 있었다.

그렇게 온몸이 탈진할 정도로 대만에서 멀어지기 위해 애
를 쓰던 홍윤성은 기운이 다해 결국 처음 출발했던 절벽 근처
의 해안에 도달하고 말았다.

"뭐야, 간다고 하더니 왜 여기 있나?"

아침 점호 시간에 홍윤성을 발견한 박경현은 의아해하며
물었지만, 그의 친구는 거친 숨만 몰아쉬고 있었다.

"몇 달간 그렇게 난리 치더니 포기한 거야?"

"……"

간밤의 사투로 온몸이 흠뻑 젖어 옷만 갈아입고 아침 점호
에 참여한 홍윤성은 여러 이유로 침묵했고, 결국 평소처럼 평
온하면서도 목가적인 하루가 시작되었다.

*　　　　　*　　　　　*

마자파힛에서 머물던 조선의 선단은 만나본 이들 중 보유
한 병사도 많은 데다, 2대 전 왕의 혈통을 이어 제일 적법한

왕족인 기리샤와르다나와 손을 잡았다.

배 두 척과 병사 200여 명을 남겨 그에게 협력하라 이른 후, 왕족의 이름으로 보장받은 통행권을 이용해 빠르게 말라카 해협으로 향했다.

선단은 말라카 해협으로 향하던 중 판나이 근방에서 일전에 대면한 적 있었던 수부티의 함대와 잠시 대치했으나, 기리샤와르다나의 통행 보장서를 보여주곤 만약 이대로 길을 막으면 무력 충돌도 불사하겠다며 은근히 그를 협박했다.

수부티는 본격적으로 왕위 쟁탈전이 시작되지도 않은 상황에서 소중한 병력을 잃을 수는 없다고 생각해 어쩔 수 없이 길을 열어줘야 했다.

그렇게 다시 항해가 재개되자 탐험 선단은 안다만 제도에 들러 식수를 확보한 다음 원주민들과 접촉했다.

역관으로 나선 김수성은 그가 알던 어떤 언어도 통하지 않아 손짓 발짓에 땅바닥에 그림까지 그려가며 대화를 시도했지만, 결국 통하지 않아 마른고기와 사탕 그리고 식초에 절인 무 같은 여러 음식과 단검을 선물한 후 호의적인 태도를 끌어낼 수 있었다.

김수성이 원주민들과 대화하며 뜻을 알아낸 단어들과 이들의 복식이나 생김새 등을 종이에 적어 정리하곤, 탐험대장 최광손에게 상황을 보고했다.

"영감, 저들은 염장한 돼지고기가 아주 마음에 든 모양입니다. 더 많은 고기를 바라더군요."

"식량을 아껴야 하니, 가져온 소금을 몇 자루 정도만 건네주는 쪽이 나을 듯싶은데. 어차피 내일 바로 떠날 예정이니 그 정도가 적절하겠군."

"예, 영감의 지시대로 하지요."

그렇게 김수성은 소금 세 자루를 족장에게 선물로 주었고, 호의적인 반응을 얻을 수 있었다. 그렇게 이들은 다음 날 그들의 환대를 받으며 다시 항해를 재개했다.

결국 이들은 1454년의 가을이 끝날 무렵, 인도의 작은 어촌 콜카타(Kolkata, 현 캘커타)에 도착할 수 있었다.

"허, 여기가 말로만 듣던 천축국인가. 정말이지… 오래도 걸렸군."

뭍에 상륙한 최광손이 눈물마저 보일 기세로 감상을 늘어놓자 왕충이 그의 말을 받았다.

"소관이 감흥을 깨고 싶진 않지만 티무르의 사신들이 말하길, 여긴 우리가 목표로 잡은 천축이자 티무르의 제후국인 사이드가 아니라 거기서 독립한 나라랍니다. 여기 말로 벵골 왕국이라 한다더군요."

"그래? 천축도 사정이 복잡하네. 여기가 종착지면 얼마나 좋았을까."

"티무르에서 도움을 받아 예조에서 편찬한 지리지에도 이곳 사정이 간략하게 적혀 있는데, 설마 그걸 여태 안 읽어보신 겁니까?"

그제야 감격에 찬 나머지 잠시 잊고 있던 지리지의 내용을 얼핏 떠올린 최광손은 장난스럽게 대꾸했다.

"영웅호걸은 공부 따윈 안 한다네. 항우도 그랬었지, 무인은 자기 이름만 쓸 줄 알면 족하다고."

"그런 분이 예전에 문과 시험 보려고 글공부는 왜 하셨답니까?"

"젊은 날의 과오라네."

"영감, 지금은 이렇게 농이나 주고받을 때가 아닙니다. 제일 중요한 일이 남아 있습니다."

"나도 아네. 슬슬 여정의 끝이 보이니 감상에 젖었던 거지."

"그리고 의원들이 당부하길, 이곳의 강물에 들어가지도 말고 맹물을 그냥 마셔도 안 된다고 했습니다."

"무슨 이유로 그러지?"

"저도 잘은 모르지만 이곳엔 이질병이 심하다고 합니다. 식수나 씻을 물은 반드시 끓여서 쓰라더군요."

"알겠네. 자네가 나서서 병졸들이나 선원들을 단속하게."

"예, 알겠습니다."

그렇게 벵골 왕국과 접촉한 조선과 티무르의 합동 사절단은 조선, 티무르, 사이드, 벵골 4개국을 아우르는 회담을 하고 싶다는 의사를 밝혔다.

그 후 벵골의 수도 가우르로 이동해 왕 나시룻딘 무함마드 샤(Nasiruddin Mahmud Shah)를 알현할 수 있었다.

"이방인들이여, 그리고 신앙의 형제들. 먼 길을 온 것을 환영하네."

"티무르의 혈손이며, 황금 씨족의 핏줄을 계승한 샤(Shah, 왕), 울루그 벡의 대리, 이스마일이 벵골의 샤자다(Shahzada, 친왕)를 뵙습니다."

본래 티무르의 제후국인 사이드에서 독립한 벵골의 왕 나시룻딘은 첫 대면에서 술탄이 아닌 친왕이란 표현이 거슬려 심기가 상했다.

그러나 이스마일의 입장에선 티무르의 제후국 사이드에서 독립한 소국 벵골의 왕을 친왕이라 칭한 것은 당연한 언사이기도 했다.

"그래, 본 왕도 그대의 주인이신 울루그 벡의 천수를 빌지. 그러고 보니 몇 년 전 사마르칸트에서 좋지 못한 일이 벌어졌었다고 들었는데, 심히 유감을 표하는 바이네."

"예, 지금은 지난 일입니다. 무도한 반역자들은 모두 적법한 벌을 받았습니다."

그러자 나시룻딘은 이스마일에게 친왕이라고 불린 것에 대한 앙갚음으로 그의 말을 비꼬았다.

"그런가. 비록 상대가 반역자라곤 하나 손님으로 초대해 놓고 율법을 어기고 금기까지 깨면서 일을 벌인 것도 적법한 일이라 할 수 있는지 의문이군."

"……"

그러자 신숙주와 함께 티무르에 머물며 페르시아어를 배운 서거정이 이스마일과 나시룻딘의 신경전을 눈치채곤 중재에 나서려 했지만, 이스마일이 그보다 한발 앞서서 말을 꺼냈다.

"지금 샤자다께서 하신 발언을 저의 주인이신 울루그 벡께서 알게 되시면 깊은 유감을 표하실 겁니다."

이스마일은 압둘의 반란 당시 끝까지 변심하지 않았던 충신이었고, 금기를 어기면서까지 자신의 군주를 복위시켜 준 신숙주를 존경하고 있었으며, 또한 조국 티무르에 자부심을 가지고 있었기에 나시룻딘의 발언을 참을 수가 없었다.

"허, 감히 날 협박하려는 건가? 그 전에 여기서 무사히 돌아갈 수 있을지부터 걱정해야 하는 것 아닌가?"

"만약 제게 좋지 못한 일이 생긴다면, 울루그 벡께서 이교의 우상을 숭배하던 델리를 징벌한 위대한 선조 티무르의 업적을 재현하시겠죠. 샤자다께선 정녕 그리길 원하십니까?"

친견 장소가 난데없이 일촉즉발의 상황으로 변하자 서거정이 소리치며 양측을 중재하려 나섰다.

"술탄, 잠시 제 말을 들어보시지요."

"뭐지?"

"이 외신(外臣)이 술탄에게 커다란 이익이 될 만한 이야기를 가져왔으니 그 건부터 들어보시는 게 어떻겠습니까?"

그러자 나시룻딘은 미간을 찌푸린 채 말을 이어갔다.

"이방인, 다음에 할 말은 신중하게 해야 할 걸세. 내 비록 소국의 왕이라곤 하나 사신에게 이런 모욕을 듣고도 가만히 있을 만한 인내심을 갖추진 못했어."

"예, 분명 술탄께서도 불쾌함을 잊을 만한 이야기가 될 겁니다. 이스마일 공, 공도 잠시 진정하시지요."

"…알겠습니다."

"술탄이시여, 저희가 준비한 선물들부터 받아주시겠습니까?"

"내키진 않지만, 일단 받아두도록 하지."

그렇게 조선 측에서 준비한 선물들을 살펴보던 나시룻딘은 감흥 없는 표정을 지으며 싸늘한 투로 말을 이어갔다.

"뭐, 나름대로 귀해 보이긴 하나 이것만으론 상처받은 내 마음이 풀릴 것 같진 않군."

조선에서 준비한 비단옷과 그림이 들어간 부채, 그리고 정교한 기술로 만든 금은 세공품이나 수정으로 만든 장신구들은 진귀하긴 하나, 화가 난 나시룻딘의 흥미를 끌진 못했다.

"그럼, 거기 있는 작은 주머니에 든 것을 보아주시옵소서."

그렇게 서거정의 말대로 주머니를 열어 내용물을 확인한 나시룻딘은 의아해하며 답했다.

"이게 대체 뭔데 그러지?"

"피팔리(후추)보다 몇 배는 더 귀하고 비싼 향신료입니다."

"이 가루가?"

"아국엔 이런 말이 있습니다. 백 번 듣는 것보다 한 번 보는 것이 나으며, 또한 백 번을 생각만 하는 것보단 한 번 실행하는 것이 낫다, 라는 격언인데 직접 눈으로 실물을 확인하셨으니 겪어보실 수 있도록, 그것을 사용한 요리를 술탄께 대접할 기회를 주시겠습니까?"

서거정은 백문이 불여일견이란 고사성어에 옛 좌의정 맹사성의 풍문으로 생긴 백각이 불여일행(百覺而不如一行)이란 신조어까지 사용해서 나시룻딘을 설득하려 노력했다.

"혹여라도 이걸로 음식에 수작을 부려 날 어찌해 보려 하는 거면……."

"물론 그 전에 술탄께서 이해하실 만한 절차도 따라야겠지요. 조리 과정도 상세히 공개하고 저도 같은 음식을 먹겠습니다. 나라 간에 불상사가 벌어지는 것만은 막아야 하지 않겠습니까?"

"그 제안마저 거부하면 티무르와 사이드, 그리고 조선의 연합군이 이곳에 들이닥칠 거라 협박을 하는 거나 다름없구나."

"어찌 외신이 일국의 왕을 겁박할 수 있겠습니까? 또한 이것은 그저 제안일 뿐입니다. 술탄의 권위를 손상하고 이 나라를 침탈하려는 생각 같은 건 전혀 없습니다."

그러자 나시룻딘은 적당히 자존심을 세웠다고 생각하곤, 현실로 눈을 돌려 못 이기는 척하며 제안을 수락했다.

"알겠다. 오늘 저녁 식사 자리에 초대할 테니 티무르 측 인사들은 제외하고 오게나."

"그건 조금 곤란합니다."

"뭐라?"

"저흰 어디까지나, 티무르와 사이드, 그리고 조선과 벵골 4개국을 아우르는 협상을 하러 온 것입니다. 또한 이대로 양측의 감정이 골이 파인 채로 회담이 결렬되면 나중에라도 큰 문제가 되지 않겠습니까? 그러니 이스마일 공도 같이 출석하겠습니다."

델리 술탄국, 사이드 왕조를 홀로 감당하는 것도 벅찬 벵골의 사정상 3개국의 이름을 내세운 은근한 압박에 나시룻딘은 결국 백기를 들 수밖에 없었다.

"알겠네."

그렇게 저녁 식사 자리에 초대된 서거정은 동행한 숙수들을 시켜 벵골 관료들의 참관하에 티무르에서 배웠던 할랄 음식들을 조리하게 했다.

이후 식사가 시작되었고, 그렇게 조리된 음식을 맛본 나시룻딘은 감탄했으며, 미당이 들어간 새끼 양고기 찜에 즉석에서 갈아낸 후추를 뿌려 먹어보곤 황홀한 표정을 지었다.

"이건… 정말이지 뭐라 말할 수 없는 맛이로군. 여기 사용된 수많은 향신료와 섞어도 전혀 상충하지 않고 더 깊은 맛을 끌어내는군."

"마음에 드셨습니까?"

"그래, 실로 훌륭한 맛이었노라. 앞으로 우리와 이 미당이란 것을 교역하고 싶은 건가?"

"어디까지나 술탄에게 성의를 보여 드린 것뿐입니다."

"그러면 직접 교역을 하고 싶은 마음이 없단 건가?"

"지금은 밍과 티무르 두 나라만이 미당 교역 대상이니, 제가 바로 교역을 결정할 수 없고 본국에 문의해야 하옵니다. 승인이 나기 전까진 티무르에 청하시어 미당을 교역하시면 될 듯합니다."

"으음……."

그러자 식사를 먼저 마친 이스마일이 말문을 열었다.

"술탄이시여, 제가 결례를 범했던 것을 사과드리지요. 앞으로 양국이 좋은 사이로 남았으면 합니다."

아랍의 패권국 티무르의 사신이 먼저 숙이고 들어오자, 나시룻딘도 마음을 고쳐먹고 의례적인 말을 꺼냈다.

"본 왕도 귀국의 사정에 대해 뭔가 잘못 알고 있었던 듯하오. 신실한 알라의 종, 울루그 벡께서 율법이나 금기를 어길 리가 없지."

그렇게 어색하던 분위기가 진정되고 대화가 진행되어 좋은 방향으로 변하자 서거정이 본론을 꺼냈다.

"술탄, 앞으로 콜카타를 네 나라의 기항지이자 교역 창구로 사용하고 싶은데 어찌 생각하십니까?"

"으음. 그러자면 어촌에 불과한 마을을 개수해 거대한 항구를 지어야 하는데… 당장 우리나라에 벌여놓은 모스크(예배당)나 저수지, 다리 공사가 많아 조금은 힘들 듯하군."

나시룻딘은 독실한 이슬람 신자면서 토목에 조예가 깊어 토목왕이라 불러도 될 정도로 많은 공사를 진행 중이기도 했다.

그렇게 나시룻딘이 주저하자, 이스마일이 나섰다.

"술탄께서 허락하신다면, 아국이 공사 비용을 대고 기술자들을 불러오겠습니다. 또한 공사에 동원된 이들에게도 식량과 임금을 지급하고 그들의 생활을 책임지지요."

"그게 정말인가?"

"예, 그리고 원하신다면 콜카타에도 새로운 모스크를 세워드리겠습니다."

이스마일의 난데없는 제안에 나시룻딘은 조금 혼란스러워했다.

"생활을 책임지겠다는 말은 조금 받아들이기 어렵군. 혹시 다른 의도라도 있는 건가?"

나시룻딘이 혹시라도 티무르가 콜카타를 점유하려는 의도를 염려하며 묻자 이스마일은 곧바로 부정했다.

"아닙니다. 그저 노동의 대가를 지급하겠다는 이야기입니다. 장기적으로 따져볼 때 그러는 편이 시간을 더 아낄 수 있습니다. 또한 아국에서도 시행되고 있는 법령이기도 합니다."

조선에서 시작한 노역 임금 제도는 국정 고문역을 하던 신숙주 덕에 티무르에서도 받아들였고, 지금은 티무르 전역에 정착되고 있었다.

"그런가? 좀 더 자세히 듣고 싶군. 티무르에선 어떤 식으로 공사를 하지?"

"예, 그럼 저도 나름대로 건축에 조예가 있으니 말씀드리지요."

그렇게 건축에 관련된 이야기가 나오자 나시룻딘은 흥미를 보였고, 이후 항구 건설에 대해 구체적인 이야기들이 오갔다.

그렇게 항구와 교역에 대한 이야기가 무르익자 서거정은 출항 전에 광무왕에게 들었던 이야기를 떠올리며 말을 꺼냈다.

"술탄, 새로운 항구를 통해 사이드에서 초석을 조선으로 수입하고 싶습니다. 그러니 사이드의 관료들을 이곳으로 초청해서 이야기를 나눠도 될까요?"

"초석이면, 화약의 재료를 말하는 건가?"

"예, 그렇습니다."

"뭐 하러 그리 번거롭게 일을 진행하려 하나?"

"무슨 말씀이신지요?"

"그런 건 아국에도 흔하게 널려 있다네. 대체 얼마나 필요하길래 그러지?"

서거정은 예전 조선의 눈물겨운 화약 수급 사정을 잘 알고 있기에 널려 있다는 말을 액면 그대로 받아들이지 못하고, 그냥 많은가 보다 하고 질문을 이어갔다.

"많으면 많을수록 좋습니다."

"그래? 그러면 그대들이 타고 온 배를 가득 채워주지. 내가 그 정도 성의를 보이면 우리나라와 미당을 직거래할 수 있겠나?"

"예……?"

"사이드 왕국만큼 많은 건 아니지만, 우리나라에도 초석은 흔하네. 여기서 서쪽 인근의 땅만 파도 나온다네."

나시룻딘의 말대로 인도의 초석 생산량은 조선과는 단위가 달랐고, 천 톤 단위의 초석을 생산할 수 있는 산지였다.

그렇게 서거정이 현실을 파악하지 못한 채 잠시 정신을 놓자, 나시룻딘은 웃으면서 말을 이어갔다.

"그럼, 승낙한 것으로 알아듣지. 초석값은 뭘로 지급할지 생각해 두게."

벵골 왕국에서 협상을 마친 합동 사절단은 델리의 사이드 왕국에 전령을 보내 콜카타 개항에 대해 알렸다.

한때 인도 전역을 아우르던 델리 술탄국은 티무르의 정벌로 인해 쇠퇴했고, 그 틈을 타서 투글루크를 몰아내고 델리 일대를 지배하게 된 사이드 왕조는 인도 북부를 제외하고 다른 지방의 영향력을 차츰 상실해 갔다.

그 결과 델리에 복속되어 있던 지방들이 다시 갈라져 독립했고, 항구를 전부 잃은 채로 지금은 아프가니스탄 출신 세력인 바홀 로디의 반란을 막는 데 전력을 다하던 차에 가까이 있는 벵골이 항구를 이용하게 해준다고 하니, 사이드 왕조의 술탄 알라웃딘은 한숨 돌리게 되었다.

항로 개척을 위해 최광손이 이끄는 선발대가 페르시아만으로 먼저 출발했고, 몇몇 관료들은 범선 5척과 함께 벵골에 남게 되었다.

한편 델리 왕국의 사신을 기다리는 조선의 사절단에게도 예상 밖의 일이 생겼다.

"본국에서 천축 사정에 대해 간략히 듣긴 했었으나, 이곳엔 정말로 불도를 따르는 이들이 거의 없군요. 대부분 회교(이슬람)와

인도교(힌두) 신자들뿐이며 좌랑께서 회회 말에 능하니 소관이 여기서 나설 일이 거의 없는 것 같습니다."

교역 협상으로 왕궁에 갔다가 사신단 숙소로 돌아오며 역관 김수성이 서거정에게 푸념하듯 이야기하자 서거정이 답했다.

"그건 어쩔 수 없지요. 그나저나 왕실 종친의 좌장이신 효령대군 어르신께서도 이번 사절단에 그리도 참여하고 싶어 하셨었는데, 여기 오지 않으신 게 다행입니다."

"그랬습니까? 하긴… 불도에 심취하신 분이니 그럴 법도 하군요."

"사실… 십 몇 년 전에 대군 어르신이 명국 사신행에 나서셨을 때, 상왕 전하께 천축에 보내달라 청하셨었다는데 거절당하신 적이 있지요. 이번에도 주상 전하를 찾아가 사절단에 참여하길 간절히 청하셨지만, 결국 거절당하셨다 하더군요."

김수성은 걸음을 옮기며 사절단 중에서 이질 환자들이 격리된 장소를 지키는 무관들을 보며 진저리 쳤다.

"그랬습니까? 효령대군께선 종친 중에서 가장 큰 어르신인데, 만약 여기 오셨다면 큰일이 났을지도 모릅니다."

조선 측 사절단원은 조정, 사실은 주상이 미리 경고한 바를 지켜 나름대로 이질에 대비해서 사전 소독을 비롯해 숯과 자갈, 거름망을 이용한 간이 정수기를 동원하고, 그렇게 정수한 물을 전부 끓여 사용하는 등 이질에 대비했지만, 모든 세균을 완벽하게 차단할 순 없었다.

결국 몇몇 이들은 콜레라성 이질에 걸려 외부와 격리된 채 경구수액 처방을 받아야 했고, 서거정은 일전에 본 갠지스강의 풍경을 떠올리며 질린 듯한 표정으로 말을 이었다.

"제가 일전에 이곳 왕실 의원들에게 이질에 걸린 환자들을 어찌 치료하냐고 물었었는데, 그들도 별다른 방법이 없다고 하더군요. 민가에 병이 크게 퍼지면 수천에서 만 이상이 넘게 죽는다 합니다."

김수성은 서거정의 말에 잠시 놀랐지만, 이내 그러려니 하며 말을 이어갔다.

"천축의 풍습상 항하(恒河, 갠지스 강)에 시체를 흘려보내니 그럴 법도 하겠습니다. 그 물로 사람들이 씻기도 하고 식수로도 삼는데, 석가께서도 생전에 그런 풍습을 비판하신 적도 있지요."

인도의 백성들이 갠지스강을 신성시하는 것은 인더스강과 더불어 힌두의 어원이 되었기 때문이다.

같은 이슬람 국가이긴 해도 여러 학문과 의학이 발달한 티무르와 다르게 이곳은 사회 전반에 뿌리 깊게 내려져 온 카스트와 힌두교의 관습을 일부 용인할 수밖에 없었고, 그런 이유로 콜레라가 자주 돌 수밖에 없었다.

"그래요? 무려 2천여 년 전에도 그랬었단 말입니까?"

"예, 이 땅에 회교가 득세하는 상황에서도 그런 풍습이 아직 고쳐지지 않은 것을 보니, 저도 황당함을 금할 수 없었습니다."

그러자 서거정이 일전에 만났던 의원들의 말을 떠올리며 헛웃음을 짓곤 말을 이었다.

"이곳의 민가에선 항하의 강물은 신성한 물이라며 오히려 환자들에게 먹이려 드는 이들도 있답니다."

김수성은 그 말을 듣곤 잠시 불자의 본분을 망각하고 말았다.

"어떤 멍청이가 그런… 아차, 송구합니다. 제가 잠시 마군(魔軍)에 씐 듯합니다. 소관의 결례를 용서해 주십시오."

서거정이 웃으면서 말했다.

"아닙니다. 저도 그 말을 들었을 땐 같은 반응을 보였으니까요."

민망해진 김수성은 황망한 표정으로 고개를 숙이며 답했다.

"소관은 병자들이 쾌유하길 기원하러 가겠습니다."

"예, 저도 이만 공무를 처리하러 가겠습니다."

그렇게 김수성은 작게 불경을 되뇌며 처소로 돌아갔고, 서거정도 인도산 향신료와 초석 교역 건의 보고서를 정리하기 위해 몇몇 관원들을 불러 업무를 시작했다.

그렇게 시간이 한 주일가량 흐르자 격리되었던 인원들이 무사히 회복되었고, 서거정과 만났던 벵골 왕실의 어의가 그

소식을 접하고 놀라 조선 사절단의 숙소를 찾아왔다.

본국에 올릴 장계를 비롯해 여러 문서 작업에 한창이었던 서거정은 살짝 짜증이 난 상태로 그를 접대했다.

"…그래서, 그대가 여기 온 건 신의 뜻이 아니라 설사병에 걸렸던 우리 측 인원들이 어찌 완쾌했는지 그 비결이 궁금한 것뿐 아닌가?"

신의 뜻을 알고 싶다면서 말을 빙빙 돌리던 왕실 전담 주치의이자 술탄의 젊은 총신이기도 한 하산 가우르가 정곡을 찔린 듯 서거정에게 답했다.

"…알라께서 저희가 모르는 가르침을 내리신 적이 있는가 하여 알고자 할 뿐입니다."

"그런 건 없네. 그들이 회복한 건 어디까지나 내 군주의 가르침에 충실한 의원들 때문이로다."

"그러니까, 그것이 알라께서 형제님의 주인께 가르침을 내리신 게 아닌지요……."

"거참, 내가 그대와 말이 통하긴 하나 난 선지자 무함마드의 가르침을 따르지 않네. 그러니 날 형제라 부르지 말게. 그리고 당연히 내 군주께서도 알라와 아무런 연관이 없으니 그리 엮지 말게나."

"으음… 죄송합니다. 하지만 제 입장상 알라와 하디스(율법)를 부정할 수 없으니 그렇게 말할 수밖에 없었습니다."

"그건 나도 겪어본바 익히 잘 알고 있으니 돌려 말하지 말고 본론으로 넘어가세."

"예, 귀국의 의원들은 저주받은 전염병을 어떻게 고칠 수 있었던 겁니까? 보통 발병하면 열에 일곱 여덟은 죽어나가고 운좋게 살아남아도 후유증이 심각한데, 저들은 그런 기미도 없더군요."

"나도 그 전에 묻고 싶은 게 있는데, 그대는 모든 일이 신의 뜻이라 여기는가?"

"인샬라에 대해 말씀하셨는데 저는 알라의 가르침을 부정하진 않습니다. 다만 아직 우리가 모르고 있는 신의 섭리가 많다고 생각할 뿐이지요. 전 이 병을 이겨낼 방법이 있다고 믿으며 언제나 노력했습니다. 다만 제 능력이 부족했을 뿐이지요."

하산의 대답을 들은 서거정은 표정을 바꾸고 호의적인 태도를 보이며 답했다.

"그런가? 자네가 바라는 것을 이루려면 이곳의 근본적인 풍속부터 고쳐야 하는데 그게 되겠는가?"

"어떤 풍속을 말씀하십니까?"

"내 이곳에서 보니 다들 종교적인 이유인지 기후 때문인지 모르겠지만, 철저하게 씻는 습관이 정착되어 있던데 말이야……."

"…혹시 그게 문제입니까? 몸을 자주 씻어서?"

그러자 서거정은 난처한 표정을 지으며 말을 이어갔다.

"자네 말이 맞기도 하고 일부는 틀리기도 하네."

"부디 제게 가르침을 주시지요."

"우선 아국에서 통용되는 독기란 개념부터 가르쳐야겠는데…
이걸 어디서부터 설명해야 할지 모르겠군."

"혹시 그건 알라의 말씀을 부정하는 개념입니까?"

"아닐세. 아국에서 통용되는 성리학, 그중 이기론에서 정립
된 개념이니 그 부분에 대한 이해가 조금 필요하겠군."

"알라의 가르침을 거스르지 않는다면 저도 얼마든지 받아
들일 수 있습니다."

그러자 서거정은 푸념하듯 조선말로 신세 한탄을 내뱉었다.

"하, 회교도에게 이걸 어떻게 돌려서 설명해야 하나……."

"뭐라고 하셨습니까?"

"아닐세, 최대한 간단하게 설명할 테니 듣게나."

그렇게 서거정은 주상과 상왕이 기초 물리학과 화학을 설
명하기 위해 정리하여 현재 조선에서 주류 학설이 되어버린
신(新) 이기론과 더불어 독기(毒氣), 즉 세균의 개념에 대해서
한참 동안 설명을 이어갔다.

"…내가 이야기해 줄 수 있는 건 여기까지네. 나도 사대부
의 소양상 의술을 익히긴 했으나 전문적으로 익힌 게 아니네.
내가 우리 쪽 의원들의 말을 통역해 줄 테니 그들과 대화를
나눠보게나."

그렇게 길다면 길고 짧다면 짧을 수도 있는 의원들의 강연을 들은 하산은 혼란스러운 표정으로 서거정에게 물었다.

　"…공께서 여태 말씀하신 학문이나 새로운 의학의 개념은 제가 알고 있는 것과 너무나도 달라 혼란스럽습니다. 그냥 병의 치료법만 알려주시면 안 되겠습니까?"

　그러자 서거정은 우두 보급 당시 책임자였던 김맹성이 무당들과 충돌했던 사례를 떠올리며 말을 이어갔다.

　"그런가? 그냥 단순한 방법만 일러줄 수도 있지만 그렇게 하면 당장 치료받는 환자들부터 여러 가지 핑계를 대며 자네를 방해할 게 뻔하네. 거기에 대응하라고 학술적인 근거부터 알려주는 거라네."

　하산은 다음 날부터 조선 사절단 숙소를 드나들며 콜레라 치료법과 여러 의술을 배우기 시작했고, 눈에 보이지 않는 독기의 개념을 받아들인 후 콜레라의 원인을 이해할 수 있었다.

　"시체와 오물로 더럽혀진 강물이 문제였다니… 이건 단지 우리만의 문제가 아니었군요. 강가(ganga, 갠지스) 상류를 이용 중인 사이드 왕국의 풍속도 이곳과 별반 차이가 없을 겁니다."

　"그러니 최대한 물을 정화하고 깨끗하게 사용해야 하지 않겠나. 시체와 오물로 더럽혀진 물을 이용하는 건 피를 먹지 말고 배설물을 피하라는 율법을 어기게 되는 거고 이는 자네들의 교리와도 닿는 바가 있다고 보네."

서거정이 의원의 말을 통역해 하산에게 정수법과 경구수액 제조법을 알려주면서 의견을 덧붙이자 그의 충실한 제자가 된 하산이 답했다.

"그러고 보니 스승님의 말씀이 맞는 거 같습니다."

서거정은 나이 차이도 별로 나지 않는 하산에게 스승 소리를 듣는 것을 꺼렸지만, 하산이 고집을 부려 사승 관계가 되었다.

"이 나라는 칸다(khanda, 설탕)가 풍족해 다행이로군. 경구수액을 만들긴 쉽겠어."

"예, 여기선 그걸 '샤르카라'나 '구르'라고 부릅니다. 다만 여러 나무의 수액 추출로 만들어지기에 스승님의 말씀처럼 많진 않습니다."

"그런가? 아국에선 지금이야 흔하지만 내가 어릴 적엔 사당이 금은보다 귀했었기에, 거기에 비교해 많다고 착각했나 보군."

"물론 이 경구수액 치료법이 본격적인 효과를 보면 앞으로 생산이 늘게 될 겁니다."

"그런가? 그러면 사탕수수를 키워서 대량으로 생산하는 게 나을 듯한데……."

"제가 술탄께 말씀드려 사이드에서 수수 종자를 들여오도록 해보지요."

결국 서거정에게 영향받아 독실한 이슬람교도면서도 조선

의 현왕과 상왕이 개량한 성리학에 심취한 이가 벵골에서 나오게 되었다.

하산은 그간 배운 지식을 토대로 숯 정수기와 경구수액을 만들어 민간의 콜레라 환자들을 치료하기 시작했다.

치료 시기를 놓친 환자를 제외하고 많은 이들이 경구수액의 효과로 되살아났고, 그 소식은 술탄 나시룻딘에게도 전해졌다.

술탄에게 불려간 하산은 강물을 정화하고 깨끗하게 쓰는 게 율법을 지키면서도 사람들을 살리는 길이라 강조했고, 이는 술탄에게도 긍정적으로 받아들여져 전폭적인 지지를 얻었다.

거기다 소독 약품의 대용품으로 석회 가루가 대량으로 필요하게 되었고, 술탄이 그간 벌이고 있던 건축 사업의 재료로 쓰이던 석회를 지원받을 수 있었다.

결국 각지에서 병사들과 인력들이 동원되어 갠지스강 통제와 더불어 숯 정수기가 수원마다 설치되기 시작했다.

힌두교도들은 전통적인 풍습을 말살시키려 한다며 반발했지만, 이미 무력을 앞세워 종교탄압이 한창인 현실 앞에선 무의미한 반항이 되고 말았다.

이천 년이 넘는 세월 동안 갠지스강 전역에선 콜레라 때문에 죽어나간 이가 한둘이 아니었고, 술탄의 적극적인 지원으로 검증되고 있는 새로운 치료법도 수용할 수밖에 없었다.

그렇게 갠지스강 하류 일대엔 조금씩 변화가 생기기 시작했고, 서거정이 기다리던 델리, 사이드 왕국의 사절단들도 도착하고 나서 그의 소문을 듣게 되었다.

뱅골과 비슷한 문제를 겪던 사이드 왕조의 사절단에서도 하산같이 가르침을 청하는 이들이 나오기 시작했고, 본래 목적이었던 콜카타 개항은 잠시 뒷전이 된 채 갠지스강의 문제가 양국의 공통적인 안건으로 대두되었다.

그렇게 이슬람의 율법을 준수한다는 명분으로, 양국 간에 갠지스강 정화 사업이 본격적으로 첫발을 떼게 되었다.

그리고 본의 아니게 국가적 사업의 공로자가 된 서거정은 문자 그대로 타고 온 모든 배에 가득 채울 만한 초석의 지원을 델리와 뱅골 양국에서 약속받게 되었다.

제2장

종친

1454년의 겨울이 시작될 무렵, 난 가별초와 내금위, 겸사복 그리고 존재감이 거의 없던 사자위(獅子衛), 응양위(鷹揚衛)와 자제위(子弟衛)를 포함해 모든 금군과 문무백관, 대군 이하 왕족들을 소집하여 수원 인근으로 사냥 의식 겸 군사훈련인 강무(講武)에 나섰다.

이번 강무는 내가 즉위하고 실질적으로 처음 시행하는 강무이기도 하다. 본래 3년에 한 번씩은 나서야 했으나, 그간 치른 전쟁하고 시기가 겹쳐서 이제야 나서게 된 것이었다.

일행이 모두 한강을 건너 목적지인 수원부로 이어진 도로를 이용해 남쪽으로 향했고, 난 행군 중에 조선군의 현재와 미래에 대해 생각했다.

지금의 조선군은 내가 대리청정할 때부터 시행한 군사 개혁의 결과로 지방 관아마다 수령에게 군권을 분리해 주둔 무관을 지휘관으로 두고, 편재 규모에 따라 소·중·대대로 구분한 후 그들이 모여 여단과 사단에 귀속되는 군사 편제로 이뤄져 있다.

대대가 모인 여단은 도마다 배치된 2~4명의 첨절제사가, 그리고 그들을 총괄하는 사단은 각도의 병마도절제사가 총괄한다.

그 위로는 국왕 임명직인 도원수와 통제사가 군단장의 임무를 맡아 휘하에 편재된 사단을 지휘하게 되어 있다.

예외가 있다면 산동의 도절제사는 북명의 산동부 도독을 겸임하여 산동의 명군을 통솔하고, 산동에 속해 있던 요동을 분리해서 도절제사를 한 명 더 두고 있기도 하다.

거기에 부사관 격인 갑사(甲士)의 지속적인 고용 확대와 주요 군사시설 영과 진에 주둔하는 직업군인인 영진군(營鎭軍)이 조선군의 현재 주력이자 정예군이라 할 수 있다.

그 외엔 상비군인 잡색군(雜色軍)이 있고 18세에서부터 40세까지의 장정들은 1년에 한 번, 농한기에 일주일간 관아로 소집되어 담당 무관의 지휘하에 군사훈련을 받는다.

물론 나라를 위하는 일이니, 훈련에 동원된 병력은 요역처럼 쌀이나 화폐로 택일해 수당을 지급한다.

거기에 사단마다 삼 년에 한 번씩은 착호갑사대를 지원하여 해수 퇴치를 겸해 대규모 군사훈련을 시키면서 적당한 실전 감각도 쌓고 있었다.

전리품인 가죽과 모피의 절반은 동원된 병사들에게 나눠주고, 나머지는 훈련 비용을 충당하기 위해 국고로 예속된다.

또한 앞으로 잘 정리되고 있는 호적을 이용해 군역 기피를 줄이고 군역제도를 투명하게 관리하는 게 내 최우선 목표이기도 하다.

그렇게 하려면 지도층부터 먼저 모범을 보여야 하는데…….

거기까지 생각이 미친 내가 호종 중인 신하들을 바라보자, 그들은 매일 업무와 씨름하다 교외로 나온 게 좋은지 조금 들뜬 듯한 표정을 짓고 있었다.

…지금도 충분히 모범을 보이긴 하네.

지금 같은 상황에선 '사대부여, 군자의 짐을 지어라' 같은 명분은 너무 가혹한 처사인가.

새로 급제하는 사대부들도 한 번씩은 변방에서 실무와 외직을 강제로 겪게 하니, 병역이나 다를 바 없기도 하고.

그럼 답은 왕실 종친과 인척들뿐인데, 이들을 어떻게 써먹지? 내가 그렇게 고심하던 차에 행렬이 목적지인 수원부의 관아 인근에 도착했다.

그러자 소식을 들은 수원부의 백성들이 행차를 구경하러 나와 일제히 절을 올리며 예를 표했고, 곧이어 경기감영 소속 수원 첨절제사가 1개 여단급 군사 오천여 명을 이끌고 나를 맞이했다.

홍위는 나와 강무에 나선 것이 상당히 마음에 들었나 보다. 지금 목적한 광교산 인근의 평야로 이동하는 내내 얼굴에 웃음이 가시지 않았으니.

"세자, 이 아비와 함께 나온 것이 그리도 좋으냐?"

"예, 아바마마. 소자가 그간 갈고닦은 육예, 궁시의 성과를 보여 드리겠사옵니다."

"그래, 아비도 세자가 그간 노력한 것을 잘 안다. 실로 기대되는구나."

사실 홍위는 출발 전날엔 잠도 제대로 안 자고 밤새 떠들어 동궁전인 자선당 내관들의 걱정을 사더니만, 지치지도 않는지 세자 소친시(小親侍)인 남이(南怡), 그리고 최계한(崔季漢)과 쉴 새 없이 이야기를 나누곤 했다.

저 둘은 남빈과 최광손의 아들들답게 기운이 넘쳤다.

이들을 교육하던 아버지가 심양으로 떠나신 후, 홍위의 주도하에 무술 놀이를 가끔 벌여 자선당 내관들의 골치를 썩이곤 했다.

경기감영 예하 여단장, 수원 첨절제사 민유(閔諭)는 줄과 말뚝으로 경계를 표시한 사냥 장소에 군사들을 진법에 맞춰 사열하곤 내 명령을 기다렸다.

"첨절제사는 왕명을 받들어 강무의(講武儀)를 시작하라!"

절차대로 병조판서 민신이 왕명을 전했고, 뒤이어 민유가 고개를 숙이며 답했다.

"신, 수원 병마첨절제사 민유가 성상의 명을 받들겠사옵니다."

그렇게 민유가 깃발로 신호를 보내자 포진한 병사들이 일사불란하게 인근의 숲으로 이동을 시작했다.

망원경으로 관찰해 보니 이들은 그간 훈련이 잘되었는지 하급 지휘관들의 통제에 따라서 흐트러짐 없이 움직였고, 발견한 짐승들을 가상의 적을 상정하고 임무를 분담해 나와 신료들이 대기하고 있는 장소로 몰기 시작했다.

이후 내가 신호를 보내자, 가별초 대장 이브라이가 대라(大螺)를 불어 신호를 보냈고, 가별초 대원들이 말을 몰아 멧돼지 무리를 내 쪽으로 보냈다.

본격적인 강무의 시작은 군왕인 내가 먼저 세 발의 화살을 쏘는 것으로 시작된다.

난 활시위에 화살을 재곤, 선두에 위치한 멧돼지의 미간을 노려 시위를 놓았다.

내가 노린 멧돼지는 무리의 우두머리인 듯 덩치가 거대했는데, 민간에서 키우던 명국산 돼지 품종의 피가 섞인 듯 그간 보았던 멧돼지와 달라 보였다.

"주상 전하! 관중이옵니다!"

홍위의 외침대로 내가 노려 쏜 화살은 달려오던 멧돼지의 미간 정중앙에 명중했고, 그대로 절명한 녀석은 맹렬하게 달려오던 기세를 멈추지 못한 채 곧바로 땅바닥을 구르기 시작했다.

난 곧이어 멧돼지 무리의 다른 녀석들을 노려 쐈고, 한 마리는 미간에 화살을 맞고 우두머리와 같은 신세가 되었는데 다른 한 마리는 명중 직전 고개를 돌리는 바람에 눈에 화살을 맞고 날뛰면서 몰이 방향을 이탈하기 시작했다.

그러자 몰이에 나섰던 가별초 대원들이 급하게 수습해 보려 움직였지만 내 대응이 한발 앞섰다.

난 곧바로 어마를 몰아 무리에서 떨어져 홀로 날뛰는 멧돼지를 한발 앞서 따라잡았고, 미리 탄환을 재어놓았던 수석식 권총을 꺼내 근거리 사격으로 그 녀석의 미간을 꿰뚫어주었다.

그렇게 내가 돌발 상황을 수습하고 돌아오자 지켜보고 있던 문무백관들과 종친들은 소리 높여 나를 칭송했고, 홍위가 환하게 웃으며 나를 맞이했다.

"아바마마, 소자는 진심으로 아바마마가 존경스럽사옵니다."

난 아들의 손을 잡으며 말을 이어갔다.

"그러니? 다음은 세자의 차례니, 어디 한번 단련 성과를 보자꾸나."

"예!"

그렇게 세자와 대군, 그리고 종친들이 멧돼지 무리를 추격하며 일제히 화살을 쏘아댔고, 무리를 전부 사냥하고 홍위의 화살을 확인해 보니 내 동생인 안평과 금성대군에 이어 세 번째로 높은 명중률을 보였다.

"장하구나, 우리 아들. 처음엔 연습용 활을 당기는 것도 버거워하더니, 이리도 잘 쏠 거라곤 생각 못 했다."

그러나 홍위는 만족하지 못한 듯 아쉬워 보이는 표정을 지었다.

"소자가 신료들 앞에서 아바마마를 부끄럽게 한 것은 아닌지 염려되옵니다."

"어째서 그런 생각을 하였느냐? 네 나이에 그 정도 실력이면 대단한 성과라고 봐야 한다. 네 숙부인 안평대군과 금성대군은 어릴 적부터 이 아비와 육예를 갈고닦았으니 당연한 결과니라. 아비는 세자가 자랑스럽기 그지없구나."

"그게 참말이시옵니까?"

"그렇고말고."

내가 홍위의 어깨에 손을 얹으며 답하자 아이는 그제야 환하게 웃었고, 안평과 금성이 나서서 웃으면서 아들을 칭찬했다.

"주상 전하, 세자 저하의 재능이 실로 대단합니다. 소신도 저하의 나이엔 저리 잘 쏘지 못했었지요."

"그러하옵니다. 소신도 다음 강무 때 망신당하지 않으려면 더 노력해야겠사옵니다."

"하하, 아우들의 말이 맞네. 이 형도 세자의 나이 땐 세자보다 잘 쏘지 못한 것 같아."

그렇게 숙부들과 내가 연이어 홍위를 칭찬하자 홍위는 완전히 자신감을 회복한 듯 보였다.

"세자도 이 아비 옆에만 있으면 지루할 테니 물러나서 쉬고 있거라."

"정말 그래도 되겠사옵니까?"

"그래, 가서 내관들에게 지압도 받고 몸을 풀거라. 세자의 나이를 생각하면 그러는 게 낫겠구나."

그렇게 자리에서 물러난 홍위는 친구인 남이, 최계한과 이야기를 나누며 내관들의 보살핌을 받았다.

이어서 문무백관의 차례가 돌아왔고, 인근에 다른 멧돼지 무리는 없었는지 사슴이나 늑대, 여우 같은 것들이 몰이에 밀려 나왔다.

호랑이나 표범 같은 최상위 맹수는 이미 착호갑사들이 전부 토벌했던지, 혹은 숲속에 깊이 숨어 있는 듯 보이지 않았다.

그렇게 첫날의 일정이 끝났고 그 후 며칠에 걸쳐 사냥이 계속되었다.

강무 삼 일 차엔 신료들에게 보여줄 겸 해서, 겸사복과 내금위 일부 무관들을 동원해 마상 사격으로 사냥감을 잡아 오게 했고, 지난 전쟁 당시 그들의 활약상을 직접 보지 못했던 신료들은 그들의 재주에 감탄한 듯 보였다.

일정의 마지막인 오 일 차. 훈련에 동원된 군사들과 인근의 백성들을 불러 자유로이 사냥을 허락하고, 그들이 잡은 짐승들을 소유하도록 하는 마무리 행사가 진행되던 차에 좌부승지 박팽년이 급하게 날 찾아왔다.

"주상 전하, 몰이꾼을 하던 백성 한 명이 곰에게 습격당했다고 하옵니다."

난 의외의 소식에 놀라서 그에게 반문했다.

"뭐라? 그의 상태는 어떻지?"

"병사를 돌보고 있는 의원이 신에게 말하길 다행히 회복이 가능할 듯싶다고 합니다."

"대체 어찌 된 일인지 사정부터 고하라."

"신이 이야기를 듣고 사정을 파악하기론 인근 산속에 살던 곰이 이곳까지 나온 듯하고, 소리에 자극받아 습격한 듯싶습니다."

"공격받은 이의 정황은 어떤가?"

"등 뒤에서 기습을 당해 쓰러졌지만 상처는 깊지 않았고 다른 이들의 도움으로 머리를 물리기 전에 몸을 빼서 살아남을 수 있었다고 하옵니다."

이 인근에서 호랑이하고 표범이 사라졌으니 흑곰이 최상위 포식자가 된 모양이다. 북방에 사는 대웅(大熊, 불곰)이 습격자가 아니라 다행이었다고 해야 하나.

"그건 천만다행이로구나. 그럼 몰이꾼을 습격한 곰은 어찌되었나."

"병사들이 소리를 듣고 달려오자 산으로 도망쳤다고 합니다."

착호갑사대가 화령에 파견 중이라서 여기 데려오지 못한 게 아쉽네.

"허, 강무 마지막에 이런 불상사가 발생하다니……. 다친 백성에겐 내 이름으로 약을 보내 치료케 하고 위로금을 지급하게나. 그리고 반드시 그 곰을 잡아서 이곳의 백성들을 안심시켜야 할 것이네."

내 말이 끝나기가 무섭게 관료들이 서로 나서서 내게 곰을 잡아 오겠다고 청하기 시작했다.

"주상 전하, 신이 나서서 백성을 해친 맹수를 잡아 전하께 바치겠나이다. 부디 윤허하여 주시옵소서."

"아니옵니다. 신이야말로 무과를 준비하던 소싯적부터 산을 드나들며 해수들을 사냥했으니, 이는 신이 적임이옵니다."

허, 다들 활 하나만 들려주면 전투 민족으로 변하는 사대부 아니랄까 봐 문관과 무관을 가리지 않고 서로 자기가 나서겠다고 아우성을 쳤다.

한편 질풍노도의 시기를 겪는 홍위도 끼어들고 싶은지 내게 눈빛을 보냈지만 아직 어림도 없지.

난 지긋이 홍위를 바라보며 세자의 일탈을 미연에 방지했고, 손을 들어 좌중을 조용히 시켰다.

그 와중에 금군의 소속원은 나를 지켜야 한다는 사명에 충실한 탓에 그 누구도 나서지 않았다.

"경들이 백성을 위하는 마음도 좋지만 모두가 나서기엔 무리가 있네."

우선 간만에 피가 끓어오른 노친네들부터 진정시켜야겠어.

"일단 60세 이상의 대신들은 고와 함께 이곳을 지킵시다. 고령에 산중을 헤매다가 잘못될까 염려가 되오."

그러자 내가 나오지 않아도 된다고 말렸지만, 굳이 강무에 참석한 황희가 아쉬운 표정을 지었다.

…설마 진심으로 나서고 싶었던 건가? 아직 저렇게 정정한 걸 보니 십 년은 더 영의정 해도 되겠네.

이러다 나중에 역사상 최고령의 재상으로 남아 두고두고 회자될 것 같은데… 하긴, 이미 진행형이긴 하네.

또한 절친한 친구 사이이자 북방 근무 경험자인 우의정 황보인과 형조판서 김종서도 황희를 따라 낙담한 듯 고개를 떨궜다.

그러자 난 이동 당시 떠올렸던 종친의 활용 방도를 되새기며 그들을 써먹어보려 했다.

왕실의 종친과 인척들은 명목상 족친위라는 병종에 속해 있긴 하나, 실제론 그들의 군역을 면제하기 위해 이름뿐인 부대에 군적을 올린 것에 가깝다.

현재 조선에선 재래연단에 종사하는 종친들을 빼면 놀고먹는 이들이 많다.

종친과 인척들을 정치에서 배제하는 내 성향을 보고 조선에서 출세는 글렀다고 생각해서 그런 것 같은데, 적어도 앞으론 제대로 된 병역의 의무는 해줘야 할 거다.

"일단 패를 둘로 나눠 1조는 안평대군을 책임자로, 2조는 금성대군이 맡는 것으로 하지. 또한 종친과 인척들도 60세 이상의 고령을 제외하곤 전부 따라나설 것을 명하노라."

의욕적으로 나섰던 대신들과 다르게 내 동생들을 제외한

종친 대부분은 침묵하고 있었는데, 난데없는 내 어명에 화들짝 놀란 듯 보였다.

"무릇 왕실의 일원으로 백성을 해친 맹수를 친히 토벌해서 모범을 보여야 하지 않겠나? 대신들은 대군과 종친들을 보좌해 주게나."

그러자 대신들과 종친들은 각자 다른 표정을 지으며 일제히 답했다.

"삼가 주상 전하의 명을 받들겠사옵니다."

그렇게 강무의 일정이 곰을 잡을 때까지 연기되었고 종친들과 대신들이 나서서 곰을 추적하기 시작했으며, 난 혹시 모를 사태에 대비해 사냥 경험이 있는 무관들도 붙여주었다.

사흘이 지난 후, 금성대군이 이끄는 2조가 6척(약 180㎝)이 조금 넘는 크기의 흑곰 한 쌍을 잡아 와 내게 바쳤다.

"정말 수고가 많았네. 새끼는 없던가?"

"있었사옵니다. 다만 부모를 잃은 새끼들에게 손을 쓰는 게 내키지 않아 두고 왔사옵니다."

"그랬나. 한 마리는 모두 정확하게 미간과 눈, 심장 부분을 집중하여 공격했군. 누구의 솜씨인가?"

"수컷은 신과 여러 대신이 나서서 잡았으며, 전하께서 아뢰신 암컷을 잡는 데는 여기 있는 동궁 소친시 남이가 공을 세웠습니다. 또한 두 곰 전부 화살만으론 쓰러지지 않아 동행했던 무관들이 창으로 마무리를 지어야 했습니다."

내가 전혀 생각지 못한 이름이 언급되어 잠시 놀라자 지목당한 남이가 나서서 우렁차게 외치며 무릎을 꿇었다.

"신, 소친시 남이가 주상 전하의 명을 받들었사옵니다."

남이도 왕실의 인척이었으니 내 명령을 따라 곰 사냥에 나섰었나 보다.

"그래, 정말 장하다. 네가 왕실의 명예를 드높여 주었구나."

"성은이 망극하옵니다!"

목청 한 번 정말 크네. 타고난 건가? 아니면 긴장해서 이러나.

내가 남이의 재능을 확인하곤 흡족한 표정을 짓자 멀리서 남이를 지켜보는 홍위와 최계한의 얼굴에 불이 붙은 듯 보였다.

졸지에 남이는 홍위와 최계한의 친구이면서도 라이벌이 된 건가.

앞으로 홍위와 이 아이들의 성장이 기대되네. 그리고 궁으로 돌아가면 족친위 개편부터 해야겠어.

앞으론 왕족과 인척들에게도 병역의 예외란 없어지게 될 거다.

*　　　　*　　　　*

난 강무를 마치고 도성으로 돌아와 곧바로 왕실 종친과 인척들의 병역 도피처인 족친위를 손보기 시작했고, 상비군인 잡색군과 같은 기준으로 18세부터 40세까지 종친과 인척들을 2년 동안 현역 무관으로 복무하게 하는 법안을 발의했다.

또한 그간 관례로 행하던 사대부들의 외직 근무도 명문화하여 법으로 제정하기 위해 안건으로 올렸다.

"그래, 경들은 고가 발의한 안건에 대해 어찌 생각하는가?"

편전에 모인 신료들은 내 질문에 잠시 침묵했고, 그들 중 황희가 먼저 답했다.

"주상 전하, 신 영의정 부사 황희가 감히 아뢰옵니다. 군역에 동원되는 종친 중에 예외는 어떤 경우를 가정하고 계시옵니까?"

"좀 전에 하교한 대로 18세부터 40세까지 나이 제한을 제외하면, 신체나 정신에 결손이 있어 군역에 지장을 받을 만한 자를 제하고 예외는 없소. 이는 대군들에게도 마찬가지고."

내 말을 들은 대신들은 놀란 표정을 지으며 웅성대기 시작했고 이어서 황희의 카랑카랑한 목소리가 이어지자 다시 침묵했다.

"죄인이 나라에 지불하는 속전처럼 대상자에게 금전을 받고 면제하실 의도는 없으신지요?"

"그런 방도를 생각해 보지 않은 건 아니나 종친이나 인척들에게서 걷을 수 있는 세는 얼마 되지 않소. 그보다 백성들을 상대로 본을 보이는 게 낫기에 예외는 두지 않을 작정이오."

"성상의 뜻이 그러하시다면 신은 따르겠사옵니다. 또한 사대부를 대상으로 상정하신 법안은 기간을 조정해야 할 필요가 있다고 보이옵니다."

"영상 대감은 2년이란 시간이 너무 길다고 생각하시오?"

"기간이 너무 짧고 한편으론 부족하다 여겨지옵니다."

"어떤 부분에서 그렇게 생각하시오?"

"지금 아국의 사정을 보면 소과를 보고 생원과 진사에 합격한 이들 중 일부는 사대부의 자격을 얻는 것에 만족해 관직에 뜻을 두지 않는 이들이 많사옵니다."

"으음, 그것은 고도 인지하고 있소."

"신이 사료하길 소과에 합격하는 것만으로 생원과 진사의 자격을 주는 것은 부적절하다 여겨지옵니다."

황희의 의도를 알 것 같다. 나도 과거 시험 제도를 개편하면서 생각은 했었지만 응시자들의 반발을 우려해 남겨둔 부분이기도 하다.

"소과 합격자들은 주상 전하께서 발의하신 의무적인 외직 기간을 수료한 후 진정한 사대부의 자격이 생긴다고 사료되옵니다."

"그렇습니까? 영상 대감의 고견이 참으로 대단하시오. 내다른 대신들의 의견도 들어보리다. 경들은 영상 대감의 의견을 어찌 생각하는가?"

그러자 황보인과 김종서가 동시에 말을 꺼냈다.

"신, 우의정……."

"신, 형조판서……."

난 웃으면서 그들의 말에 답했다.

"우의정 대감부터 이야기해 보시게."

"예, 신 우의정 황보인이 삼가 아뢰겠사옵니다."

"경청하겠소."

"현재 성균관의 학사들은 일정한 연차가 되면 수습 관원이되어 관직에 오르게 되옵니다."

"우상 대감은 그 제도에 고가 상정한 법안을 통합하여 명문화하자는 의견인가?"

"그러하옵니다. 나라에 의무를 다하지 않고 생원, 진사의 자격만으로 사대부라 칭하는 건 실로 부당한 일이옵니다. 만약이런 행태가 백 년 이상 이어지면 지방마다 사대부를 자처하는 특권계층이 늘어날 거라 사료되옵니다."

황보인이 미래 조선의 폐단 중 하나를 정확하게 예측했다.

"우상 대감의 말이 옳소. 실은 고도 그리 생각하여 시간을두고 해결할 생각이었는데, 우상 대감이 이리 나서주니 한시

름 덜었소이다."

이어서 김종서가 내게 고했다.

"신, 형조판서 김종서가 성상께 아뢰겠사옵니다."

"계속하시게."

"조선의 사대부는 전조 고려의 권문세족들과 달리 혈연이 아닌 실력으로 자리를 보존해야 하옵니다. 그러니 한 번이라도 소과에 합격하면 3대에 걸쳐 신분을 보장하는 권리도 폐해야 옳사옵니다. 또한 사대부의 자격은 가문이 아니라 실력으로 시험에 합격한 당사자에게만 부여하소서."

오… 이건 내 생각보다 훨씬 과격한데? 이건 다른 대신들도 전혀 예상하지 못한 듯 놀란 표정을 짓고 있었다.

"경이 그리 생각하게 된 이유가 따로 있는가?"

"사실, 신이 주상 전하의 명을 받아 보은현을 감찰하고 파직한 수령 업무를 대행하면서 느낀 것이 많았사옵니다."

"경청할 테니 계속해 보게나."

"속칭 유지나 토호란 것들은 누구나 내야 하는 세금을 내는 것 말고는 나라에 기여한 것도 없이 교만하게 굴고 있사옵니다."

김종서는 잠시 호흡을 고르더니 작정한 듯 빠르게 말을 쏟아냈다.

"또한 많은 이들이 생원, 진사에 합격한 것만으로 나라를 위해 일하며 공헌하는 관원들과 동급인 것처럼 여기며, 일부는 그런 자격도 없이 재산으로 치장해 사대부의 권리를 누리려 하옵니다. 이는 실로 부당하다 여겨지옵고 장차 폐단이 될 것이 분명하옵니다."

이것도 충분히 일어날 수 있는 미래 중 하나다. 원역사의 조선 중기 이후 서원과 토호들이 실질적으로 관아에 영향력을 행사하게 되었으니.

"하지만 유지와 토호라는 것의 개념은 그리 간단하게 구분할 수 있는 게 아니라고 생각하네."

그러자 김종서가 내게 물었다.

"어떤 부분을 이르시온지요?"

"내 그간 대신들의 토지 문제에 대해 아무 말도 하지 않았지만… 형판도 가진 땅이 많다고 알고 있네. 만약 그대들이 낙향해서 권세를 누리고 살면 그들과 다를 게 뭐가 있겠는가?"

의외의 모순을 찔린 김종서가 조금 당황한 표정으로 내게 답했다.

"신을 포함해 조정의 대신, 관원들은 그들과는 다르옵니다. 또한… 성상께서 신들이 변질하지 않도록 잘 제어하고 계시옵니다."

김종서는 내가 은퇴 안 시켜주니 그럴 시간도 없다고 항변하는 거겠지?

난 웃음이 나올까 두려워 근엄한 표정을 지으며 답했다.

"그럼 경들은 경자유전(耕者有田)의 원칙을 지킬 수 있겠는가?"

경자유전은 농사를 짓는 사람만이 토지를 소유해야 한다는 뜻이며 소작 행위를 원천 금지하는 조항이기도 하다.

이는 삼봉 정도전의 이상이기도 했지만 개혁은 실패하여 책 속에만 머물러야 했고 그의 이상은 결국 먼 미래에서나 이뤄졌다.

"그건… 신이 곧바로 답을 드릴 수 없는 문제인 듯하옵니다."

내가 김종서에게 이런 말을 하는 이유는 좌의정 김맹성의 후임으로 점찍어두었기 때문이고, 그의 성향을 보려 시험하기 위함이었다.

그러자 처음 의견을 내었던 황희가 내게 고했다.

"신은 성상께서 원하신다면 가진 농지를 전부 처분하고 경자유전 원칙을 지킬 수 있사옵니다."

하, 황희는 염전 사업에 손대고 있으니 아쉬울 게 없겠지. 이참에 내게 점수를 따려는 의도도 있을 테고.

그러자 조용히 있던 호조판서 이순지가 내게 고했다.

"신도 전하께서 경자유전을 원하신다면 기꺼이 처분하겠사옵니다."

이거 종친의 군역 문제로 시작한 일이 전혀 생각지 못한 방향으로 변해가는데?

동양의 강대국으로 변해가는 나라를 이끌어가는 관원이란 자부심이 좋은 쪽으로 변했다고 봐야 하나. 거기다 이들이 고생하고 있는 만큼 녹봉도 상승시켜 준 결과도 한몫할 테고.

그렇게 분위기에 휩쓸려 절반가량의 대신들이 내게 토지를 처분하겠다고 약조했고, 난 한 번의 논의로 끝날 문제가 아님을 직감했다.

"그럼 오늘은 여기까지 이야기하고 다음 시간에 이어가도록 하지. 좀 더 의견을 정리하고 오게나."

"성은이 망극하옵니다!"

그렇게 일주일간 진행된 논의는 대신들의 지지로 인해 종친군역법이 먼저 통과되었다.

그러자 종친 내부에서 약하게나마 내게 뜻을 돌려달라며 목소리를 내는 이들도 있었지만, 종친의 큰 어르신인 효령대군과 내 동생 안평, 금성이 내 뜻을 지지하니 그들의 목소리는 점차 힘을 잃어갔다.

게다가 사대부들도 나와 이해관계가 일치해 전방위적인 공세가 이어지자 결국 군역을 지기 싫어하던 종친들의 반항은 점차 힘을 잃었다.

김처선이 내 지시로 내관들을 부려 알아온 소식을 보고했다.

"주상 전하, 소신이 시중의 소문을 알아본바, 백성들은 하나같이 주상 전하의 뜻을 지지하고 있사옵니다."

"혹시 종친 중에서 불온한 뜻을 비치는 자는 없던가."

"불만을 품은 이들이 없진 않지만, 감히 드러낼 만한 이도 없는 듯하옵니다. 다만……."

"다만 뭔가."

"효령대군을 찾아가는 이들이 많다고 하옵니다. 아무래도 주상 전하를 설득해 달라는 의도로 보입니다."

"그들의 명단이 있는가?"

"예. 효령대군의 협력을 받아 신이 정리해 두었습니다."

그렇게 김처선이 내민 명단을 보니 군역 적령기의 나이를 가진 이들이 대부분이었다.

그중에 화의군하고 의창군, 그리고 밀성군도 끼어 있네?

저들은 아버지의 후궁 영빈 강 씨의 소생이며 나와 나이 차이가 열 살 넘게 나는 동생들이기도 하다.

그들의 동복형 계양군이 아버지에게 선택받아 심양으로 끌려갔고, 그간 내가 별 관심을 두지 않았더니 깜찍한 짓을 다 벌이네.

난 명단을 일단 넣어둔 채 새 법안에 집중해 안건을 정리하여 날 지지하는 총신들에게 목소리를 내게 했다.

신숙주는 이 분위기에 편승해 그간 공론화하여 몇 년간 밀고 있던 군인 대상 단발령의 안건을 상정했고, 이 건도 많은 논의를 거치게 되었다.

이후 난 안평대군과 금성대군을 천추전으로 불러 사정을 설명하며 북방에서 종군해 달라고 부탁했다.

"지금 상황에선 너희가 먼저 나서서 모범을 보여야 할 것 같구나. 딱 2년만 고생하고 오너라. 이 형님이 고생한 아우들에게 반드시 보답해 줄 것이야."

그러자 안평이 먼저 답했다.

"아니옵니다. 주상 전하의 신하로서 왕명을 따르는 데 있어 어찌 감히 대가를 바랄 수 있겠사옵니까."

금성대군도 내게 고개를 숙이며 답했다.

"그렇사옵니다. 소신 또한 주상 전하의 명을 따를 것이옵니다."

"복무 기간에는 대군의 신분도 전부 박탈당한 채 하급 군관이 되는데, 정말 괜찮겠나? 그리고 머리카락을 잘라야 할지도 모른다."

그러자 금성대군이 내게 고개 숙이며 답했다.

"단발은 주상 전하께서도 일찍이 한 번 겪으신바, 신도 나랏일을 위해서라면 감내할 수 있사옵니다."

금성의 말이 끝나자 안평이 입을 열었다.

"소신은 왕실 제례인 재래연을 주관하고 있사오니 먼저 후임을 찾아야 할 듯하옵니다."

"그건 재래연 선임 단원인 이형(李泂)에게 물려주면 될 듯하구나. 그의 나이가 소집 적령기를 넘었기도 하고."

"그럼… 소신이 언제쯤 북방으로 출발하면 되겠사옵니까?"

"일단 아바마마께 서신을 보내 단발에 대해 여쭤볼 생각이야. 출발 시기는 내년, 날이 풀릴 때쯤으로 잡고 있단다."

"예, 그럼 그렇게 알고 소신은 이만 물러가겠사옵니다."

"신도 이만 물러가겠사옵니다."

"너희들, 어째서 요즘은 내게 형님이라고 불러주지 않는 게냐? 사적인 자리에서도 군신 관계만 따지는 것 같아 조금 서운하구나."

그러자 이제껏 평온하게 유지되고 있던 안평과 금성의 표정이 살짝 변한 듯 보였다.

"군신의 관계에 어찌 사사로운 혈연을 따질 수 있겠사옵니까? 신은 불궤의 죄를 범할 수 없사옵니다."

난 웃으면서 나도 모르게 안평, 아니, 용이에게 손을 뻗으며 말했다.

"용아, 유야. 너무 그러지 말고……."

"송구하옵니다, 전하!"

급하게 고개를 숙이는 용(瑢)이와 유(瑜)가 보인 표정은 내가 전쟁터에서 질리게 봤던 공포에 젖은 표정이었고 난 그런 동생들의 반응에 아연실색하고 말았다.

여태껏 동생들이 내 뜻을 따라준 건 날 두려워하기 때문이었나?

설마 수양 그놈처럼 될까 봐?

대체… 난 동생들에게 어떤 형으로 비친 거지.

혹시 효령대군께서 내게 협력한 것도 양녕대군처럼 될까 봐 겁이 나서 그런 건가?

"아니… 난……."

난 착잡한 마음으로 말을 잇지 못했고 안평과 금성은 고개를 숙인 채로 가만히 있었다.

"오늘은 이만 물러가거라. 그리고… 아니다. 다음에 보자꾸나."

"예, 소신은 이만 물러나겠사옵니다."

그렇게 동생들이 물러나자 난 허탈감에 빠져… 절망할 시간은 없지.

당장 내 앞에 쌓인 서류 먼저 처리해야 하는데 한가하게 감상에 젖을 시간이 어디 있어.

난 그렇게 일을 하면서 우울함을 떨쳐내려 노력했고, 심양에 계신 아버지에게 답장이 도착했다.

             *   *   *

  아버지께서 보내신 서신의 내용은 내 안부를 묻는 것으로
시작해 밥은 잘 먹는지, 혹여 아픈 데는 없는지 염려하시는
내용이었고 우울하던 내 마음을 따뜻하게 해주었다.

  또한 말미에 내가 문의했던 종친 군역과 군인을 대상으로
한 단발에 대해서 말씀하시길, 나라를 위해 필요한 일이라면
얼마든지 내 뜻을 지지하신다고 하셨으며 상왕의 눈치를 볼
필요 없으시다 덧붙이셨다.

  역시, 다른 사람은 몰라도 아버지께선 늘 나를 이해하고 지
지해 주시는구나.

  동생들 때문에 우울했던 기분이 아버지 덕에 어느 정도 나
아진 듯싶어 난 일과를 마치고 중전의 침소를 찾아갔다.

  "중전, 부마 선정은 잘되어가고 있나요?"

  "예, 요즘 공주는 낭군 후보들을 만나는 절차를 진행 중이
옵니다."

  "그런가요. 그 아이가 부디 마음이 맞는 사람을 만났으면
좋겠군요."

  "전하, 혹시 근심 중인 문제라도 있으시옵니까?"

  "역시 중전의 눈은 속일 수 없구려. 내 근자에 마음이 상한

적이 있어요."

"혹여… 종친들 때문에 그러시옵니까?"

"으음, 혹시… 중전도 내가 두렵게 느껴지나요?"

"그게 무슨 말씀이시옵니까? 신첩이 어찌 주상 전하를 두려워하겠나이까."

"그냥 지금은 잠시 격식은 전부 내려놓고 솔직히 말해줘요. 조금이라도 날 무서워한 적 있어요?"

그러자 아내는 내 손을 잡으며 부드러운 목소리로 답했다.

"단 한 번도 없사옵니다. 또한 사실대로 고하자면……."

그녀는 다른 한 손을 들어 내 얼굴을 가볍게 쓰다듬으며 말을 이어갔다.

"제게 있어서 오빠는 그 누구와도 나누고 싶지 않은 정인이기도 하지요. 대체 무슨 연유로 그런 걸 물으십니까?"

아내가 중전이 되고 나서 단 한 번도 사용하지 않았던 애칭으로 다시 불러주니 새삼 그녀의 말이 진심이라 느껴졌다.

"사실 일전에 안평대군과 금성대군이……."

난 일전에 겪었던 일에 대해 아내에게 털어놓았고 그 말을 들은 그녀는 가장 간단한 해결책을 내게 제시했다.

"전하께선 세자 시절부터 공무로 바빠 친족들을 거의 챙기지 못하셨습니다. 그러니 적당한 날을 잡아 종친들을 모아 그들의 이야길 들어보고 깊은 대화를 해보는 게 어떨지요."

"중전의 말이 옳군요. 내 그들을 궁으로 초대해 봐야겠습니다."

그러고 보니 난 그런 간단한 방법조차 떠올리지 못할 정도로 충격을 받았던 건가.

난 다음 날 주요 종친을 궁으로 초대하는 편지를 보냈고, 나름대로 여러 가지 준비를 했다.

그렇게 약속한 주말이 되자 그들은 경회루에 모였다.

"오늘 왕실의 일원들을 이리 부른 건 그간 과인이 격무로 인해 친족들에게 소홀히 한 것이 아닌가 하여 모이게 한 것이오."

그러자 왕족의 대표인 효령대군께서 먼저 내게 고개를 숙이며 답했다.

"전하의 은혜에 그저 감읍할 뿐이옵니다."

"또한 이 자리에서 하고 싶은 말이 있다면 마음껏 해도 좋소. 내 성심껏 경청하리다."

그런데 모인 이들의 분위기를 보니 여전히 내 눈치를 보기 바쁘다.

"음, 일단 술부터 한 순배 돌리고 시작하지."

그렇게 내 지시로 술이 몇 번 돌고 내 지시로 만들게 한 진수성찬이 입에 들어가자 경직되었던 분위기가 조금씩 변하기 시작했다.

"용아, 오늘만큼은 그냥 군신 말고 형과 동생 사이로 돌아가서 마시자꾸나. 자, 내 술 한 잔 받거라."

"예, 형님."

안평대군이 먼저 내 술을 받아 고개를 돌려 한 번에 털어낸 후 곧바로 내 잔을 채웠다.

"유, 너도 한 잔 하고."

"감사합니다, 형님."

난 금성대군에 이어 이복동생들에게도 술을 권하며 옛이야기들을 나눴고, 술을 못 하시는 큰아버지인 효령대군에겐 그간 개발된 여러 가지 차와 음식을 올리고 몇몇 내관들을 붙여 극진히 대접했다.

그렇게 한창 잔치 분위기가 무르익을 때쯤에 내가 한마디 꺼냈다.

"과인은 왕족과 종친을 핍박하려 새 법안을 세운 게 아니오."

그러자 장내는 금세 조용해졌고 효령대군께서 넉살 좋은 표정으로 웃으면서 내게 답했다.

"물론 주상 전하께서 큰 뜻을 품고 종친들에게 모범을 보이라고 하심을 신도 알고 있사옵니다. 다만……."

"앞서 과인이 말한 것처럼 어떤 의견이든 경청할 테니 말씀하시지요."

"전하께서도 이미 알고 계시지만, 신은 그간 여기 모인 이들 대부분에게 많은 이야기를 들었습니다."

나도 김처선에게 보고받아 알고 있는 사실을 언급하자 명단에 적혀 있던 종친들은 그걸 비밀이라 생각했었는지 얼굴이 창백하게 변했다.

"그럼 백부께서 종친들의 의견을 들려주시지요. 과인이 듣고 참고하겠습니다."

"예, 이야길 하기 전에 신이 전하의 의중부터 감히 묻고자 하온데, 그래도 괜찮겠습니까?"

이건 내가 꺼내는 말에 맞춰서 대응하려는 방식이겠네.

"군역의 일은 어디까지나 이 나라의 훗날을 생각하고 고민하여 결정한 일입니다. 나라의 주요한 토대인 군역이 문란해지지 않게 왕족들이 나서서 본을 보여야 한다고 생각했지요."

"그러나 작금엔 고매하신 어심을 오해하고 그대로 받아들이지 못한 이들이 많사옵니다. 부디 전하의 큰 뜻을 보여주소서."

"그렇습니까. 그럼 오늘 이 자리에서 그 오해를 풀어봐야겠군요."

세간에 알려지길, 효령대군이 불교에만 심취했고 무슨 말을 들어도 웃기만 하는 호인이라고 하는데… 그건 편견이다.

큰아버지의 처세술은 그 누구보다도 뛰어나다고 할 수 있지.

사사된 양녕대군이 사고만 치고 다녀 양사의 대간들에게 허구한 날 공격받은 것과 다르게, 효령대군은 불교에 심취했으면서도 그 어떤 잡음조차 나온 적이 없었고 지금도 그건 마찬가지다.

"제일 큰 불만이 뭔지 알고 싶습니다."

효령대군은 내 질문에 웃으면서 답했다.

"왕족 된 자로서 어찌 감히 주상 전하께 불만을 품을 수 있겠사옵니까. 다만, 이들은 섭섭함이나 아쉬움을 표할 뿐이지요."

"그럼 과인에게 서운한 점이 뭐라고 합니까?"

"그건……"

경회루에 모인 모든 이들은 효령대군의 입에서 무슨 말이 나올지 몰라 초조한 듯한 표정을 지으며 주목했고 나 역시 의문을 품고 기다려야 했다.

"아무래도 군역을 지는 순간, 종친 자리에서 박탈되거나 혹은 계속 변방에서 살까 봐 두려운 모양입니다."

난 그럴 의도까지는 아니었는데 그간의 행보 덕에 모두가 지레 겁을 집어먹고 있었나 보다.

"그렇습니까?"

"예, 복무 기간에 왕족의 신분을 인정받지 못한 채 일개 무관으로 격하된다고 전하께서 이르셨으니 그런 듯하옵니다."

사실 마음 같아선 일개 병졸로 하려다가 저들의 반발을 고려해 하급 무관으로 정한 거였다.

또한 병법도 모르는 종친들이 왕족이랍시고 복무 중에 사고 치거나 멋대로 굴면 곤란하니 부사관급 정도로 타협한 거였는데. 거기다 다른 문제도 있고.

"물론, 신도 전하께서 종친이 병졸들을 사병화할까 염려해서 그리하셨음을 알고 있사옵니다."

큰아버지가 바로 핵심을 짚었다.

"그럼 군역을 지는 것 자체는 반대하지 않는다는 이야기입니까?"

"예, 전하의 지엄하신 어명인데 어찌 감히 거역할 수 있겠습니까."

그건 아니군. 큰아버지의 말이 떨어지기 무섭게 여기 모인 징집 대상 적령기 종친들의 표정이 일그러져 가는 게 보인다.

"만약 군역의 의무를 지는 것에 대해서 아무런 보상이 없다고 서운해하는 거라면 과인이 나름대로 준비한 것도 있습니다."

"혹시 그게 어떤 것인지 신이 들을 수 있겠습니까?"

"복무 중엔 정5품급의 녹봉을 내릴 것입니다. 또한 군역을 이수한 종친에겐 과인이 친히 공을 치하하는 흉장(胸章)과 문장(紋章)을 하사하려 합니다."

"흉장과 문장이라 하심은… 대체 어떤 것을 이르시옵니까?"

"군역의 의무를 마친 종친의 명예를 기리려 내려주는 것으로 생각하면 될 겁니다."

내가 말한 건 미래의 군인들이 달고 다니는 배지와 비표 개념이고, 전역자에게 수여되는 예비군 마크를 변형한 개념이라 봐도 무방하다.

난 상의원(尙衣院) 침장을 시켜 본보기로 만들게 한 손바닥만 한 문장 몇 개와 왕실 직속 야장을 시켜 만든 은제 봉황 배지, 즉 흉장을 품에서 꺼내 보여주었다.

"이게 그 시제품입니다. 또한 이 문장은 의복에 바느질해서 달고 다닐 수 있게 만들었고, 흉장은 가슴에 차고 다닐 수 있게 했지요."

"그럼… 이건 흉배나 다름없는 게 아닙니까?"

"그렇습니다."

지금 조선에선 미래와 다르게 관복에 앞뒤로 장식하는 흉배가 없고, 그건 오직 왕과 세자의 용포에만 허락되는 특권이었다.

그 법안을 제정한 이가 바로 현 영의정 황희이며 대신들은 그의 눈치를 보느라 관원들이 흉배를 사용하자는 의견도 못 내는 실정이다.

"주상께서 종친을 이리도 생각하시는지도 몰라보았으니…

참으로 송구하기 이를 데 없사옵니다."

그러자 여기 모인 종친들도 내가 제시한 혜택이 마음에 드는지 서로 귓속말로 의견을 주고받기 시작했다.

지금 종친들은 내 눈치도 보랴, 관료들에게 약점이라도 보일까 전전긍긍하는 상황이다.

대외에 과시할 만한 합법적인 수단이 생기면 사대부와는 차별되는 특권을 부여받는다고 느낄 수 있겠지.

"그리고 무릇 종친들만 짐을 지는 것이 아닙니다. 아국의 모든 사대부 역시 변방의 외직에 종사해 군역을 대체하게 됩니다."

그렇게 한참 동안 이야기하다 보니, 목이 말라 김처선에게 손짓하여 가져온 물을 한 잔 마시고 다시 말을 이어갔다.

"그리고… 과인은 세자 역시 군역을 겪게 할 생각입니다."

그러자 효령대군께서 짐짓 놀랐는지 눈을 크게 뜨며 내게 물었다.

"전하, 어찌 국본을 변방으로 보내려 하십니까? 그건 아니 되실 말씀이시옵니다."

"염려하지 않으셔도 됩니다. 세자의 안전을 고려해 도성 내에서 군역을 치르게 할 겁니다."

그러자 큰아버지는 안도하는 듯한 표정을 지으며 한숨을 쉬듯 말을 이어갔다.

"으음… 주상께서 나라를 위해 이렇게까지 하시니, 실로 망극할 뿐이옵니다. 전하의 뜻을 받들어 종친들이 앞서서 모범을 보이겠사옵니다."

큰아버지와 미리 짠 것도 아닌데, 이야기가 잘 풀리게 되었다.

이렇게 활약해 주셨으니 앞으로 지금보다 더 대우해 드려야겠어.

"백부께서 과인의 진심을 알아주시니 감사할 따름입니다."

그렇게 반 시진 정도 더 효령대군과 군역에 대해 논하다가 이야기를 마치고, 저녁이 될 때쯤에 다시 잔치가 재개되었다.

"용아, 혹시 너도 그 죄인처럼 될까 염려했었느냐?"

한창 술이 들어가던 차에 내 질문을 받은 용이는 고개를 숙이며 대답했다.

"형님, 그런 것은 아니었습니다."

"그럼 어째서 이 형을 그리 두려워했느냐?"

"그건… 소제가 형님의 속마음을 알 수가 없어서 그랬던 것 같습니다."

"어떤 부분에서?"

"형님께선 더할 나위 없는 성군이시며 또한 아국의 강토를 넓히고 북방을 평정하신 위업을 달성하셨지요."

"그건 나 혼자만 잘해서 이룬 일이 아니다. 나라를 위해 기꺼이 군역을 감당한 백성들이 있었기에 가능한 일이었지."

"예, 저도 그 부분은 알고 있습니다. 그러나 일개 범부인 소제는 형님께서 하시려는 일들의 의도를 전부 파악하기 힘듭니다. 또한······."

"그리고 또 뭐가 있느냐."

"사실 소제가 그간 형님이 하시는 말씀을 듣고 전부 이해하는 척했지만, 실상은 알아들은 게 절반이 채 되지 않사옵니다."

"이해하지 못했으면 다시 물어보면 되었을 일이 아니더냐?"

"형님은 평범한 이들의 마음을 모르십니다······. 또한 이해하지 못하는 것은 심히 괴롭기 그지없는 일이며 비단 이런 게 저뿐만은 아닐 겁니다. 대소 관료의 대부분도 소제와 같은 생각을 하고 있을 거라 봅니다."

신료들은 내 명에 따르는 것에 익숙해졌고 편전에서 의논을 거쳐 이뤄지니 나와 오래 지낸 총신들은 나름대로 내 의도를 잘 이해한다고 본다.

거기다 모든 것을 결과로 증명했으니 지방관이나 하급 관원들이 날 이해하지 못한다 해도 상관없다고 여겼기도 했고.

"그게 이 형을 두려워하게 된 이유더냐."

"무릇 평범한 사람은 이해하지 못하는 것에 경외와 두려움을 동시에 느끼는 법입니다. 제겐 형님이 그렇지요."

"용아, 비단 형제 사이뿐 아니라 세상의 모든 이들은 서로의 마음을 알 수 없단다. 속내를 이야기하지 않으면 서로를 이해할 수 없는 법이야."

"…예, 송구하옵니다."

난 들고 있던 술잔을 내려놓은 채 금성대군에게 물었다.

"유야, 너도 용이처럼 이해하지 못해 이 형이 두렵더냐."

"아닙니다. 소제는 군왕의 명이라면 의중을 몰라도 따라야 한다고 생각합니다. 그저… 전가사변 된 이들처럼 다시 돌아오지 못할까 봐 조금 염려되었습니다."

"너흰 모두 내가 아끼는 동생들이다. 그러니……."

그러던 중, 잔치에 참여한 도원군(桃源君) 이장(李暲)의 모습이 내 눈에 띄었다. 도원군은 폐서인된 수양의 아들이었고, 아버지에 대한 기억도 거의 없을 어린 나이에 슬하에 자식이 없던 계부(季父, 막내 작은아버지) 익녕군(益寧君) 이치(李袳)의 양자로 들어가 대를 이었었다.

덕분에 익녕군은 후손을 보지 못해 아내와 이혼 직전까지 갔던 위기를 넘겨 가정을 유지할 수 있기도 했었다.

혹시 저 녀석도 친부에 대해 알게 되면 날 두려워하게 되려나. 김처선이 알아본바, 저 녀석의 아비는 몇 년 전에 머리 깎고 절에 들어갔다던데.

"죄를 짓지 않는 이상 너흴 내칠 일은 없을 것이다. 또한 한

가지 약조하마."

그러자 용이가 내게 물었다.

"어떤 약조를 이르십니까?"

"앞으로 너희에게 시킬 일이 생기면 완전히 이해할 수 있게 설명부터 해줄게. 어떠냐?"

"좋습니다."

용이의 말이 끝나자, 금성이 내게 고개 숙이며 답했다.

"신이 주상 전하께 심려를 끼쳐 드려 송구하옵니다."

"유야, 오늘은 형이라 부르라고 했잖니. 취해서 잊었느냐?"

"죄송합니다, 형님. 소제가 벌주로 한 잔 더 하겠습니다!"

그렇게 내가 먼저 다가서자 동생들도 진심 어린 듯한 표정으로 웃었고 나도 녀석들을 따라 웃기 시작했다.

그 후로도 난 이복동생들이나 그간 멀게 지내던 인척들과 잔을 주고받으면서 대화를 나눴다.

기분 좋게 잔치를 끝나고 침전으로 돌아온 난 흥분으로 쉽게 잠이 오지 않아 생각에 잠겼다.

이참에 군대 쪽에 더 손댈 것이 없는지 고민해 볼까.

예전엔 부족한 자원과 시간을 최대한 효율적으로 활용하려 수도와 북방 정예군에만 투자를 집중했었지만, 정세가 안정되고 있는 지금이라면 전군의 정예화에 힘을 쏟아야 할 차례겠군.

전군을 정예화하려면 교육이 필요한데 어디서부터 손을 봐야 할까…….

지금 갑사로 지원한 이들이나 무과에 합격한 이들은 삼 개월 일정으로 총통위 병영에서 체력 단련과 각종 병법 교육을 받는다.

내가 세자 시절 손수 교육했던 무관들이 전쟁에서 크게 활약했고, 그런 성과를 보았던 아버지와 최윤덕이 적극적으로 추진했으며 거기에 내가 부사관 학교를 참조해 손본 제도이기도 하다.

여기다가 사관학교처럼 고급 지휘관 교육 과정을 분리하고 영관급 교육 과정도 한번 추가해 볼까. 직업군인인 영진군을 별도로 훈련하는 시설도 추가하고.

거기에 내가 알기론 미래에도 고과와 진급시험이 있고 그건 조선의 관직도 마찬가지다.

이참에 무관도 진급시험으로 능력을 증명하고 위로 올라가는 방식으로 바꿔봐야겠어.

지금이야 내가 새로이 밀어주는 인사들, 즉 사육신을 비롯해 절개를 지킴으로 검증된 충신들이 능력을 발휘하고 있어서 별로 문제가 되진 않지만, 후대에 무능하고 탐욕스러운 졸장이 상급 지휘관이 되는 건 막아야 한다.

그리 되면 이론으로 검증되지 않는 상식 밖의 불세출의 군사적 천재가 나오기 힘들더라도 그에게 준하는 이들이 많이 나오게 되겠지.

그건 그렇고 티무르에 보낸 선단은 언제쯤 돌아오려나……. 인도에서 초석만 안정적으로 공급된다면 할 수 있는 게 더 많아지는데.

게다가 앞으로 배 생산이 늘어나면 민간 운송업자나 상단에 불하해서 사무역도 활성화해야 하고……. 할 게 아직도 정말 많네.

그렇게 떠올린 걸 사전에 정리하던 나는 어느새 깊은 잠에 빠졌다.

제3장
사관학교

　1456년의 새해가 밝는 동시에 종친과 사대부를 대상으로
한 군역 개혁 법안이 통과되었고, 추가로 내가 제안한 전문 군
사학교의 설립안도 상정되었다.

　그리고 이후 설립될 군사학교의 초대 교장은 존경받는 원로
무장인 최윤덕이 맡게 되었다.

　본래 신료들과 상의하며 염두에 두었던 교장 후보는 현 총
통위장인 김경손이나 겸사복장 유규였지만, 최윤덕의 강력한
요청으로 그에게 교장을 맡기게 되었던 것이다.

　최윤덕이 기록된 역사보다 십 년 이상 장수 중이고, 작년부터는 사실상 은퇴나 다름없는 생활을 누리고 있었기에 나름대로 그를 배려하려 교장 후보에서 제외했던 것인데, 현 조선을 대표하는 노익장은 내 생각보다 훨씬 건재했다.

그는 나를 직접 알현하며 옛 전국시대 명장인 염파(廉頗)의 고사처럼 매일 열 근의 닭 가슴살 정도는 거뜬히 먹을 수 있다며 나를 설득했고, 건강한 자신의 몸을 직접 증거까지 보여주니 어쩔 수 없었다.

사실 최윤덕은 이제 80대에 접어들어 그 당시 한 말의 밥과 열 근의 고기를 먹을 수 있다며 몸소 시범을 보인 염파보다도 더 나이를 먹은 노장이 되었는데…… 이제 노익장의 기준을 다시 써야 하나?

난 결국 최윤덕을 교장으로 임명하면서 한 가지의 조건을 달았다.

그는 현장에서 물러난 지 오래되었으니, 군사학교가 정식 개교하기 전까지 한 주에 한 번씩 나를 알현하고 새로운 병법을 배우라고 말이다.

그건 그렇고… 최윤덕이 초대 교장이 되었으니 앞으로 야전 건축과 축성술은 모든 지휘관의 기본 소양이 되겠네.

그는 파저 강 일대를 평정한 후 서북 4군을 개척하고 성을 쌓아 국경을 단단하게 지킨 장수다.

최윤덕은 주장으로 나선 파저 강 1차 정벌에서 보여줬듯 병력을 여럿으로 나눈 후 분산된 적진을 동시타격 하는 전술을 장기로 삼기도 하지만, 그에 못지않게 수비와 더불어 축성과 토목 전반에 깊은 조예를 가지고 있고 지금도 여전히 군사 요지에 새로 건축하는 성곽들을 설계하기도 한다.

또한 최윤덕이 내 영향을 받아 새로 설계한 성곽이나 요새는 주둔군의 위생 환경을 고려했고 화장실의 환경이나 배수로의 흐름도 신경 써서 짓고 있었다.

그런 최윤덕 휘하에서 수학하는 장수들은 야전에서 화장실 짓는 법부터 먼저 배울지도 모르겠어.

그렇게 군사학교 설립 건이 우선 마무리되자 그다음 목표를 달성하기 위해 움직였다.

난 병조에 왕명을 내려, 국왕 직속 군대나 다름없는 화기부대 총통위 말고도 각 도의 사단마다 전문 포병 부대를 본격적으로 양성하기 위해 병과와 대대의 재편을 지시했다.

그렇게 병조가 호조의 추가 예산 지원을 받고 대대적인 군제 개혁에 열중했고 시간이 빠르게 흘러가 2월이 끝나갈 무렵, 난 대월국(大越國)과 만자백이국(滿者伯夷國)에서 보낸 합동 사신단이 강화도에 도착했다는 서신을 받았다.

대월은 미래의 베트남이고, 만자백이국은 현재 인도네시아 일대를 아우르는 나라 마자파힛을 지칭하는 국명이다.

전에 사전에서 본 내용대로면 저긴 지금쯤 왕이 부재한 공위 상태라 혼란에 빠져 내전이 벌어졌으리라 생각했는데…….
난데없이 내게 사신을 보내다니, 혹시 저 나라도 역사가 바뀐
건가?

아무튼 바다 건너 조선에 온 손님이니 예조에 일러 환대부
터 해주라고 지시해야겠네.

"…예판은 방금 그들이 아국의 도움으로 즉위한 만자백이
왕이 감사차 보낸 사절이라고 했는가?"

강화도에서 한양으로 이동한 양국의 합동 사신단원을 영접
하고 돌아온 신숙주가 내게 알아낸 정세를 보고했고, 난 의외
의 소식에 놀라 그에게 반문했다.

"예, 그러하옵니다."

"알아낸 소식을 더 자세하게 말해보게."

"그럼 소신이 그들에게 들었던 이야기를 처음부터 순서대로
고해보겠나이다."

"그리하게."

그렇게 신숙주가 요점을 정리하여 내게 들려준 이야기는 놀
랍기 그지없었다.

산동 첨절제사 최광손이 이끄는 함대가 만자백이국에 도착
했을 때, 이미 전대 왕이 사망해 내전이 벌어지기 직전의 상태
였고 그 와중에 조선의 함대가 나타나자 자기 편으로 끌어들
이려는 유력자들과 물밑에서 수없이 많은 접촉이 이뤄졌다고

한다.

그런데 내가 생각지 못한 전직 승려 신미, 이젠 역관인 김수성이 그곳에서 본래 적성을 살려 유창한 범어와 불교 지식을 이용하여 유력한 왕족인 기리샤와르다나를 설득해서 말라카 해협 통행권을 확보했고, 최광손은 그 대가로 배 2척과 병사 200명을 남겨 협력하라고 일렀다고 한다.

그후 기리샤와르다나는 신식 화기로 무장한 나의 군사들을 지극히 우대하는 동시에 가진 화약을 전부 쏟아붓듯이 지원했고, 단 석 달 만에 본거지인 웽커 지방 인근과 자와(자바)섬의 유력한 왕족 출신 경쟁자들을 전부 제거했다고 한다.

상황이 그렇게 돌아가자 자와섬 서쪽에 위치한 수마트라섬 출신의 세력들이 위기를 느껴 일제히 연합했고, 결국 기리샤와르다나를 공격하여 자이야케루타, 즉 자카르타의 연해에서 나라의 패권을 걸고 대규모 해전이 벌어졌단다.

최광손이 남겨둔 배는 고작 갤리온과 보선 한 척뿐이었지만, 기리샤와르다나는 조선 해군의 활약으로 승리할 수 있었다고 한다.

수마트라 연합의 함선 삼백 척에 맞서 이백여 척으로 싸운 해전에서 대승을 거둔 것이었다.

나도 어떻게 그런 결과가 나왔는지 궁금해 마자파힛의 선박과 전술에 대해 사전으로 찾아봤는데, 그들의 주력함은 노와

외돛을 혼용하는 데다 탑승 인원도 적은 소형 갤리(galley)선에 가까웠고 화포도 소구경 위주에다 최대 적재 수는 양쪽 측면을 합쳐 8문가량이었으며 어디까지나 화포는 보조에다 적의 배에 올라서 싸우는 전법을 주로 사용했다고 한다.

배의 방어력보단 기동성에 중점을 두고 발전한 선박인 건가.

"…그렇게 아국의 가리선(加利船, 갤리온)과 보선(寶船)이 우군의 도움으로 적진에 선봉으로 진입하여 포환을 아낌없이 쏟아내 무려 오십 척에 가까운 적선을 침몰시키거나 전투 불능 상태로 만들었다고 하옵니다."

기본적인 배의 체급 차이와 화포의 성능 차이가 났다지만, 이건 상식 밖의 일이라고 봐야 하나?

잘 생각해 보니 아니네. 미래엔 사실상 단 한 척의 판옥선으로 133척의 적선과 맞서 싸워 이긴 불세출의 명장도 있는데 이 정도면 지극히 상식선이군.

거기다 우군 이백여 척의 지원도 받았으니 뭐… 내가 신숙주의 전황 보고를 들으며 생각을 정리하는 사이, 어느새 길었던 보고도 끝이 다가왔다.

"적선의 일부는 아군 함선에 그들의 화포가 통하지 않자 직접 선체를 부딪쳐 충파(衝破)와 등선을 시도했다가 도리어 부서졌다고 하옵니다. 그리하여 만자백이국에서 아국의 함선을 일컬어 불침함이라 부르며 칭송했다고 하옵니다."

지금 조선의 거함·거포 성애자들이 진정 좋아할 만한 소식이네.

이러다 성삼문이 심혈을 기울여 개발 중인 전열함이라도 완성되면 대체 무슨 일이 벌어지려나. 아참, 이런 것보다 더 중요한 게 있었지.

난 전황을 듣고 가장 먼저 물었어야 할 것을 뒤늦게나마 떠올리곤 말을 이어갔다.

"예판, 그 해전에서 아군의 사상자는 얼마나 나왔는지 알 수 있었는가?"

"아뢰옵기 송구하오나 신도 혹시 발생했을지도 모를 아군 전사자의 신상을 파악하려 했습니다. 하오나 안타깝게도 사신으로 온 이들은 그런 사정까진 모르고 있는 듯했사옵니다. 아무래도 나중에 정식 장계가 올라와야 알 수 있을 듯하옵니다."

"그런가……."

내가 앞으로 전사한 병사나 무관들에게 보답해 줄 수 있는 건 생전에 확실한 대우와 더불어서 그들의 공을 기릴 국립묘지와 생계를 책임질 보훈제도 설립 정도밖에 없겠네. 이것도 조만간 안건으로 상정해야겠어.

지난 광무정난, 즉 토목의 변에 종군했다가 전사한 이들은 정식으로 광무정난 공신록에 이름이 등재되었으며, 그들의 가족은 매년 녹봉을 받고 있긴 하지만, 나라의 미래를 생각하면 목숨 바쳐 싸운 군인들이 존경과 대우를 받을 수 있게 확실한 법적인 장치가 필요하다고 본다.

"그래도 이역만리의 타국에서 대승을 거둔 무관과 군사들의 공이 크니 치하하지 않을 수가 없군. 또한 자네의 친우인 산동 절제사도 불침함을 만드는 공적을 세웠으니, 서신을 보내 이 기쁜 소식을 알려야겠네."

내가 신숙주의 절친인 성삼문을 칭찬하자 그 역시 은근히 기분이 좋아졌는지 잠시 표정이 풀어진 듯 보였지만, 금세 표정을 다잡으며 내게 말했다.

"그것이 어찌 산동 절제사만의 공이겠사옵니까? 이는 어디까지나 신형 선박들을 구상하신 후 건조하라 지시하신 주상전하의 은덕이옵니다."

"아닐세. 내가 청죽에게 지시를 내리긴 했어도 구상을 실물로 만들어내는 것은 별개의 영역일세."

솔직히 말해 미래의 기술을 비롯해 상상한 물건을 실제로 구현해 만드는 건 생각보다 어려운 일이고, 성삼문의 성공은 명나라에 정화의 원정 함대에 동원된 대형 선박을 만들었던 경험과 기술이 남아 있었기에 가능했다고 본다.

"그럼 자세한 전공 보고는 만자백이국에 머무는 전선이

귀환하거나 항로 개척에 나섰던 선단이 귀환하면 들어야겠고……. 그런데 그들과 동행한 대월국의 사신들은 아국에 방문한 목적이 뭐라고 하던가?"

"그들의 말로는 이번 입조는 어디까지나 아국이 먼저 사신을 보낸 것에 대한 답방이며, 양국 간의 교류를 위해서라고만 답했사옵니다."

"그런가. 일단은 그대가 잘 지켜보면서 그들이 따로 바라는 것이 있는지, 의중을 파악해 보게나."

일전에 사전을 뒤져가며 알아본 바론 지금 대월의 왕인 인종(仁宗) 여방기(黎邦基)는 홍위와 동갑이지만, 겨우 2살의 나이로 즉위해 어머니의 수렴청정으로 허수아비 왕 노릇을 하다가 친정을 시작한 지 몇 년 되지도 않아, 이복형 여의민의 반란으로 왕위를 잃고 어머니와 함께 목숨을 잃게 된다고 기록에 적혀 있었다.

하, 바뀌지 않은 역사의 흐름에선 전 세계적으로 반란과 패륜이 유행하는 시기인 건가.

조선은 수양, 티무르엔 압둘, 대월엔 여의민까지…….

그러고 보니 지금 내 앞에 패륜과 반란 담당 전문가가 있었네?

"전하, 어찌하여 신을 그리 바라보시는지……."

신숙주는 갑자기 오한이라도 들은 듯 몸을 잠시 떨었고 난 웃으면서 그에게 답했다.

"내가 예판을 어찌 바라보았길래, 그러는가?"

"아, 아니옵니다. 신이 괜한 말을 하여 심려를 끼친 듯하옵니다. 신은 이만 물러가겠사옵니다."

말은 그렇게 하지만 신숙주의 표정을 보니 자신의 미래를 직감한 듯 보였다.

이로써 다음 대월국행 사신단의 책임자는 확정되었으니 난 그 와중에 우리가 교역으로 얻을 수 있는 것에 대해 고민해봐야겠어.

그런데 막상 광물지도까지 뒤져보니 수입할 만한 것도 없네. 그나마 당장 필요한 건 광물 중에서 주석 정도이려나.

나머진 지금 시대엔 유용하게 쓸 만한 게 거의 없는 거나 마찬가지지. 석탄 매장이 많긴 하나 조선처럼 무연탄만 나니 수입하기도 곤란하고.

하지만 대월국 조정에 적당한 빚을 지워두는 것만으로도 나중에 유용하게 쓸 만한 일이 생길 수 있겠지.

난 며칠 후 양국의 사신을 환영하는 의미로 친견을 허락하고 예산을 들여 성대한 잔치를 열어주었다.

그렇게 그들이 조선에 머무는 동안, 난 다시 평소의 일과로 돌아가 정무에 집중했고 그 와중에 틈틈이 새로 나오는 소설의 신간도 즐기며 문화생활을 누렸다.

요즘 소설이 점점 발달해서 그런지 요즘 신간은 예전에 비해 상상력이 상당히 풍부해졌네.

요 몇 년 사이 해안 경계용으로 쓰이는 열기구의 영향인지, 소설에 하늘을 나는 배가 등장했다.

나도 생각한 것을 전부 마음먹은 대로 만들 수 있다면 얼마나 좋을까.

그럼 당장 증기기관부터 손대볼 텐데…….

지금은 구주에서 들여온 고품질 유연탄을 코크스로 가공하기 위해 시험용 코크스 용광로 제작에 걸음마를 시작한 참이다.

적어도 와트식 증기기관 정도는 되어야 비로소 실용성이 생기는데, 현재 금속 제련 기술론 와트식 증기기관의 압력을 버틸 만한 실린더를 만들지 못한다.

그래도 티무르의 장인들과 기술을 교류한 보람이 있었는지 다마스쿠스강 제련법과 더불어 전반적인 기술 수준이 높아지긴 했으니 그걸로 위안 삼아야겠지.

장영실의 제자 최공손은 요즘 열기구에 뭔가 영감을 얻었는지 비차(飛車)란 이름으로 행글라이더와 비슷한 날틀을 만들어보려고 하던데, 내가 보기엔 많은 시행착오를 겪어야 할 것 같았다.

그렇게 내가 나름대로 평온한 나날을 보내며 따듯한 봄날이 한창일 때, 성저 서쪽의 홍제천 하류 부근에 건설 중이던 군사학교가 완성되었고 1기 훈련생으로 홍위와 남이, 최계한, 그리고 입대가 결정된 종친들을 비롯해 재작년에 합격한 무과 응시자들까지 총 200여 명이 입소식을 준비하기 시작했다.

*   *   *

1456년의 5월. 난 대신들을 이끌고 사관학교의 개교식에 참석했다.

200여 명의 신입생의 대표로 홍위가 단상에 올라 입학식을 치렀고, 난 직접 아들에게 사관 임명장을 수여하며 식을 마무리 지었다.

난 입학식을 마친 후, 입학 전 친지 대면 시간을 빌려 홍위를 교장실로 불러 물었다.

"그래, 세자… 아니지. 상우(尙友)는 처음으로 궁을 떠나게 되었는데, 기분이 어떠니?"

상우는 홍위가 피휘 문제로 군역 동안 사용할 별호(別號)이며, 내가 직접 지어주었다.

"소자가 잠시나마 국본의 신분을 벗어나 평범하게 지낼 수 있다고 생각하니 기대감도 들지만… 한편으론 잘 적응할 수 있을지에 대해 염려도 드는 것 같사옵니다."

홍위는 조금 흥분한 듯 평소보다 높은 목소리로 답했고, 대답하며 손을 조금 떨고 있었기에 난 아들의 손을 잡아주며 말을 이어갔다.

"그래, 우리 아들이 궁에서는 알 수 없던 것들도 많이 배우게 될 거야."

"과연 소자가 잘해낼 수 있을까요? 자칫 잘못하면 아바마마를 욕되게 하는 것은 아닐까 걱정이 듭니다."

"만에 하나라도 네 성적이 좋지 않다고 해도 널 탓할 생각은 없단다. 훗날 네가 보위에 올랐을 때 여기서 배운 것들이 나라를 다스리는 데 있어서 도움이 되었으면 좋겠구나."

"예, 소자가 아바마마의 말씀을 깊이 명심하겠사옵니다."

"그리고 여길 졸업하고 나서 한성부 관아 소속 군관으로 배속되면 간접적으로나마 백성들의 삶이 어떤지 알게 될 거란다."

내 신하들은 홍위를 궁에서 근무하는 금군 소속으로 두자고 건의했었지만 그러면 군역을 지는 의미가 없다고 생각해 도성의 민생과 가장 가까운 한성부 관아로 배속시키도록 정했다.

"그리고 너와 종친들은 무과 합격자들보다 짧은 학교생활을 하게 될 것이란다."

"예, 소자도 입학 전에 들었사옵니다."

무과 합격자들은 2년 동안 6개월 단위로 시험을 거쳐 상급 과목에 승급하고 그것을 모두 수료해야 정식으로 임관할 수 있으며 승급 시험에 불합격한 이들은 유급하게 된다.

또한 군역의 의무를 지는 왕족과 종친들, 그리고 갑사 예비원은 6개월간의 부사관 교육과정을 거쳐 정식 갑사로 임명되어 근무지에 부임하게 된다.

"그래, 그러면 아비는 이만 가보마. 부디 건강 잘 챙기고 혹여 훈련이 힘들다고 끼니를 거르지는 말아라."

"예, 명심하겠사옵니다."

"그리고 혹시 몰라 당부하는데… 교육과정 중에 그 누구든 신분을 내세워 교관에게 반항하는 불상사가 일어나선 안 될 것이야."

"염려 마시지요. 소자가 국본이란 신분은 잠시 잊겠습니다. 또한 교관들을 제 스승이라 생각하고 따를 것이옵니다."

"그래, 아비가 우리 아들을 믿지 못해서 그런 말이 아니야. 다른 종친들이 그럴 수 있어서 한 말이니 네가 그들을 추스르거라."

"예, 아바마마의 분부를 따르겠사옵니다."

난 가기 전에 아들을 안아주며 말했다.

"그래, 몸조심하거라."

"……."

나와 포옹을 마치고 떨어지던 홍위는 살짝 눈물을 보였고, 그런 모습을 보자 가슴이 살짝 아려왔다.

내가 추진한 일의 결과물이지만 막상 아들을 군대에 보내고 나니 뭐라 말할 수 없는 기분이 드네……. 역시 부모 마음이란 게 다 이런 건가.

그렇게 홍위를 사관학교에 입학시키고 궁으로 돌아와 중궁전을 찾아 중전을 대면하니 그녀도 우울한 듯한 표정을 보였다.

"중전은 우리 아들이 그리도 염려되시오?"

그러자 아내는 가볍게 한숨을 내쉬며 내게 답했다.

"세자가 거기서 말썽이라도 피우는 건 아닌지 걱정되옵니다."

아, 홍위가 기운이 워낙 넘치긴 하지. 그간 남이, 최계한과 같이 사고도 많이 쳤으니…….

"그건 걱정하지 않아도 돼요. 지금쯤이면 그럴 기운도 없을 테니."

아마도 지금쯤이면 훈련생 일동은 교관에게 기초 제식부터 배운다고 정신없이 지내고 있을 거다.

"그것도 그렇지만 당분간 아들을 볼 수 없다고 생각하니 마음이 좋지 못합니다."

"모든 어미의 마음이란 다 그런 거 아니겠어요. 그래도 홍위가 배운 게 나중에 살아가는 데 있어서 큰 도움이 되리라고 봐요."

"전하의 말씀이 지당하시지만… 그 아이의 빈자리가 생각보다 큰 거 같사옵니다."

"중전이 이리 심란해하는 거 보니 안 되겠네요. 이리 와봐요."

난 아내의 손을 잡아끌어 품에 안으며 말을 이어갔다.

"중전이 쓸쓸하지 않게… 홍위 동생이나 만들어볼까요?"

"전하, 아직 시간이 초저녁인데 이러시면……."

"그래서 싫다고요?"

그러자 아내는 새침한 표정을 지으며 내 옷고름을 잡았다.

"…다 아시면서."

내가 즉위한 후, 복잡한 합방의 법도나 규칙 같은 건 거의 사문화가 된 지 오래다.

그렇게 우리 부부는 언제나처럼 즐거운 밤을 보냈다.

*   *   *

이홍위를 비롯한 생도들이 사관학교에서의 정신없는 첫날밤을 보낼 무렵, 티무르 왕국의 호르미르자드(Hormirzad, 현 반다르 아바스) 항구와 이어진 직행 항로를 개척하고 귀환하던 조선의 함대는 대만 다두 왕국의 수도인 고웅에 도착했다.

한밤중이라 공식적인 사절단의 접대는 다음 날 진행하기로 한 상황에서 최광손은 다두 왕궁에서 친구와 단둘이 대면했다.

"시간이 늦었기에 지금쯤이면 자고 있을 거라 생각했는데, 이리도 반겨주니 고맙네."

최광손이 햇볕에 잔뜩 탄 얼굴로 미소를 지으며 다두 국왕 바타안에게 너스레를 떨자 그 역시 웃으면서 답했다.

"자네가 아니라 싣고 온 짐을 기다린 거지. 어서 가져온 선물이나 내놓게."

"자넨 볼 때마다 점점 뻔뻔해지는 거 같아. 일국의 왕이 되면 다 이러는 건가?"

"내게 경연을 주관하는 상국의 관원들에게 좋은 말을 배웠네. 군주는 무치(無恥)한 존재라고 하더군."

"하, 그게 그러라고 쓰는 말이 아닌데……. 다음엔 사석에서도 예의를 지켜 존댓말 쓰라고 할 기세로군. 이거나 받게."

최광손이 손바닥만 한 주머니 두 개를 꺼내 바타안에게 내밀자 그는 두 주머니를 열어 내용물을 확인해 보곤 되물었다.

"이게 대체 뭔가? 먹을 거?"

"그게 바로 호초(胡椒, 후추)와 육두구(肉荳蔻, 넛맥) 씨앗이란 건데, 육두구의 가치는 나도 잘 모르겠지만, 호초는 금만큼

값비싼 거야."

"이 씨앗이 그리 귀하다고?"

"그래, 호초는 천축에서 얻은 거고 육두구는 만자백이국의
새 왕에게 선물로 받았네."

바타안은 나라를 경영하게 되면서 귀금속의 가치와 경제에
대해 어느 정도 알게 되었고 금보다 귀한 걸 선물로 받았다고
하니 금세 기분이 좋아졌다.

"흐흐, 고맙네. 이거 여기서도 키울 수 있는 건가?"

"여기서 키워보라고 가져온 걸세. 아쉽게도 둘 다 본국의 기
후에선 자라지 못한다고 하더군."

"그런가. 이걸 키워서 광무왕 전하께 진상하면 전보다 더
좋은 걸 하사하시겠지?"

"지금 본국에서 받는 하사품만으론 많이 부족한 건가?"

"음, 아무래도 개국 초기니 필요한 게 많아. 특히나 철은 아
무리 많아도 부족할 지경이고."

"식량이 부족하진 않고?"

"식량은 넉넉하네. 본래 내 부족은 농경에 주요한 가치를 두
고 살았기에 다른 부족보다 쌀농사 짓는 것에도 능한 편이었
어."

"그랬나? 아미족에 데릴사위 풍습이 있다는 정도만 들어봤
었는데 거기까진 몰랐었네."

"작년부터 조선에서 질 좋은 농기구를 들여 경지도 넓힌 데다가, 새로운 농법까지 배워서 그런지… 작년의 쌀 수확량은 재작년과 비교하면 4배 가까이 늘었네."

최광손은 놀란 표정을 지으며 답했다.

"그래? 여기가 농사짓기 좋은 땅이라곤 생각했지만 그 정도였다니 정말 놀랍군. 나중에는 여분의 쌀을 조공으로 올려도 되겠네."

"그럼, 이번 해엔 여분의 쌀을 올리고 말과 소를 내려달라면 전하께서 들어주실까?"

"그보다 구휼미를 비축하는 게 우선이 아닐까?"

"그러지 않아도 요즘 먹을 게 넘쳐나는데?"

"그래도 앞일은 모르는 거야."

"그렇게까지 말하니 고려해 봐야겠군."

"차라리 여기서만 키울 수 있는 작물을 조공품으로 올리고 돼지와 닭을 들여오는 게 나을걸세."

"음, 자네 말대로 하는 게 좋겠군."

요즘 들어 나라를 경영하는 재미에 푹 빠진 바타안은 쉬지 않고 질문을 이어갔다.

"그러고 보니 자네 본국에서 보낸 일꾼들이 일을 잘하던데, 또 언제쯤 보낼 예정인가?"

"잘은 모르겠지만 이제 남방 항로가 완성되었으니 전보단 자주 배가 오가게 될 거네. 그건 그렇고⋯ 그들은 전부 죄인 출신인데 말썽 부리는 이는 없던가?"

"처음엔 주먹다짐하던 놈들이 몇몇 있었는데, 본보기로 벌을 받고 나선 얌전하게 지내더군."

"혹시 도망치려는 놈들은 없었고?"

"과연 여기서 도망치려는 멍청이가 있을까? 운 좋게 나간들 북쪽의 배신자 놈들에게 잡혀 노예밖에 더 되겠어?"

"하긴 그러네. 내가 괜한 걸 물었군. 그럼 북쪽의 전황은 어찌 되어가나?"

"석 달 전에 다라만(多羅滿, 화롄) 북동쪽 해안 마을을 점령하고 방어 시설을 정비 중이네."

"혹시 카발란 일족의 근거지를 말하는 건가?"

"지금은 갈마란(噶瑪蘭)이라고 이름 붙였네."

"거길 점령했으면 앞으로 배가 오고 가기 더 쉬워지겠군."

"맞아. 그곳의 방어가 안정되면 항구를 세우고 우리도 본격적으로 배를 만들어볼 생각이야."

"혹시 이곳의 전통 선박을 말하는 건가?"

최광손이 일전에 보았던 돛도 없이 오직 노(櫓)에 의존하는 작은 배를 떠올리며 질문하자 바타안은 고개를 저으며 답했다.

"아니, 그것보단 몇십 배는 더 크게 만들어볼 생각이네."

"선박이 마냥 시도만 한다고 만들어지는 건 아닌데… 본국에 도움을 청할 셈인가?"

"그래야겠지. 당장 먼 바다로 나설 배까진 무리겠지만 적어도 연안을 자유로이 움직일 만한 정도는 만들고 싶네."

"그건 하루아침에 될 일은 아니야. 나도 배를 타기 전엔 몰랐었지만 대량의 목재 확보부터 해서 건조 작업도 필요하고……."

"하긴. 전처럼 작은 배에 가죽을 씌워 만들 수 있는 것도 아니니……."

"그렇게 만드는 것도 힘들지만 더 중요한 건 숙련된 선원이야. 쓸 만한 뱃사람 키우는 건 적어도 년 단위가 필요해."

"으음, 한시라도 빨리 이 땅에서 저 망할 놈들과 배신자들을 전부 몰아내고 싶은데… 갈 길이 머네."

바타안은 잔평의 노예사냥 부대의 만행을 떠올리며 이를 갈았고, 최광손은 그런 친구를 진정시켰다.

"자자, 오늘은 밤새 술이나 마시지. 자넨 지금도 충분히 잘해주고 있어. 너무 급하게 가려다간 탈이 날 수 있으니, 천천히 하세나."

"그런가? 그럼 자넬 핑계 삼아 내일 경연은 쉴 수 있겠네. 자, 한 잔 받게."

최광손은 친구의 술을 받으며 바타안의 몸짓에 자연스레

예법이 밴 걸 보고 웃으면서 말했다.

"크크, 이러는 걸 보니 자네가 일국의 군주라는 게 조금씩 실감이 되는데?"

바타안은 최광손이 따라주는 술을 받으며 진지하게 표정을 바꾸어 대꾸했다.

"그런데… 내가 자넬 만나지 않았더라도 이렇게 될 수 있었을까?"

"글쎄, 자네의 행보를 따져보면 실질적으로 이곳의 왕이나 다름없었잖아."

"나도 한때는 그렇게 생각했었지만… 막상 나라를 경영해보니 그렇지 않더군. 하나부터 열까지 부족한 것투성이에 문자조차 없었지."

"그러고 보니 여기서도 정음을 쓰고 있지?"

"그래. 전엔 미처 몰랐었는데, 문자가 있고 없음은 차이가 심하더군. 정음을 써보니 거의 모든 걸 구전에 의존하던 예전과는 비교할 수도 없을 정도로 빠르게 일이 처리되고 있어."

"확실히 편하긴 하지. 나도 정음에 익숙해지니 꼭 필요한 데가 아니면 한자는 안 쓰게 되더라고."

"그런데 배에 싣고 온 게 호초와 육두구뿐인가? 쓸 만한 종자나 가축 같은 거 얻어 온 게 있으면 좀 더 주고 가지 그래."

바타안이 투정 부리듯 최광손을 보채자 그는 웃으면서 허공에 손을 휘저었다.

"미안한데, 다른 거로 가득 차서 종자나 가축 같은 건 없어."

"대체 뭐로 저 큰 배들을 가득 채웠길래 그래?"

"모든 선창에 초석이 가득 찼어. 그걸 전부 포장하는 것만 해도 난리가 아니었지."

"그게 뭔데?"

"화약의 재료."

그러자 바타안은 최광손에게 맞았던 총상의 흉터 자국을 쓰다듬으며 손사래를 쳤다.

"대체 얼마나 많길래 저 많은 배를 가득 채웠어?"

"나도 정확히는 모르겠는데… 적재된 식량을 빼면 초석만 사십만 관(1500t) 정도 될 거 같아."

"초석이란 게 그리 흔한 거야?"

최광손은 벵골에서 보았던 광경을 떠올리며 고개를 힘차게 저었다.

"아니… 전혀 그렇지 않았었는데, 천축 땅에선 흙만 파면 나오는 수준이더라고. 그리고 두 나라에서 그간 모아두었던 초석을 우리 배에 쏟아붓다시피 채워줬어."

"허, 대체 어떤 곳인지 궁금하긴 하네."

"아주 더러운 곳이야."

통제되기 전 갠지스강의 풍경을 잠시 보았던 최광손이 간단하게 정의를 내린 뒤, 둘은 그간 밀린 이야기를 나누며 술자리를 이어갔고 다음 날 바타안은 예고한 대로 경연을 빼먹고 숙취에 시달렸다.

그렇게 사절단은 일주일가량 고웅에 머문 후 다시금 강화도를 향해 출발했고 보름 후 강화도의 남쪽에 자리한 분오리 항구에 도착했다.

"첨절제사 영감, 이 많은 배에 실린 게 전부 다 초석이란 말씀입니까?"

"그렇다니까. 이거 전부 나르려면 조운선을 최대한 많이 수배해야 할 거야."

"이게 대체 무슨……."

분오리 항구의 하역을 담당하는 관원은 도저히 믿기지 않아 선창을 전부 확인하고 나서야 그의 말을 믿을 수 있었고, 조정에 파발을 보내 그 소식을 알리며 조운선 수배를 요청했다.

편전에서 회의 도중에 소식을 들은 주상은 체통도 잠시 잊고 괴성을 지르며 환호했고, 편전에 출석 중이던 총통위장 김경손이나 초석 수급으로 고생하던 관료들 같은 반응을 보였다.

그렇게 초석보다 한발 앞서 조정에 귀환한 최광손은 주상과 신료들의 열렬한 환영을 받았고, 사관학교의 교장인 최윤덕 역시 소식을 듣고 아들의 공을 칭찬하려 발걸음을 옮겼다.

그렇게 조선 각 사단 예하에 전문 포병대가 생길 토대가 마련되었으며, 그와 동시에 서쪽에선 오스만을 중심으로 한 이슬람 연합 대 오이라트를 주축으로 뭉친 동방정교회 연합이 카스피해의 북서쪽 돈강 인근에서 전초전을 시작하며 기나긴 전쟁의 서막을 열었다.

*　　　*　　　*

난 티무르에서 항로를 개척하고 도성으로 귀환한 최광손에게 상을 내리며 그의 품계를 정2품 자헌대부로 올려주었다.

동·서반 즉, 문관과 무관의 품계나 승진 차별 대우는 광무정난을 거쳐 사라진 거나 마찬가지고, 문관이 무관 최고직을 겸하는 일도 지금에서는 없지.

그리고 그간 산동 첨절제사로만 머물며 항로 개척에 나섰기에 이참에 새로운 직함을 만들어서 내려주었다.

대신들이 모인 근정전에서 원정 함대 해사제독(海使提督)의 직책을 내리며 그의 공적을 칭찬해 주었더니 내게 인정받아 기쁜 것인지 약간 괴상한 표정을 짓던데.

그렇게 최광손을 비롯해 마자파힛의 내전에서 공을 세운

이들까지 불러 논공행상을 마치고 그 와중에 전사한 열네 명의 병사에게 보상을 명하며, 조선의 국립묘지 겸 현충원이 될 무묘 설립에 대해 논의했다.

회의가 끝나자 최광손은 내 집무실인 천추전으로 불려 왔고 그간 항해에 쓰인 일지와 지리지를 토대 삼아 자세한 보고를 이어갔다.

그의 설명이 한참 동안 이어지던 중, 난 항해 거리와 속도를 어림잡아 계산해 보곤 질문을 던졌다.

"그래, 자네 말대로라면 구주에서 만자백이… 아니, 마자파힛 왕국까지 걸리는 시간이 빠르면 한 달 남짓하단 건가?"

"운이 좋다면 그리될 것입니다. 만약 바람만 적절하게 불어 주면 그 정도 걸릴 수도 있다 사료되옵니다."

"그럼 실제로 어느 정도 걸리겠나?"

"역풍이나 풍랑, 호우 같은 변수를 고려해야 할 게 많아 더 길어질 수 있사옵니다. 그런 것을 고려해 대략 두 달 내외로 잡는 게 적절할 듯싶습니다."

"그럼 천축과 티무르까지 걸리는 시간은 평균적으로 반년 내외로 잡는 게 적절하겠군. 왕복을 고려하면 선단이 일 년에 한 번씩은 오갈 수 있겠어."

"그리고 신이 돌아오면서 한번 겪어봤는데, 천축의 근해에는 해류가 거의 흐르지 않는 곳이 있고 바람이 멈추면 배가 움직이지 않사옵니다."

그건 무풍지대를 이야기하는 건가?

"알겠네. 자네의 귀중한 경험이 앞으로도 유용하게 쓰이겠군."

그러자 최광손은 잠시 머뭇대며 내게 질문을 이어갔다.

"주상 전하, 혹시 신이 남방 항로를 계속 오가야 하옵니까……?"

"아닐세, 자네뿐만 아니라 동행했던 다른 배의 선장들이 있으니 그들을 동원하려 하네. 또한 앞으로 선단을 두 조로 나누고 신입 선원을 교대하며 보충하는 식으로 일 년에 두 차례씩 순차적으로 항로를 오가게 할 생각이기도 하고."

"그러면 함선과 선원이 늘어나는 대로 운행할 선단을 더 늘리실 예정이십니까?"

"그렇지. 우리만 그리하는 게 아니라 티무르에서도 배를 만들어 서로 오가게 될 걸세. 또한 배의 여유가 생기는 대로 모아 티무르의 항구에도 주둔 함대를 둘 예정이기도 하고."

그러자 최광손의 얼굴이 급격하게 어두워져 갔기에 난 웃으면서 말을 이어갔다.

"그곳의 책임자는 자네가 아니라 자네 집안의 장형이 될 거야."

내가 현 구주 일대의 수군을 지휘하는 최숙손을 언급하자 최광손의 표정이 금세 환하게 바뀌었다. 최광손도 참 알기 쉬운 성격이야.

"자넨 그간 외지를 돌아다니느라 고생이 많았으니 휴가를 내려주지. 가족들과 함께 시간을 보내도록 하게. 그리고 이참에 부친도 만나보게."

"전하의 은혜가 그저 망극할 따름이옵니다."

"그건 그렇고, 자네의 맏이가 얼마 전에 사관학교에 입학했는데 그 소식은 들었나?"

그러자 최광손은 의아한 표정을 지으며 내게 반문했다.

"듣지 못했사옵니다. 사관학교는 어떤 장소이옵니까?"

"자네의 부친이 그곳의 책임자이니 자세한 설명은 그에게 듣는 게 빠르겠군."

"예."

"그래, 그간 고생했으니 이만 물러나서 쉬게. 고가 더 필요한 게 있으면 다른 이를 불러서 묻겠노라."

"예, 신은 이만 물러가겠사옵니다."

"아, 그리고 이젠 대감 소리 듣게 되었는데 기분이 어떤가?"

"아직 잘 실감이 안 듭니다. 좀 더 시간이 흘러야 알 듯하옵니다."

"그래, 그럼 살펴 가게."

그렇게 최광손이 고개를 숙이며 물러나자 난 그가 그동안 정리한 지리 정보나 항해일지의 사본을 훑어보며 앞으로의 방향에 대해 떠올렸다.

티무르의 항구도시인 호르미르자드와 가까운 아프리카의 문명국인 에티오피아 솔로몬 왕조와 교류해 볼 생각 정도는 가지고 있긴 한데, 그 이상 더 나아갈 생각은 없다.

일전에도 정리했던바 유럽까지 항로를 개척하는 건, 대항해시대의 자극제가 될 수 있으니 되도록 지양해야 한다.

현재 유럽에서 얻을 만한 유용한 교역품도 그다지 없는 상황이고, 지금 개척한 남방 항로만으로도 우리에게 필요한 건 전부 얻을 수 있게 되었기도 했지.

그보다 지금은 신대륙, 그것도 남아메리카의 개척이 우선이다. 무엇보다 구황작물인 감자가 제일 절실하게 필요한 상황이니, 최광손에게 원정 함대 해사제독의 직책을 내린 것도 그를 위한 포석이지.

그리고 남아메리카엔 감자 말고도 어마어마한 양의 초석과 비료의 재료가 될 만한 구아노가 풍부하게 매장되어 있기도 하다.

하지만 남아메리카는 거리가 너무 먼 데다 항로가 개척된들 감자를 비롯해 새로운 종자를 들여오는 것 말곤, 이제 개척한 남방 항로처럼 눈에 띄는 변화가 생길 거라곤 생각하지 않는다.

그곳의 자원들이 제대로 활용되는 건 아마 내 후대의 일이 되겠지.

그리고 최광손은… 개척자로서 역사에 길이길이 이름을 남길 수 있겠어.

그를 항로 개척자로 임명한 건 내가 아니라 성삼문이긴 했지만, 지금 상황에서 그 누구도 최광손만큼 원양항해 경험을 쌓은 이도 없으니 어쩔 수 없지.

그리고 그는 처음 만나는 외세와 접촉하는 방식도 신중하고 합리적으로 나가는 편이니 나도 안심하고 일을 맡길 수 있다고 본다.

아, 그런데 신대류 항로 개척 중에 아즈텍과 접촉하면 그가 어떻게 반응할지 나도 모르겠네.

거긴… 만약 인세에 지옥이 있다면 그곳이 아닐까 할 정도로 끔찍한 장소다. 그리고 지금쯤이면 몬테수마가 집권해 본격적으로 대규모 인신공양이 사회 전반에 뿌리내리고 있을 시기기도 하고.

아무래도 저쪽에 함대를 보낼 땐 준비를 단단히 시켜야겠어.

난 그렇게 계획을 정리하고, 김처선에게 저녁 수라를 올리라고 지시했다.

기미 담당 나인이 기미를 마치자 곧바로 내게 고했다.

"주상 전하, 부디 젓수시옵소서."

"그래."

그런데 상차림을 보니 생전 처음 보는 구운 고기가 올라와 있었는데, 소고기인가 싶어 자세히 관찰해 봤지만, 그간 보아 온 것과 생긴 게 조금 달라 보였다.

난 흥미를 느끼고 곧바로 고기를 젓가락으로 집어 입에 넣었다.

어, 이게 대체 무슨 맛이야……?

언뜻 소고기의 맛 같기도 하면서도 느끼하지 않았고 식감도 부드럽기 그지없었다.

거기에 같이 준비된 양념간장을 찍어 먹어보니 신맛과 더불어 달콤한 맛이 느껴져 고기의 맛이 더 두드러졌다.

나도 모르게 접시에 올라가 있던 모든 고기를 먹어치우곤 한숨을 쉬며 김처선에게 물었다.

"이 고기는 무슨 짐승의 고기더냐?"

"전하, 그것은 짐승의 고기가 아니라 생선이옵니다."

"상선이 뭔가 착각한 것 아닌가? 이렇게 커다란 살을 가진 생선이 어디 있……"

아, 생각해 보니 이 조건에 들어맞는 생선이 있긴 하구나.

다랑어, 미래엔 참치라고도 부르는 그 커다란 생선. 미래처럼 고기용 소가 발달 안 해서 그런가, 지금의 소고기와 비견

해도 될 정도의 맛이네.

"구주의 어부가 남쪽 바다에서 어업 중에 왜어로 마구로라고 부르는 거대한 생선을 산 채로 그물에 잡았기에 주상 전하께 진상하려 구주 풍전도 절제사에게 바쳐 수라상에까지 올라오게 되었습니다."

오우치 노리히로… 아니, 지금은 부여교홍이지. 아무튼 그가 중간에 힘을 썼나 보다.

"대체 어떻게 생선을 살려서 여기까지 보낼 수 있었다고 하더냐?"

"물고기가 들어갈 만한 커다란 통을 제작해 주기적으로 해수를 갈아가면서 먹이를 주면서 살려두었다고 하옵니다."

"그리한들, 오래 살지는 못할 듯한데."

"예, 주상 전하께서 이르신 대로 상태가 점점 나빠져 도성에 도착하자마자 서둘러 잡아서 핏물을 빼고 조리하였다고 하옵니다."

"허, 실로 여럿이 고생하여 볼 수 있었던 진귀한 맛이었구나. 그럼 남은 고기는 어찌하였느냐?"

"내빙고(內氷庫)에서 얼음으로 덮어 보관 중이라 하옵니다."

"그래? 중전과 후궁들, 그리고 효령대군과 원로대신들에게도 적당히 나누어 주라고 전해라."

"예, 명을 따르겠사옵니다."

"그리고 예조에 일러 이 생선을 바친 어부와 풍전도 절제사 부여교홍에게 적당한 상을 내려 주라 전해라."

아니지, 저들이 이리도 성의를 바쳐 내게 귀한 걸 보내줬으니 나도 친필로 된 편지 정도는 보내줘야 하겠군.

"그리고 고가 따로 어필을 내리겠다고도 전하고, 앞으로 이 생선을 참치라고 부르라 전해라."

"예, 전하의 명을 받들겠사옵니다. 수라상은 이만 물리겠습니다."

"그래, 오늘 수라는 특별히 맛있었다고 숙수들에게 전하게."

그렇게 만족스럽게 식사를 마치니 나라가 커지고 내 왕권이 전과는 비교할 수 없이 올라갔다는 생각이 들었다.

그간 나라를 발전시킨다고 정신없이 달리기만 해서 그런가, 북경부터 교토까지 다녀오긴 했지만 일에 치여 잘 모르고 살았었는데 밥상에서 그걸 처음으로 느껴보네.

그나저나 참치 운송 과정을 듣고 보니 지금은 보존 문제로 인해 유통할 수 있는 품목이 상당수 제한되고 있다고 느꼈다.

미래처럼 냉장고가 나오지 않는 이상, 고기류 전반은 염장이나 훈제로 처리해야 하고 과일 역시 몇 가지를 제외하곤 거의 현지에서 소비되는 게 현실이니 어쩔 수 없긴 해.

지금은 소금 생산이 늘어 염장한 생선은 유통이 늘긴 했지만 과일은 정말 귀하기 그지없지.

그렇게 난데없는 고민에 빠져 있던 난 뭔가 좋은 수가 없을까 하여 사전을 보다가 건조한 과일류 전반을 보고 대체할 방법을 찾았다.

건조한 과일은 수분이 빠져나가면서 당분도 증가한다고 하니 이거 생각보다 좋은 방법인데? 거기다가 유사시 비상식량도 되니 해볼 만하다는 생각이 들었다.

이러면 제주도에서 진상하는 귤도 지금보다 더 많이 외부로 유통할 수 있을 테고.

지금 제주에서 키우는 귤은 왕실에서 소비하는 것을 제외하고 남은 건 보존을 위해 잼으로 만들어 비싸게 팔리고 있다.

그나마 아버지 때부터 강화도의 온실에서 키우던 귤은 수지타산이 안 맞아서 요즘은 재배를 쉬던 차였으니 이참에 제주에서 귤의 대량 재배를 권장하고 그 대가로 식량과 돈을 주는 방향으로 가야겠다.

함경도에서 사탕무 재배를 권장하며 쓰고 있는 방편이니 별다른 부작용은 없을 테고.

일단 건조실하고 건조용 망부터 만들어놓고 나중에 과일이 대량으로 들어오면 한번 시도해 봐야겠어.

그 참에 민간에 각종 건조 고기 생산도 독려하고. 지금 전투식량으로 쓰는 건조육은 아직 물량이 부족하니 잘되었네.

난 곧바로 구상한 것을 종이에 적었고, 다음 날 아침이 되자 전농시(典農寺)에 완성된 계획서를 보냈다.

전임 총통위장 이천은 김경손에게 자리를 물려주고 농사 전담 기관인 전농시의 장이 되었으나 요즘은 딱히 하는 일 없이 그만 은퇴하게 해달라고 상소를 올리고 있었다.

그와 동갑내기인 최윤덕이 자청하여 사관학교 교장이 된 거랑 비교되게.

이천은 그간 천문이나 인쇄, 최윤덕의 후임으로 2, 3차 파저강 정벌과 이만주 토벌로 나라에 업적도 많이 남겼지만, 말년에 민생에 도움이 될 만한 일 한 번 더 하고 가줘야겠어.

그건 그렇고… 지금쯤 유럽은 어찌 되어가고 있으려나? 티무르에서 소식이 오기만을 기다려야 하니 조금 답답하네.

*   *   *

"타이시, 저들이 이곳 사라이로의 진군을 멈추고 동쪽의 바다로 이어진 강어귀부터 요새와 다리를 건설 중이랍니다."

"알락, 저들이 일전에 우리 기병에게 당한 학습의 효과가 나오는 모양이구나."

"그렇긴 하지만 마지막 습격에서 아군이 입었던 피해도 무시 못 할 수준이었습니다. 저들은 명의 군대와는 다르더군요."

술탄 직속 부대 예니체리는 바얀이 지휘하는 정예 기병대의 습격으로 커다란 피해를 보았었지만, 공격이 몇 차례 더 이어지자 크림칸국소속 기병의 도움을 받아 성공적으로 방어했고, 지금은 알락의 말대로 흑해와 이어진 돈강 하류에 요새를 건설하고 있었다.

"흥, 지하드니 뭐니 하면서 내게 난데없이 전쟁을 선포했으면 그 정도 역량은 갖추고 있겠지. 그보다 요새의 규모는 어느 정도라고 하더냐."

"짓기 시작한 지 얼마 안 되어 규모는 모르지만, 제가 생각할 땐… 우리와 회전을 벌이는 게 아니라 요새를 근거지 삼아 강줄기를 타고 동쪽으로 이동해 가면서 거점을 차례대로 확보할 생각인 듯합니다."

"설마 저놈들은 우리의 전력이 고작 기병뿐이라고 생각하고 있는 건가? 여기서 칸을 자처하던 멍청이들을 보고 선입견을 품은 걸지도 모르겠군."

"그럴 수도 있지요. 요즘 화약을 아끼느라 기병들도 화기를 사용하지 않았으니 착각할 법도 합니다."

"그래, 이런 식으로 나와주면 언젠간 저들의 요새는 전부 내 것이 될 거다."

"그래도 티무르가 저쪽의 편을 들지 않아 다행입니다."

"그 나라가 그리도 위협적인가?"

"예, 저도 일전에 소식을 알아보니 저들의 태조 티무르가 군사를 이끌고 오스만의 왕을 직접 사로잡은 적도 있었다고 합니다. 아직도 그의 이름은 이 일대에서 공포의 대상으로 남아 있다고 하더군요."

"자기 이름을 따서 나라를 지을 정도면 정말 대단한 장군이었나 보군."

"예, 제가 듣기론 생전에 나섰던 전투가 셀 수 없이 많았고 전부 이겼다고 합니다. 그리고 죽을 때까지 칸을 자처하지 않고 아미르에 머물렀답니다."

"그 정도 인물이 뭐가 아쉬워서 그랬을까? 여긴 혈통도 불분명한 녀석들이 전부 칸을 자처하면서 나라를 세웠는데."

"황금 씨족의 여인을 아내로 맞긴 했어도 본인은 그 혈통이 아니라서 그랬던 거겠죠."

"하, 하여간 그놈의 황금 씨족, 이젠 듣기만 해도 신물이 나는군. 어찌 보면 우리가 중원의 놈들보다 못한 거 같아."

"그래도 이야길 들어보니 아미르라는 호칭이 칸처럼 위대한 이를 지칭하는 뜻으로 쓰인답니다."

"그래……?"

"타이시께서도 입버릇처럼 말씀하시지 않으셨습니까. 칸보다 위대한 타이시로 남겠다고."

에센은 다소 차이가 있긴 하나 자신과 비슷한 행보를 걸었던 이가 이곳에서 전설로 남았다는 이야기를 듣자 가슴이 뛰었다.

"그래, 내 꿈은 이제부터가 진정 시작이겠구나."

*   *   *

"이거 너무 비싼 거 아닙니까? 작년에도 한 되에 닷 문이면 되었는데."

이천의 시전에선 설탕 한 되를 두고 상인과 손님이 흥정을 벌이고 있었다.

"요즘 들어 짐꾼들 고용하는 품삯이 늘어서 어쩔 수 없다고 몇 번을 이야기해? 여덟 문 이하론 못 팔아."

"에이, 말도 안 되는 소리 그만하고. 그냥 다섯 문으로 하시죠."

"그 가격엔 안 된다니까. 자꾸 이럴 거야? 이러면 앞으로 곤란해질 거야."

"제가 뭘 어쨌다고 곤란하대요? 못 할 말이라도 했습니까?"

그러자 상인이 혀를 차며 넋두리하듯 중얼댔다.

"쯧, 노비 시절부터 심부름이나 하던 놈을 챙겨줬더니 은혜도 모르고 까부네……."

그러자 이제껏 상인과 흥정하던 손님 김동석은 표정을 일

그러뜨리며 답했다.

"허, 그럼 알아서 어르신 비위를 맞추라는 뜻입니까? 이보쇼, 난 엄연히 양인이고 여기 객으로 온 사람이오."

"허, 이 건방진 놈이 어디서 감히……."

그러자 김동석은 어이없는 표정으로 말을 이어갔다.

"어르신, 그럼 한번 노비였으면 죽을 때까지 계속 숙이고 살아야 한다는 말씀입니까?"

"뭐가 어쩌고 어째?"

"소인이 노비일 때부터 지금까지 습관적으로 어르신, 어르신하고 불러주니까, 아직도 내 상전이라고 착각하고 있으시나 본데……."

김동석은 눈을 부라리며 크게 소리 질렀다.

"야! 이 새끼야, 내가 너보다 나이 많아. 그리고 어디서 싸가지 없게 객한테 반말질이야?"

"이놈이 미쳤나?"

"그리고 이건 말 안 하려 했는데, 품삯 때문에 사당값이 올랐다고? 요즘 건넛마을에 일 없는 백정들 데려다가 싸게 부려 먹는 거 다 들었어."

조정의 정책으로 인해 전국적으로 고기 생산이 늘어 양민 출신 도축업 종사자가 늘어나자 그에 대한 반동으로 도축업에 종사하던 백정들의 일자리가 점점 줄어들어 갔고 그들은 주로 일용직에 종사하는 쪽으로 변해갔다.

"뭐?"

"내가 그 백정들하고 친구 먹은 사이인데 그딴 핑계가 통할 것 같아? 니 애비가 그리 거짓말이나 하라고 가르치든?"

또한 이천에 사는 백정들은 일이 줄어드는 상황에서 상왕이 거주하던 이천 행궁에 고기를 바치며 일자리를 보존했었지만, 백정에게 온정적이던 상왕마저 사라지자 점차 생계가 어려워져 갔다.

"야! 너 지금 뭐라고 했어! 뭐가 어쩌고 어째?"

"개같이 장사해서 얼마나 남겨먹으려는지는 모르겠는데, 내가 더러워서 안 사고 말지. 잘 먹고 잘살아라."

그러자 소란을 듣고 주변에 몰려든 구경꾼들이 점포 주인장을 두고 손가락질하며 수군대기 시작했고 그런 광경을 본 상인은 얼굴이 빨갛게 달아올라 김동석을 쫓아가 팔을 붙잡았다.

"당장 이리 오지 못해? 가긴 어딜 가!"

"이 손 놓고 꺼져. 난 여기서 볼일 없으니 이만 갈 거다."

그러자 상인이 달려들어 김동석의 멱살을 잡았다.

"야! 이 새끼야, 지금 이러고 그냥 가겠다고? 정녕 죽고 싶어?"

"참나, 말로 안 되니까 때리려고? 너도 남쪽 바다 구경하고 싶어서 그래? 그리고 말이 나와서 하는 소리인데, 요즘은 관청의 아전 나리들도 차별 같은 거 안 하는데 넌 뭐냐?"

그러자 상인은 분노에 몸을 떨다가 곧바로 멱살을 잡았던 손을 풀었다.

"너… 나중에 두고 보자."

"할 말 있으면 지금 해. 그리고 나중에 두고 보자는 놈치고 무서운 놈도 없던데?"

작년에 이천에서 강도 혐의로 대만으로 전가사변되었던 백정이나 못자리 다툼으로 가문 간에 패싸움을 벌여 폭행죄로 같이 잡혀 간 일가들의 편지가 우편을 통해 이곳에 남아 있던 친지들에게 전달되었다.

그 후 대만의 소문이 널리 퍼져 남쪽 바다란 말은 다시는 돌아오지 못하는 무서운 곳을 뜻하는 단어가 되었다.

"나도 너 같은 놈에게 물건 안 판다. 그러니 두 번 다시 눈에 띄지도 말고, 여기 올 생각도 접어라. 퉤."

상인이 바닥에 침을 뱉으며 으름장을 놓자 김동석이 비아냥대면서 소리쳤다.

"아이고~ 나도 너 같은 놈 다시 안 볼 거니까 피차 잘됐네."

그렇게 사당 점포를 벗어난 김동석은 다른 곳으로 발을 옮겼고 건어물을 비롯해 각종 건조식품을 파는 곳에서 신기한 것을 발견해 말을 꺼냈다.

"주인장, 이게 대체 뭡니까?"

"어떤 걸 이르시는 말씀이시오?"

"여기 이 시꺼멓게 말라비틀어진 거 말하는 겁니다. 크기가 작은 걸 보니 대추는 아닌 거 같은데."

"아, 그건 말린 포도(葡萄)입니다."

"포도가 뭡니까?"

"충청에서만 나는 과일인데, 원래 왕실에 진상하던 품목이 얼마 전부터 시중에 풀렸다길래 밭품을 팔아서 직접 구해 왔지요."

"허어… 그럼 이게 주상 전하께서 드시던 진상품이란 말입니까?"

"그럼요. 대신 워낙 귀중한 거라 값이 좀 셉니다."

"얼마나 하길래요?"

"한 되에 백 문입죠."

"이게 그리 비싸요? 백 문이면 거의 은자 반 냥이네……."

"어휴, 말도 말아요. 예전 같았으면 여기서 구경조차 못 해 볼 물건이었으니 한 되에 은자 몇 냥은 줘야 했을걸요. 그나마 요즘 고을마다 왕래가 편해졌으니 이렇게나마 들여올 수 있었죠."

"…그래도 너무 비싼데. 이건 도성이나 산지에서 얼마나 합

134 내가 바로 세종대왕의 아들이다

니까?"

"제가 그걸 객에게 알려주면 앞으로 어찌 장사를 할 수 있 겠습니까?"

"그러지 말고 좀 깎아주시지요."

"죄송하지만 그건 안 됩니다."

그렇게 주인이 완강하게 거부했고, 김동석은 한참 동안 흥 정을 시도했지만 실패하고 말았다.

건포도와 같이 전시되어 있던 육포나 건어물을 한번 훑어 본 김동석은 입맛을 다시며 답했다.

"쯧, 어쩔 수 없네요. 그럼 다음에 올게요. 많이 파시길."

"예, 살펴 가시죠."

김동석은 사노비 시절, 서른다섯까지 노총각으로 지내다가 재작년에 해마다 늘어나는 노비세를 감당하지 못한 전 주인 덕에 양인으로 해방되었고 같이 일하며 마음에 두고 있던 여 인과 혼인해 가정을 이뤘다.

또한 서른이 넘은 나이에 첫아이를 임신한 아내를 위해서 먹거리를 사러 시전을 둘러보던 중이기도 했다.

그는 이윽고 밀가루를 굽는 고소한 냄새에 이끌려 병(餠)을 파는 점포에 발을 멈추고 구경하기 시작했고, 손바닥보다 조 금 작은 떡 같은 걸 보고 큰소리로 외쳤다.

"주인장, 이건 뭐라고 부르는 겁니까?"

점포에 들어선 김동석이 질문하자 화덕 앞을 지키고 있던 주인이 나와 수건으로 손을 닦으면서 말했다.

"안녕하세요. 그건 호두와 서역산 개암(헤이즐넛)을 넣어 만든 견과 양병이라고 합니다."

"그래요? 대체 무슨 맛인지 궁금하네요."

"거기 시식용으로 쪼개둔 게 있으니 드셔도 됩니다."

"그럼 이건 공짜란 말씀입니까?"

"예, 그러니 부담 없이 드셔도 됩니다."

"허, 제가 이대로 맛만 보고 가면 주인장께서 손해만 보는 거 아닙니까?"

그러자 양병 가게의 주인이 웃으면서 답했다.

"그럴 걱정은 안 하셔도 됩니다. 그리고 제 경험상 그냥 맛만 보고 가신 분들도 나중에 찾아와서 결국 사 가시는 편이고요."

"그럼 염치 불고하고 맛 좀 보겠습니다."

작게 쪼개둔 견과류 파이를 맛본 김동석은 고소한 호두와 헤이즐넛의 맛에 감탄했고 이어지는 은은한 단맛에 더 먹어 보고 싶다는 생각이 들었다.

"주인장께서 그리 자신하는 이유를 알 것 같네요."

김동석은 시전을 돌며 짜증이 났던 마음이 한순간에 사라졌고, 공손한 태도로 그를 대했다.

"객께서 그리 칭찬해 주시니 저도 기분이 좋네요. 저도 군에 종사하면서 힘들게 배운 보람이 있네요."

"주인장께서는 군인이셨습니까?"

"예, 구주에서 영진군(營鎭軍, 직업군인)으로 근무하다가 재작년에 군역을 마쳤고, 도성에선 집 구하는 게 힘들어 작년에 여기 정착했습니다."

"그래요? 제가 도성에서 살아보진 않았지만 여기도 도성 못지않게 살 만하다고 생각합니다."

"예, 저도 여기가 살기 좋다는 소문을 듣고 왔지요."

"상왕 전하께서 여기 머무실 적에 온천 말곤 전혀 볼 거 없던 고을을 이만큼이나 훌륭하게 바꾸어놓고 가셨어요."

김동석이 이천 주민의 자부심을 가지고 상왕 세종의 업적을 자랑하자 양병 가게 주인도 웃으면서 고개를 끄덕였다.

"그렇군요. 저도 직접 겪어보니 좋은 고을이라 느끼고 있습니다."

그렇게 이야기를 주고받던 김동석은 본론으로 들어가 물건값을 물었다.

"그럼 이건 한 개에 얼마씩인가요?"

"지금 드신 양병(파이)은 한 개에 1문씩이고, 저기 있는 밀락과(쿠키)는 열 개 묶음에 1문씩입니다."

2문이면 쌀 두 되의 값과 비슷했고, 김동석의 생각보다 가격이 비싸긴 했지만 그는 결국 큰마음 먹고 2문을 내 양병과 쿠키를 구매했다.

거기에 상대가 나라를 위해 복무한 전직 군인이란 것과 더불어 친절한 대우를 받자 흥정할 생각 없이 값을 치렀다.

김동석은 주인이 추천한 것 외에도 좀 전에 다른 점포에서 구경한 건포도나 여러 과일 사당 절임이 올라간 양병도 구경했지만, 그건 가격이 비싸 어쩔 수 없이 보는 것으로 만족할 수밖에 없었다.

"감사합니다. 다음에 또 오십시오."

김동석은 발걸음을 돌리기 전에 생각난 것을 물었다.

"저기… 혹시 주인장께서도 이곳의 점포에서 물건들을 떼어다가 양병을 만드십니까?"

"갑자기 그건 왜 물으시지요?"

"좀 전에 여러 점포를 들렀었는데, 운송 품삯이니 뭐니 하면서 값을 올리길래 궁금해 그럽니다."

"으음, 제가 외지인이라 아는 사람도 없고 해서 어쩔 수 없이 사다가 쓰고 있지요."

"고향이 어디시길래 그럽니까?"

그러자 주인장은 난처한 표정을 지으며 답했다.

"오늘 처음 본 객에게 제 고향까지 말씀드리긴 조금 곤란하군요."

"저도 본래 노비 출신인데 지금은 당당하게 양인으로 살고 있어요. 요즘 같은 세상에 출신이나 옛 신분이 뭐가 문제랍니까?"

그러자 양병 가게 주인은 머뭇대다가 주변을 살핀 후 작은 목소리로 말했다.

"사실 전 대마주 출신입니다."

"아……."

김동석은 주인장의 고백에 약간 당황하긴 했지만 곧바로 아무렇지도 않은 척하며 말을 이어갔다.

"그게 무슨 상관입니까? 출신이야 어디든 지금은 주상 전하의 백성이잖습니까. 거기다 주인장께선 영진군으로 복무하셨다면서요."

"그렇긴 합니다만……."

"그리고 우리말을 이리 잘하시니 주인장이 말씀하시기 전까진 대마주 출신이라곤 상상도 못 해봤어요."

"군에 복무하려면 말이 잘 통해야 하니 열심히 배워야 했었습니다."

"혹시 주인장께선 저와 손잡고 일해보실 생각 없으십니까?"

"초면에 갑자기 이런 말씀을 하시는 이유가……."

"주인장의 인품도 마음에 들었고 무엇보다 양병 맛에 반했습니다. 앞으로 더 발전할 가능성이 보였다고 할까요. 그리고 누군가에게 갚아줘야 할 빚도 있어서……."

김동석이 사당 점포 주인의 얼굴을 떠올리며 말끝을 흐렸고, 난데없이 표정이 일그러지는 것은 본 양병점 주인은 의아해하며 답했다.

"그렇긴 해도 갑작스러운 제안이라 조금 당황스럽네요. 제가 처음 보는 분을 어디까지 믿어야 할지도 잘 모르겠습니다."

"제 자랑은 아니지만 전 나름대로 아는 이들도 많고 건넛마을에 사는 백정들하고도 두루 친합니다."

"대체 제게 무슨 일을 제안하시려고 그러시죠?"

"요즘 들어 이곳의 상인들이 운송 문제를 핑계로 값을 올리려고 하니 제가 사람을 모아 그 일을 한번 제대로 해보려 합니다."

"본래 하시던 일은 어찌하시고요?"

"사실 전 노비 신분에서 벗어난 후, 밥 벌어 먹고살려고 인력거를 끌고 있었습니다."

"인력거요?"

"예, 본래 사람 나르는 일을 했으니 짐을 나르는 일은 식은 죽 먹기나 다름없다고 봅니다."

"그런데 객께서 말씀하신 일을 하려면 인력거 말고 수레가 필요한 거 아닙니까?"

"아, 그건 관청에 가서 돈만 내면 싸게 대여할 수 있으니 괜찮습니다."

"그래요?"

"예."

김동석이 말한 수레 대여 제도는 현재의 주상이 세자 시절에 성삼문, 박팽년과 더불어 첨사원의 관원들과 함께 고안한 방안이었다.

양병점 주인은 이어지는 김동석의 사업 계획을 들으면서 점점 마음이 기울어져 갔고, 궁금한 점이 생기면 질문도 하면서 대화를 이어갔다.

"그러고 보니 우리 통성명도 아직이군요. 전 김가의 동석입니다. 나이는 서른일곱이고요."

김동석이 자신을 소개하자 양병점 주인이 자신의 이름을 밝혔다.

"전 타쿠야… 아니, 탁구라고 부르시면 됩니다. 그리고 이제 갓 서른이 되었습니다. 그리고 앞으로 김 형이라 불러도 되겠습니까?"

"편할 대로 불러요. 그런데 이름이 탁구면 성은 따로 없어요?"

"예, 제 출신이 미천해서 성이 없습니다. 입대 당시 전중(田中)이라고 임시로 쓰던 성이 있긴 한데……. 제대로 된 건 아니죠."

"허, 어찌 군역까지 마치신 분이 정식 성 씨가 없어요? 그냥 관청에 호적 신고하면서 개명 신청하고 원하는 성을 적으면 되는데."

"그래요? 그러면 이참에 김 형을 따라서 김가로 하면 되겠네요."

"김탁구라⋯⋯. 그거 입에 착착 감기고 좋네요. 서로 김 형이라고 하긴 뭐하니 탁 형이라고 불러도 되겠습니까?"

"편할 대로 부르세요. 그건 그렇고 초기 자본금이 필요할 텐데 그건 어떻게 하실 겁니까? 전 이 점포를 여느라 복무 중에 모은 돈을 다 써버렸는데⋯⋯."

"그건 걱정 안 하셔도 됩니다. 저도 나름대로 모은 돈이 있고, 그걸로 부족하면 같이 일할 친구들에게 돈을 투자받아 이익을 내서 이자까지 붙여서 돌려주면 돼요."

"그래요? 그럼 일할 사람들은 아는 분들을 불러서 해결하실 겁니까?"

"예, 요즘 일이 없어서 악독한 놈들에게 싸게 부려먹히는 백정 친구들을 불러 모으면 될 겁니다."

"김 형께선⋯ 예전에 노비였다는 게 믿어지지 않을 정도로 대단하시네요. 어찌 그런 걸 척척 생각해 내세요?"

"늦은 나이였지만 재작년부터 소학당에 다니면서 배운 게 많지요."

"그래요?"

"무지렁이에다 노비인 시절엔 글도 숫자도 모르니 위에서 시키는 대로만 했었고, 그래도 주인이 밥은 먹여주니 부족함 없이 살았죠. 하지만……."

김동석은 잠시 침을 삼키고, 다시 말을 이어갔다.

"노비에서 벗어나고 내자까지 생기니 전처럼 생각 없이 살 수 없었고 그래서도 안 되더군요. 어떻게든 할 일을 찾아야 했고, 남들에게 당하지 않으려면 뭐든 닥치는 대로 배워야 한다고 생각했어요."

"그래도 그 짧은 시간에 어찌……."

"시간 나는 대로 소학당에도 다녔지만, 관청에 출퇴근하는 아전이나 관원들을 인력거에 태우고 다니면서 물어 배운 게 많아요. 그들과 대화를 트려고 풍속서점에서 책도 많이 읽어 봤고요."

"그렇군요. 저도 가난과 배고픔이 싫어서 주상 전하의 군대에 무작정 자원했었어요. 그러다 구주에 전쟁이 터져 그곳에서 머물게 되었었고요."

"그래요? 탁 형의 이야기도 궁금하네요."

"그건 다음번에 하지요. 한 번에 하기엔 너무 긴 것 같네요."

"이참에 일 마치면 제 집에 가서 저녁이라도 하면서 들려주시지요. 혹시 혼인은 하셨습니까?"

"아직입니다."

"이런, 제가 괜한 것을 물은 듯하군요."

그렇게 이천에서 우연히 뭉친 두 남자는 본격적인 합작을 시작했고 도성에서 양병점에 필요한 재료를 전보다 싼 가격에 매입할 수 있었다.

그렇게 사업이 조금씩 진행되어 어느 정도 궤도에 오르자 다른 점포에도 주문을 받아 물건을 대기 시작했다.

그러자 이천 일대의 사당 유통망을 쥐고 횡포를 부리던 상인은 점차 몰락했고 평소 행실로 인망마저 잃어서 결국 쓸쓸히 사업을 접어야 했다.

또한 김탁구의 양병도 원가가 내려가자 선풍적인 인기를 끌었고, 김동석은 다른 지방에도 그가 만든 쿠키를 공급하기 시작했다.

그들의 성공을 본 다른 이들도 흉내를 내듯 백정들을 고용해 육상 운송 사업에 손을 대기 시작했다.

이는 은퇴 전에 주상이 맡긴 국책사업으로 한창 고생하던 전농시의 수장 이천(李蕆)에게도 감지되어 대대적으로 백정들의 새로운 일자리가 만들어지는 계기가 되었다.

*   *   *

난 1456년의 가을이 되자 전농시에서 이천이 보낸 보고서를 읽어보곤 아래에서부터 시작된 변화에 만족하며 생각을 정리해 봤다.

사실 지금의 백정들은 일방적으로 핍박받는 모습으로 후대에 알려진 것과 다르게 조선과 동화를 거부하고 범죄만 저지르던 여러 이민족 집단에 가깝다.

그들은 대부분 농사짓는 것을 거부하며 말을 타고 몰려다니며 도적 떼로 살았고, 그나마 도축업에 종사하는 이들 정도나 얌전하게 사는 편이었지만 민간 도축업의 번성으로 그들도 점차 설 자리를 잃어가고 있었다.

미래엔 백정이 도축업자를 뜻하는 단어로도 통용된다고 하던데, 그건 후대에 대대적으로 도축 금지령이 내려지자 법을 무시하고 도축업을 이어가던 백정들이 많아서 그렇게 변해간 거였다.

또한 아버지께선 그들을 어떻게든 조선의 백성으로 받아들이려고 유화적으로 나가며 엄청난 노력을 하셨고, 본래 양수척이라고 경멸하는 명칭도 백성을 뜻하는 백정으로 고쳐 부르게 하셨지만 결국 그것도 점점 멸칭으로 변해갔다고 한다.

지금은 산동, 화령과 대마주와 구주를 아국에 편입시키면서 외인 차별 금지 정책을 시행 중이고 시험에 합격하면 출신에 상관없이 채용하고 있다.

하지만 그런 상황에서도 백정들은 변화를 거부하고 관습대로 약탈을 벌였다가 체포되어 전부 대만으로 보내졌다.

다른 이민족 출신도 조선에 점차 융화돼 가면서 사회의 분위기가 변하자 백정들은 점차 무법적인 기존의 태도를 보일 수 없게 되었고 슬슬 조정의 눈치를 보던 참이었다.

그렇게 노비도 점차 사라지고 있는 상황에서 백정 문제를 어찌 해결할까 고심했었는데, 그들이 먼저 성실하게 일을 하려고 나섰다니 나도 기쁘기 그지없었다.

단기간에 인식이 바뀌는 건 무리지만 이제부터라도 변하는 게 중요한 거지.

"주상 전하, 다두국에서 보낸 사신이 근정전에서 주상 전하를 기다리고 있사옵니다."

김처선의 목소리에 난 사색을 멈추며 대답했다.

"그래? 바로 행차하지."

난 그렇게 대만의 사신 대표 와탄과 대면했고, 그는 나름대로 유창한 조선말로 내 안녕과 천수를 기원하며 인사를 시작했지만 곧바로 이어진 말에 살짝 놀랄 수밖에 없었다.

"잔평국의 수군이 해적을 하고 있다고? 그게 정녕 확인된 사실인가?"

"예, 그렇사옵니다. 상국에 들렀다가 귀국하던 대월과 만자 백이국 사신단의 배가 그들의 습격을 받았었다고 하옵니다."

"그들의 피해 상황이 어느 정도인지 아느냐?"

"다행히도 그들을 호위하던 상국의 대선들 덕에 인명 피해는 없었으나, 이 일로 인해 양국의 조정에서 뒷말이 나올까 그것이 염려되옵니다."

와탄은 고개를 숙인 채 침울한 목소리로 말을 이어갔다.

"게다가… 소신이 유구에 교역하러 들렀을 때 들어보니 그곳도 잔평의 습격을 받았었다고 합니다."

"그런가. 소식 전해줘서 고맙네. 먼 길 오느라 고생했을 테니 예조에 환대하라고 일러두겠노라."

"성은이 망극하옵니다."

난 사신단 일동이 물러난 후 근정전의 옥좌에 앉아 생각에 잠겼고, 김처선은 곧바로 분위기를 파악한 듯 날 방해하지 않으려 조용히 물러나 몸을 숨겼다.

잔평왕 등무칠, 이놈이 그간 중원의 세력 구도를 유지하느라 가만히 뒀더니 막 나가는데? 이참에 한번 본때를 보여줘야 하나…….

그렇게 여러 경우의 수를 따지면서 고민해 보니 금세 결론이 나왔다.

이젠 인도네시아를 거쳐 인도와 중동을 어우르는 남방 항로가 활성화되었고 여러 나라와 본격적으로 교류와 무역이 시작되려 하는 참이었다.

그러니 내가 오이라트를 처리하기 위해 유럽 원정에 나서기 전, 후방 정리도 할 겸 해서 남해에서 해악을 끼치는 놈들을 먼저 공격해야겠어.

잔평국의 완전한 멸망까진 바라진 않지만, 모든 항구와 배 정도는 불태워서 두 번 다시 바다로 나올 생각조차 못 하게 만들어줘야겠어.

솔직히 말해 성삼문이 건조 중인 전열함은 지금 상황에선 과시용이나 마찬가지고 쓰일 일이 없다고 생각했었는데, 실전 에서 화려하게 등장할 때가 온 것 같다.

제4장

북명

　조선이 잔평국 정벌 준비로 한창일 때, 북명의 조정에선 여전히 전쟁 복구와 민생 안정화의 일환으로 여러 가지 정책 입안에 힘쓰고 있었다.

　본래 명국의 행정은 황제가 모든 것을 결정하고 해당 부서마다 따로 일을 처리했었다.

　그러나 전쟁을 겪으며 오이라트에 투항한 관료들이 많아 고위 관료도 부족한 데다, 사천과 운남의 독립으로 인해 예전과 같은 방식은 변할 수밖에 없었다.

　그 결과 각 성을 담당하는 도독이나 총병관은 짧은 임기를 두고 중앙 감찰관의 철저한 감시하에 지방을 맡게 되었다.

거기다 중앙 정치 또한 황제 자문 기관인 내각대학사(內閣大學士)나 환관 기구인 사례감의 태감이 각 부서를 총괄하던 방식에서 벗어났다.

중앙 감찰 부서인 도찰원(都察院)이 부(部)로 변했고, 나머지 육부의 수장인 상서들을 중심으로 한 칠부(七部) 서사제로 변했다고 봐도 과언이 아니었다.

거기다 황제가 지난 전쟁 당시 친정에 나서서 에센에게 사로잡혔던 데다, 조선군, 그것도 광무왕에게 직접 구출되며 자신의 신하들을 불신하게 되어 정치에 흥미를 잃자, 현재 북명의 정치체계는 황제가 만인 위에 군림하되 통치는 관료들이 하는 방식으로 점차 변해가고 있었다.

그렇게 황제가 정치에서 손을 떼자, 환관인 왕진의 권력도 점차 약해졌고, 지금은 그저 황제의 수발을 들며 적당한 부귀를 누리는 거로 만족하고 있기도 했다.

1456년의 가을이 한창일 무렵, 북경의 자금성에선 칠부의 수장과 대신들이 모여 정책 회의를 시작했다.

도찰부의 수장 도어사 석형은 조선식으로 임금을 지급하는 요역 제도를 받아들여 산서성에서 대대적으로 요새 건축을 벌이자는 안건을 내놓았고, 그러자 이부상서 설선이 한숨을 내쉬며 현실을 지적했다.

"지금 산서의 정남(壯丁, 군역 대상자)이 부족해도 너무 부족하니, 도어사 대인의 제안을 당장 실행하기엔 곤란합니다."

산서성은 지난 전쟁 당시 오이라트의 점령지가 되어 무수한 약탈을 당했고, 전쟁 막바지에 많은 이들이 포로로 끌려가 오이라트가 차지한 감숙 인근에서 농업과 소금 생산업에 종사하고 있었다.

"그건 본관도 사정을 어느 정도 알고 있지만, 그렇다고 현 상황에서 아무것도 하지 않은 채 그냥 둘 수는 없소."

"지금은 시간을 두고 지켜봐야 할 때요. 무리하게 이것저것 손댈 시기가 아니란 말입니다. 하석상대(下石上臺)··· 즉 아랫돌을 빼 윗돌을 맞추는 것에도 한계가 있어요."

그러자 형부상서 서유정이 눈을 찌푸리며 설선에게 되물었다.

"지금 이부상서께선 도어사 대인의 식견이 좁다고 비난하는 게요?"

"그런 말이 아닙니다. 세금을 걷지 못하는 산서성의 재정이 아슬아슬하게 유지되는 건, 그나마 다른 성에서 거두는 세를 각출해서 보내는 것 덕분임을, 현실을 이야기하는 겁니다."

그러자 서유정이 곧바로 호통치듯 소리쳤다.

"이부상서께선 북방의 달자들이 잠시 서역에 눈이 팔린 지금이야말로 대대적으로 북방 전선을 재건할 수 있는 적기란 사실을 모르는 게요?"

현재 북명과 오이라트는 미래에 내몽골 자치구라고 부르는 곳을 빈 땅으로 둔 채, 대치하고 있었고 북명 측은 전쟁 중 함락되었던 아홉 개의 요새이자, 군사요충지인 구변(九邊)을 복구하려 노력하고 있었다.

"석 대인과 서 대인께선, 민생을 보려 하지 않는군요. 그 제안대로 하면 당장 먹을 것이 생기니 배고픈 유민들이 몰려들겠지만, 장기적으로 볼 땐 가뜩이나 모자란 농부가 더 줄어들게 될 겁니다. 이러면 다른 성에서 이주자까지 받아가면서 추진하던 산서성의 농업 부흥 계획은 더 늦춰지게 되겠지요."

"그렇다고 달자들의 위협을 이대로 방치하려는 거요? 지금이야 광무왕 전하께서 건재하시니 우릴 넘보고 있지 않지만, 후세엔 어쩌려고 그러시오? 그들이 훗날 아국을 다시 도모하지 않으란 법이 있소?"

그러자 잠자코 있던 병부상서 광무왕의 대리이자, 실질적으로 상서나 다름없는 병부시랑 조의(曹義)가 나섰다.

"이부상서 대인께서도 직접 겪어봐서 아시겠지만, 나라의 국방이 무너지고 외적이 들이닥치면 눈앞의 칼 앞에 민생은 전부 무의미해집니다."

"그건……"

"그리고 우리 모두 직간접적으로 이적에게 많은 것을 잃었습니다. 저는 요동에서 산해관을 지키며 형제나 다름없던 무관과 병사들을 잃었지요."

그러자 설선은 표정을 일그러뜨리며 대답했다.

"말씀하신 부분은 본관도 이미 뼈저리게 겪었소이다. 마음 같아선 차라리 우리가 선제공격해서 이적들의 씨를 말렸으면 좋겠다고 생각하고 있어요."

"예, 저도 그러고 싶지요. 하지만 현 상황에서 군을 움직이는 건 광무왕 전하의 윤허를 얻어야 하고, 무엇보다 정예 병사도 얼마 없어 그럴 수 없단 걸 아시잖습니까?"

"으음… 그건 병부시랑의 말씀이 옳습니다."

"이런 상황에선 공격보단 수비가 우선이지요. 그러니 국경 요새인 구변을 재건하는 건만은 시급하게 처리되어야 한다고 생각합니다."

그러자 석형도 한명회의 도움으로 감옥에서 구출되어 병사들을 지휘하던 경험을 떠올리며 좌중에 말을 이어갔다.

"병부시랑의 말씀이 옳습니다. 본관도 광무정난 당시 여러 동지와 병사들을 잃었었지요. 재조지은(再造之恩)으로 국난을 이겨내긴 했지만… 말뜻 그대로 광무왕 전하께서 거의 다 망했던 나라를 다시 살려주신 거나 다름없소."

석형은 그와 악연으로 엮인 남명의 경태제와 우겸을 떠올리며 계속 말을 이어갔다.

"그리고 북방도 북방이지만, 남쪽의 배신자들이 강을 경계 삼아 우릴 위협하고 있으니, 함부로 군을 움직일 수는 없소. 거기다 서쪽 사천에선 백련교의 잔당이 다시 일어나 나라를 세웠으니, 지금은 전쟁보단 방어에 힘을 써야 할 때요."

그러자 이제껏 조용히 있던 도찰부 순무(巡撫, 감찰직) 한명회가 정리하듯 말을 꺼냈다.

"지금 당면한 문제는 산서성의 예산과 인력이 부족하다는 거 아니겠습니까? 조정의 예산을 들이기엔 지난 전쟁 당시 이 적에게 약탈당한 재물을 다시 채우고 있으니 모자랄 테고요."

에센이 약탈한 재물 대부분은 조선군의 손에 들어가 조선으로 보내지긴 했지만, 북경에 남은 게 별로 없었으니 결과적으로 보면 맞는 말이기도 했다.

"그렇지. 순무는 이 일에 대해 어찌 생각하는가?"

한명회는 직급상으론 도어사보다 아래지만, 석형은 광무왕의 직속 신하인 한명회의 눈치를 볼 수밖에 없었다.

"예산이 부족하면 그걸 충당해서 두 가지 일을 모두 동시에 진행하면 될 일입니다."

"말은 쉽지만… 그걸 당장 해결 못 하니 우리가 이러고 있는 거 아니겠나. 자네가 순무의 권한으로 감찰에 힘쓰니, 각 지방의 상황을 훤히 꿰고 있는 건 본관도 알지만 지금 그럴 만한 여유가 있나?"

"당장 재정에 여유가 없는 건 맞습니다만, 다른 방법이 있습니다."

"좋은 방법이 있다면 어서 말해주게."

"우선 예산 문제는 산동에서 차관(借款)을 들여오는 거로 하죠."

석형은 생소한 개념에 한명회에게 반문했다.

"차관이 뭔가?"

"돈을 빌리자는 이야기입니다. 제가 일전에 산동성 제독인 성 대감에게 들은바, 산동은 삼국 간의 교역으로 인해 자금이 풍부하다고 하더군요. 전하께서도 우리의 사정을 아시면 흔쾌히 윤허하실 겁니다."

"대체 돈이 얼마나 많기에 그러나?"

"저도 자세한 건 모르겠지만, 요즘 천만 냥 이상을 들여 배를 건조 중이라고 하더군요."

"허, 그거야 요 몇 년 사이 광무왕 전하께서 아국의 수군을 재건하시느라 행하시던 국책이 아닌가."

"아, 그게 여러 척이 아니고 단 한 척을 만드는 데 드는 비용이랍니다."

그러자 회의장에 모여 있던 관료들은 놀라 눈을 크게 떴고, 석형은 경악한 표정으로 반문했다.

"그게 정말인가?"

"예, 말 그대로 바다 위의 요새를 구현하기 위해 어마어마한 거함을 건조 중이라 하더군요."

"하, 산동엔 돈이 얼마나 많기에 그런……."

석형의 탄식처럼 산동은 무역 호황으로 인해 어마어마한 부를 누리고 있었다.

남명의 분단으로 인해 북쪽에선 사당, 즉 설탕의 공급이 완전히 끊겼다가 조선과 대만, 유구국 일대에서 들어온 설탕이 다시 공급되었고, 그 과정에서 설탕뿐만 아니라 여러 가지 품목이 같이 들어와 거래되었다.

그렇게 조선에서 물건들을 매입해서 북명에 유통하는 산동의 상인들은 전보다 더 큰 부귀영화를 누리고 있기에 새로운 군주인 광무왕에게 충성을 다하고 있었으며, 산동처럼 조선령이 된 구주도 비슷한 호황을 누리고 있었다.

명나라는 현재 민간의 부는 늘어난 데 비해 조선령이 된 산동과 요동을 제외하곤, 산서성 복구 때문에 조정이나 지방의 재정이 악화 중이기도 했다.

그러자 잠자코 듣고 있던 서유정이 한명회에게 물었다.

"그럼 산동에서 차관이란 걸 들여오면 예산 문제는 해결되겠군요. 하지만 부족한 인력은 어찌 수급하실 겁니까?"

"그거야 북경에 남아 있는 이적의 포로들을 동원하시죠. 그리고도 모자라면 조선을 본받아 죄수들과 그의 일가들을 전부 동원하면 될 겁니다."

"죄수는 그렇다 쳐도, 국경에 이적 포로를 투입하자고요?"

"예, 거기서 일을 시키면 따로 임금을 지급하지 않아도 되고, 그놈들이 황도에서 지은 죄도 몸으로 속죄하게 되니 얼마나 좋습니까?"

"하지만 그놈들은 자칫하면 도망칠 우려도 있고, 지금 황도에서 요역을 주로 담당하고 있는데……."

"저도 그런 사정은 알고 있지만, 주민들에게 공격받아 수가 점점 줄고 있지 않습니까. 제가 알기론 7년 동안 죽은 이가 만 명에 가깝다고 들었습니다."

한명회의 말대로 그들은 전쟁 중에 불타 버린 건물과 무너진 성벽을 재건하려 가혹한 노동에 시달렸고, 그 와중에 틈만 나면 그들을 증오하는 주민들에게 공격당해 살해당했다.

그들을 감시하던 병사들 역시 딱히 주민들의 공격을 제지하지 않고 방치했기에, 병에 걸려 죽은 이들까지 더하면 2만에 가까운 이들이 죽었고, 북경에 남아 있는 포로는 고작 3만 정도였다.

"그리고 제가 듣기론 왜국의 영주들이 영민을 팔고 있다고 합니다. 그들을 사들이는 건 어떻겠습니까?"

"그건 무슨 이야기인지 자세히 들을 수 있겠습니까?"

"요즘 왜국 본도의 영주들이 씀씀이가 커져서 그런지 몇몇 영지에선 영민들을 노비로 팔고 있다 하더군요."

"그래요? 사치에 빠져 자기 백성들을 팔아치우다니 어처구니가 없군요. 그래도 우리에겐 도움이 될 듯하니… 다행이라고 할까요."

"그럼, 쓸 만한 의견이 어느 정도 모인 듯하니 다시 한번 정리해 보죠."

그렇게 설선이 다시 나서서 의견을 정리하며 회의를 마무리 지었고, 우선 이들은 한명회의 의견대로 차관을 빌리려 조선에 칙사를 보내기로 했다.

그렇게 퇴청하던 설선은 황실 근위대장 이징옥을 비롯해 판금 갑옷으로 무장한 금군들을 보았고 이징옥에게 고개를 숙여 예를 표했다.

이징옥 역시 말없이 고개를 숙이며 설선에게 예를 표한 후 금군의 훈련을 위해 이동했다.

조선제 마차에 몸을 싣고 집으로 돌아가던 설선은 회의 도중 들었던 조의의 말을 떠올리자, 의지와 상관없이 그간 잊고 싶었던 아픈 기억이 깨어났다.

북경 서부 지구의 대대적인 학살 당시 자신의 큰손자가 오이라트 군사에게 반항하다가 목을 베였고, 설선은 아이에게서 쏟아지는 피를 막아보려 울면서 손으로 상처를 눌렀지만 온몸에 피를 뒤집어쓰고 생명이 꺼져가는 걸 바라볼 수밖에 없었다.

설선은 가족들과 함께 오이라트군에게 머리채를 잡혀 땅바닥을 기다시피 광장으로 끌려갔고, 평소에 알고 지내던 이웃들이 죽임을 당한 채 널브러져 있는 광경을 보았다.

그리고 거기서 설선의 손자를 살해한 병사가 다른 놈들과 함께 경쟁하듯 주민들을 학살하기 시작했다.

그는 거기서 자신이 죽을 차례만을 기다려야 했고 옆에 꿇려 앉혀 있던 맏아들과 며느리가 먼저 목이 달아난 상황에서 죽음을 받아들이려는 찰나, 말발굽 소리와 함께 그를 구해줄 군대가 나타난 것을 알게 되었다.

유독 눈에 띄는 갑옷을 입은 장수가 선두에서 말을 달려 원수의 몸통을 꿰뚫어 그의 복수를 해주었다.

그렇게 주민들을 학살하던 악적들은 천군이라 불러도 손색이 없는 군대에 전멸당하다시피 사살당했다.

설선은 막내아들과 함께 살아남아 은인에게 고마움을 표하러 온몸이 피와 흙으로 더러워진 것도 미처 모른 채 말을 걸었고, 그가 바로 조선의 왕이란 사실을 알고 재차 충격을 받았다.

그는 조선의 왕이야말로 진정 자신의 목숨을 바칠 만한 군주라 느꼈고 마음 같아선 그 자리에서 무릎 꿇고 신하로 받아달라고 애원하고 싶었다.

그러나 오이라트군에게 간신히 살아남은 주민들과 친족들을 보자 그 전에 자신이 먼저 해야 할 일이 있음을 깨달았다.

그렇게 광무왕이 임시로나마 북경 조정을 총괄하게 되자 북경의 조정을 재건하려 동문과 문하생을 전부 이끌고 정계에 다시 투신했고 좋은 대우를 받자 감격했었다.

거기다 군주가 솔선하여 공무를 처리하는 모습을 보곤 새삼 존경심을 느꼈고 그의 충심은 명국과 정통제가 아니라 광무왕에게 향하고 있었다.

"아버지, 집에 도착했습니다."

아버지를 따라 관원이 되었던 막내아들의 말에 과거를 떠올리던 설선은 입을 열었다.

"그래, 그럼 내리자꾸나."

"아버지, 소자가 몇 번을 불러도 답이 없으셨습니다. 대체 뭘 그리 생각하고 계셨습니까?"

"혹시 내 일전에 옥중에서 네게 편지로 전했던 말을 기억하느냐? 그걸 떠올리고 있었단다."

"사람이 도덕과 윤리를 잃으면 사람의 형체를 하고 있다 한들, 짐승과 다르지 않다는 말씀을 이르십니까?"

그는 본래 전대 황제인 선덕제 시절, 태자의 스승이었던 왕진에게 미움을 사서 투옥되었기에 그를 혐오하게 되었으며.

전쟁 전 우겸에게 누명을 씌우려던 왕진에게 반항하면서 다시 감옥에 가게 되었었다.

"그래, 기억하고 있었구나. 우리가 난에서 살아남은 후에 덧붙인 말도 기억하느냐?"

"예, 몸과 마음을 다해 인륜과 도덕의 이치를 다하고 받은 은혜에 보은하며 진정한 군주에게 충성을 다하란 격언도 마음 깊이 새겨 잊지 않고 지키려고 노력 중입니다."

"그래, 그 말을 지키도록 노력하거라. 이 아비는 나이가 들었고 네 형은 그럴 수 없지만, 넌 아비의 당부를 지킬 수 있을 거라고 믿는다."

"예, 명심하겠습니다. 그나저나, 며칠 후면 광무왕 전하의 천추절(千秋節, 생일) 행사입니다."

"벌써 그리 되었느냐? 조선에 천추사(千秋使)를 보내놓은 게 엊그제 같건만, 시간이 참 빨리 가는구나."

"예, 조금 있으면 가을도 끝나갈 테니까요. 올해의 행사도 성대하게 치를 예정인데, 다들 참석하실 시간은 되겠죠?"

설선은 아들을 흐뭇하게 바라보며 답했다.

"물론이지. 다른 건 몰라도 어찌 천추절을 소홀히 할 수 있겠니. 올해도 조정 대신 중에 빠지는 이는 없을 거다."

*　　　　*　　　　*

1456년의 가을이 끝나고 겨울이 시작될 무렵, 한양에선 첫눈이 내렸고 그와 동시에 사관학교 생도들은 훈련도 중지하고 대대적으로 눈을 치워야 했다.

"크아아아! 이놈의 눈은 그치지도 않네. 대체 언제까지 이 짓을 해야 하는 거야? 치워놓은 쪽에도 그대로 쌓여 있잖아!"

최광손의 아들 최계한이 괴성을 지르며 제설 도구를 내팽개치자, 남이가 빈정대듯 그의 말을 받았다.

"야, 상우도 조용히 눈 치우고 있는데, 네가 그러면 안 되지. 교관들이 보기 전에 얼른 다시 잡아."

그렇게 묵묵히 눈을 치우고 있던 이홍위는 잠시 허리를 펴고 답했다.

"…망할 놈의 눈 같으니. 예전에는 눈 내리는 게 좋았는데, 지금은 하늘이 원망스러워."

그렇게 훈련생이 된 세자 이홍위가 감상을 늘어놓자, 내팽개친 싸리 빗자루를 집어 든 최계한이 불평하듯 말을 이어갔다.

"한 달 뒤 임관하고 부임지에 가서도 이 짓을 할 거라 생각하니 열받아."

그러자 남이가 적당히 요령을 피우며 넉가래로 눈을 길가 가장자리로 밀어냈고, 동시에 둘을 위안하듯 너스레를 떨었다.

"그래도 다른 종친들은 북방으로 간다는데, 우린 북방으로 안 가니 다행 아니야? 북방에서 근무한 교관의 이야길 들어보니, 거긴 재수 없으면 봄이 끝날 때까지 눈 치우느라 정신이 없다고 하더라."

사관학교에 입학하고 궁에서 배울 수 없는 걸 배우며, 실정을 알게 된 이홍위는 옛일을 떠올리며 답했다.

"그래, 네 말대로 우린 한성부 관아에서 근무하게 되었으니 북방보단 낫겠지. 그건 그렇고, 눈이 오던 날 자선당 내관들의 표정이 좋지 않았던 이유를 이제야 알 것 같아."

본래 동궁 소친시로 세자의 시중을 들며 친구 노릇을 하던 이들은 사관학교에 입학하고 나자, 세자의 신분에서 잠시 벗어난 이홍위와의 관계가 수평적으로 변해 진정한 벗이 되었다.

"하긴, 우린 다른 일 하느라 눈 치우는 작업에서 예외였으니 내관 아재들이 우릴 고깝게 본 이유를 알 것 같아."

최계한이 철모르던 과거를 반성하듯 말하자, 남이가 그의 말에 답했다.

"수한(壽欄), 솔직히 말해. 우린 일이 아니라 상우하고 노느라 바빴던 거야. 그건 그렇고, 우리 아버지는 심양에 계신데 거기도 눈이 많이 내렸겠지?"

남이가 심양을 언급하자 이홍위는 유독 자신을 아끼던 할

아버지의 추억을 떠올리며 답했다.

"난 할바마마가 보고 싶어."

"나도."

"나도 상왕 전하가 그립다. 우리에게 정말 잘해주셨는데."

남이는 일전에 아버지에게 받았던 편지 내용을 떠올리며, 의문을 표했다.

"그런데 아버지께선 왜 내게 심양에 올 생각은 하지도 말라고 하셨을까? 난 솔직히 말하자면 고생 좀 하더라도 아버지하고 같이 복무하고 싶었는데."

남이는 아버지 남빈이 요동에 부임하고 7년 동안 떨어져 지냈기에 그리워했고, 이홍위 역시 할아버지가 보고 싶은 마음을 비치며 말을 이어갔다.

"글쎄. 아무래도 추운 곳이라 그런 게 아닐까? 나도 할바마마가 계신 심양에서 복무해 보고 싶긴 했어."

셋은 아직 나이가 어려 인간 착즙기, 상왕 세종의 인자한 면만 보았기에 남빈의 반응에 의아해했지만, 최계한이 나서 주제를 바꿨다.

"일전에 교관들한테 들어보니… 광무정난 당시엔 북경에서 눈이 내리는 와중에도 전부 치워가면서 싸웠대. 그래서 길이 얼어붙으면 안 된다고 유독 강조하더라. 그래서 이리 눈을 치우는 건가 봐."

"그래, 네 할아버지께서도 수업 중에 보급을 강조하시면서 병참로 유지는 기본 중의 기본이라고 하셨으니. 아무래도 그렇겠지."

이홍위가 교장 최윤덕의 가르침을 되새기자 남이가 그의 말을 받았다.

"그건 맞는 거 같은데, 여름에 첫 야외수업부터 우리가 사용할 화장실을 파라고 한 건 좀 그랬어……. 그렇게 모은 소변으로 염초 만드는 법을 알려주겠다면서 작업을 시킨 건 정말……"

그러자 누구보다 아버지를 존경하는 이홍위가 남이에게 핀잔하듯 말했다.

"산남(山南), 주상 전하께서도 세자 시절에 전부 하신 일이야. 게다가 친정 당시에도 크고 작은 일을 전부 챙기셨어. 그러니 무관이 되려면 궂은일도 몸소 겪어보면서 알아봐야지. 그리고 손은 쉬지 말고 계속 치우면서 말해."

남이는 존경하는 주상의 이야기가 나오자 금세 불만을 접은 채 눈을 치우기 시작했고 최계한 역시 빠르게 손을 움직였다.

그렇게 눈이 그칠 때까지 구역을 옮겨가면서 도로 위에 쌓인 눈을 치운 생도들은 기진맥진했고, 개중 몇 명은 오후 수업 시간에 졸다가 교관에게 발각되어 스쿼트로 잠을 쫓아내야 했다.

그렇게 이론 수업이 끝나자 세 명이 가장 좋아하는 갑주술과 병기 훈련 시간이 찾아왔다.

"산남, 오늘은 안 봐줄 거야."

최계한이 솜을 두른 연습용 판금 갑옷을 입은 채, 맨손 대련 상대인 남이에게 으름장을 놓자 그는 어깨를 으쓱대며 답했다.

"내가 지금 전적에서 5승 더 앞서고 있는데? 그게 봐준 거였어?"

최계한은 대꾸 없이 면갑의 가리개를 내리며 전투 자세를 취했고, 남이도 비슷한 자세를 취하며 대치를 시작했다.

최계한은 기습적인 선공으로 몸을 숙인 채 남이를 넘어뜨리려 파고들었지만, 남이는 왼발을 뒤로 빼며 체중 이동만으로 그의 공격을 막아냈다.

남이는 곧바로 최계한의 등과 목을 위에서부터 짓눌러 그를 넘어트렸고, 곧바로 자세가 무너진 그의 투구를 철 장갑을 낀 주먹으로 내리치기 시작했다.

그러자 대련을 지켜보고 있던 교관이 안전을 이유로 남이의 승리를 선언했고, 최계한은 땅에 엎드린 상태에서 위로 몸을 돌려 가리개를 열며 아쉬운 표정을 지었다.

"이젠 기습도 안 통하네."

남이도 면갑 가리개를 열어젖히고 누워 있는 최계한을 보며 대답했다.

"며칠 전에 내가 당한 건 예상외의 공격이라 그런 거였고, 그걸 대비하는 상황에서 그런 기습공격이 먹히겠냐."

"이럴 땐 내가 너보다 조금 작은 게 서럽네. 억울해서라도 더 많이 먹든가 해야지 원."

"한 뼘이면 조금이 아니지. 그리고 음식이라면, 지금도 충분히 많이 먹고 있잖아."

"널 따라잡으려면 그거론 부족할 거 같아서."

그러자 일찌감치 다른 생도와 무기 대련에서 장검의 검신을 손으로 잡고 찌르는 변칙 기술로 승리하고 온 이홍위가 둘의 전투를 관전하곤 뜬금없는 질문을 던졌다.

"그나저나, 너희 부친들도 절친한 친우 사이시잖아?"

난데없는 이홍위의 질문에 남이와 최계한이 차례대로 답했다.

"그렇지."

"맞아. 갑자기 그건 왜 물어?"

"두 분 다 조선을 대표하는 장수인데, 너희처럼 대련하면 누가 이길까?"

홍위가 던진 질문은 2세들의 자존심에 불을 붙였고, 곧바로 두 아이는 자기 아버지가 더 세다고 목소리를 높여가며 언쟁을 시작했다.

"수한, 우리 가친께서 주상 전하께 양생법을 배워 네 부친을 단련시켜 준 거 몰라?"

남이가 과거를 이야기하며 자랑하자 최계한은 다른 일화를 꺼내 반격했다.

"아버진 북방에서 건주위의 난을 평정할 때, 말과 사람을 동시에 베어버리시고 대공을 세우셨어. 네 부친께선 그런 적 있으시냐?"

"가친께선 언제나 군을 통솔하느라 그럴 기회가 없어서 그렇지. 그런 상황이 닥치면 충분히 하시고도 남아."

"그래? 우리 아버지도 직속 기병대를 지휘하셨고 오이라트 달자 놈들의 함정에 빠진 상황에서도 전부 쳐 죽이셨는데."

"말은 바로 해라. 그건 위기의 상황에서 주상 전하가 친히 돌격하셔서 구해준 거야. 우리 가친께선 북경 전투 당시 요지인 거용관을 점령해서 달자의 보급을 차단하셨어."

"하, 우리 아버진 북경성 조양문을 함락하셨는데?"

그렇게 자기 아버지가 잘났다는 말싸움이 꼬리를 물고 이어질 무렵, 싸움을 붙인 당사자인 홍위는 아버지인 광무왕이 더 대단하다고 생각하며 가소롭게 둘을 지켜봤고 그 광경을 본 다른 훈련생들은 지겹다는 듯 진저리를 쳤다.

"쟤들은 아직 나이가 어려서 그런지 기운도 넘치네. 오늘은 또 왜 저런대."

어느 훈련생이 대련을 마친 후, 둘의 말싸움을 멀리서 언뜻 보며 한마디 하자 그와 함께 훈련한 안평대군, 훈련생 이용이 그에게 답했다.

"여기 입학하느라 관례를 치르긴 했어도 아직 스물도 되지 않은 젊은이들이 아닌가. 저 나이 땐 다들 저러지 않나?"

"그렇긴 한데, 워낙 시끄러워서."

"저 정도 혈기는 있어야 장차 대를 이어 공을 세우지 않겠어? 그러니 귀엽게 봐주게."

양인 출신의 갑사 후보생 박재권은 왕족인 안평대군과 친구가 되었지만 말을 놓는 것이 아직도 조금 어색하다고 느꼈다.

그러나 지금이 아니면 언제 왕족, 그것도 대군에게 말을 놓겠냐며 생각하곤 말을 이어갔다.

"그것도 그렇네. 달리 생각해 보니 예전 같았으면 꿈도 못 꿀 광경인 것 같아."

"나도 그리 생각하네. 여기서만큼은 신분도 잊고 전부 같은 생도니."

"맞아. 내가 여기 들어오기 전까지만 해도 군역이란 게 우리 같은 이들에게만 지워진 짐이라고 생각했는데, 참 많은 게 변하고 있는 거 같아."

그렇게 이야길 나누던 둘은 며칠 전에 교관을 통해 들었던 소식에 대해 의견을 나누기 시작했다.

"그나저나 교관들 말론 내년쯤엔 아국에서 잔평국을 토벌하러 나선다고 하던데, 이 중에서도 종군할 사람들이 있겠군."

안평의 말에 박재권은 자신이 생각한 의견을 꺼냈다.

"총통위나 수군으로 배속되는 포술과 출신들은 참전 확정이나 다름없겠지. 나머진 부임지가 어디냐에 따라 갈릴 테고."

그렇게 안평대군은 새로 사귄 친구와 정세에 관해 이야기하며 수업 시간을 보냈고, 교장 최윤덕은 나서서 남이와 최계한의 말싸움을 중단시키며 벌을 내렸다. 그렇게 사관학교의 하루가 저물어갔다.

＊　　　　＊　　　　＊

전열함의 건조가 한창인 산동의 등주항에선 성삼문이 초과한 예산 보고서를 보곤 한숨을 쉬며 추가 예산으로 은자 이백만 냥을 투입했다.

예산만 모자란 게 아니라 성삼문의 기준에 만족할 만한 튼튼한 목재가 부족했고, 남방 국가인 대월과 마자파힛 왕국에서 보내기로 약속한 목재를 기다려야 했다.

"요즘 내가 전함 건조에 신경 쓰고 있던 사이, 등주에 왜국 출신이 부쩍 늘어난 것 같은데, 원인이 뭔지 아는가?"

성삼문이 등주에 마련된 임시 집무실에서 서류 결재를 마치고 부관에게 묻자 곧바로 대답이 돌아왔다.

"소관이 듣기론 거기엔 여러 원인이 있다고 합니다."

"그럼, 자네가 아는 대로 고해보게."

"우선 왜구 출신이었던 이들이 등주에서 선원을 우대해서 모집한다는 소문을 듣고 몰린 것이 첫 번째 이유라고 생각됩니다."

"워낙 대우가 좋으니 그럴 수도 있겠군. 그럼 다른 이유는 뭔가?"

"구주의 상인들이 교역을 위해 찾는 경우도 있지만… 왜국의 영주들이 영민을 노비로 팔기 위해 배를 보내고 있답니다."

"자기 백성을 노비로 팔아치워? 그게 정말인가?"

"예. 제가 듣기론 그랬습니다. 다만 구주에선 그런 일을 엄금하고 있다고 합니다."

"전하께 소식을 알려야 하는 거 아닌가?"

"이미 그러기엔 늦은 것 같습니다."

"그건 어째서 그러나?"

"북경에서 전하길, 산서성의 요새 건축 때문에 인력이 필요해서 그 건에 대해 정식으로 왜국의 영주들에게 제안할 거라고 들었습니다. 그리고 조만간 칙사가 이곳에 들를 예정이라고도 했습니다."

"그런가?"

"네, 그래서 지금쯤이면 본국에서도 알고 있으리라 짐작됩니다."

"그럼, 북경에선 인력의 대가로 뭘 주겠다고 하던가?"

"그게… 아무래도 미당인 것 같습니다."

"미당이 왜국에도 흘러 들어갔던 건가."

"소관이 등주를 오가는 왜국의 상인들에게 듣기론 주상 전하께서 왜왕에게 미당을 하사하셨는데, 그게 영주들에게도 조금씩 퍼져 유행됐다고 합니다."

성삼문은 왜국의 사정을 더 알아야 할 필요가 있음을 느끼고 질문을 이어갔다.

"그래? 자네가 아는 대로 전부 고해보게."

"예, 제가 들은 이야길 처음부터 해보겠습니다."

"그래."

"왜왕 정이대장군이 재작년부터 주상 전하께서 하사하신 도자기를 비롯해 음식에 들어가는 미당과 호초, 사당 등 여러 가지 향신료와 더불어 각종 사치품에 빠져 향락을 일삼으며 지낸답니다."

"그랬던 건가."

"거기다 작년엔 처소를 크게 개축하고 정원을 꾸며 영주나 유력자들을 초대해서 한 달 동안 연회를 벌였다고 들었습니다."

"그리 놀 정도면 왜왕은 정무에서 완전히 손을 놓은 건가?"

"예, 그런 것 같습니다. 막부 예하의 세 가문이 정무를 도맡아서 하고 있다고 하더군요."

"그럼 영주들이 사람을 팔기 시작한 건 미당이 유행했기 때문인 건가?"

"미당뿐만이 아닌 듯싶습니다."

"다른 게 더 있나?

"왜국에선 미당도 귀하지만, 양품의 도자기도 비싸게 거래된다고 합니다. 그것도 모자라 지방 영주들끼리 사치로 경쟁하는 풍습이라도 생겼는지 상인들을 불러 이제껏 본 적 없는 귀중한 물건을 사들이는 데 힘쓰고 있다고 했습니다."

"그래서 재정이 부족한 영주들은 사람을 내다 팔기 시작한 거고?"

"예, 그리고 왜국에서도 산동과 북경처럼 조선풍 의복과 부채로 치장하고 남자들이 귀걸이를 하기 시작했다고 합니다."

그러자 성삼문은 집현전 학사 시절 주상 전하께 하사받았던 안경을 추어올리곤 웃으면서 말을 이었다.

"그런가. 알려줘서 고맙네."

성삼문은 본격적인 유행이라는 흐름을 타고 교역 물품을 늘려 더 큰 이득을 보기 위해 계획서를 짜기 시작했고, 곧이어 북명 조정에서 보낸 칙사가 등주에 도착해 차관에 대해서 논의했다.

그렇게 성삼문이 정리한 문건은 칙사와 동행한 전령을 통해 주상에게 보내졌다.

*　　　　　*　　　　　*

나와 대신들이 전쟁 준비로 바쁘게 보내던 1456년의 겨울, 북경에서 보낸 사신이 도성에 도착했다.

요즈음 산동 등주항을 이용하는 배편으로 왕래가 편해져서 그런지, 사신은 육로 대신 배를 타고 오가고 있었다.

거기다 요 몇 년 사이 한 달에 한 번꼴로 조선 조정에 드나들기 시작했기에, 북명에서 보낸 사신은 외교 사절이라고 부르기도 민망해질 지경이었다.

오이라트와 전쟁이 끝나고 처음으로 조선에 왔던 북명의 사신들은 나름대로 극진한 대우를 받았었지만, 점차 왕래하는 빈도가 늘어나니 자연스레 받는 대우도 줄어들었다.

거기다 그들도 재정 문제 때문인지 업무에 필요한 만큼의 인원만 보내기 시작했고, 지금에 와선 한 번에 서른 명 남짓한 이들이 조선에 드나들고 있었다.

그런 사정으로 지금 오가는 이들은 명목상으로만 칙사나 사신이고, 실제론 실무를 위해서 드나드는 이들이었다.

다만 예외가 있다면 내 생일에 축하 사절로 오는 천추사만큼은 신경을 많이 쓰는 듯, 여러 가지 선물과 함께 고위급 대신들이 돌아가며 책임자로 오가고 있었다.

현 상황은 내가 바란 대로 변해가고 있음이 분명하다.

지난 전쟁 당시 북경을 장악했을 때, 내가 마음만 먹었으면 칭제 건원하고 천자의 자리에 오를 수도 있었다.

하지만 그러지 않은 건 중화사상이란 독과 인구수에 조선이 동화될 수 있기 때문이었으며, 더 큰 반발도 고려했기 때문이다.

내가 그 길을 갔다면 남경으로 도망친 경태제는 나와 조선을 중화의 이적으로 선포하고 반격을 시작했겠지.

그랬다면 조선은 요동과 북경 근처만 점령한 채 중화 그 자체와 끝없는 싸움을 벌이고 있었을 거다.

그럼 산동을 거점으로 한 무역 호황도 누리지 못했을 테고, 전쟁으로 재정과 병력만 소모하게 되었을 거다.

지금처럼 조선이 자체적으로 중화에 맞설 만한 체급을 불릴 시간도 벌지 못했을 거고.

내가 볼 땐 전쟁은 목적이 아니라 수단의 하나다. 그러니 불가피한 경우가 아니면 경제와 문화적으로 차츰 가까워지게 하면서 최대한 이득을 뽑아내는 쪽이 낫다고 본다.

물론 누구도 넘보지 못하게 강한 군사를 유지해야 하는 게 최소 조건이기도 하지.

앞으로 계획 중인 잔평과 동유럽 원정에서도 될 수 있으면, 적은 병력과 최소한의 전투로 최대한의 효율을 보려고 준비 중이기도 하고.

난 그렇게 생각을 정리하고 흠차관을 만나러 갔고, 그는 내게 산서성에서 실시하려는 북방 요새 재건 계획에 관해 설명했다.

"…그런 연유로 광무왕 전하께서 차관을 윤허하여 주셨으면 하옵니다."

요즘 들어 북경 조정에서 조선말을 배우는 게 유행인지 여기 오는 이들은 하나같이 우리말이 유창했다.

"그래, 북경의 사정은 잘 알겠으니 다음 회의 때 안건에 올려 대신들과 차관 규모에 대해 논하겠노라."

"성은이 망극하옵니다."

내가 근정전에서 흠차관과 대면을 마치고 천추전에 들자 성삼문이 보낸 전령이 장계와 서류를 들고 찾아왔다.

전령을 내보내고 가져온 문서들을 읽어보니 목재 수급 문제로 인해 전열함 완성이 조금 늦어질 거 같다며, 나도 보고받아 알고 있는 왜국의 정세에 관해 설명했다.

왜왕이 정치에서 손을 뗀 건 내가 그리 되도록 안배한 문제지만, 왜국의 영주들이 사치에 빠져 사람을 팔아먹을 거라곤 차마 상상조차 못 해봤었다.

원역사의 왜국 전국시대에서도 서양과 접촉한 영주들이 화약값을 치른다고 백성들을 외국으로 팔아먹었다고 한다.

그렇게 유럽에 팔려 간 왜인이 수십만에 달한다고 하니, 그들의 사고방식은 지금이나 그때나 별로 다른 점이 없나 보다.

그 밖에 내가 잘 모르고 있던 사정을 보니, 산동과 북경 말고도 왜국에서도 조선제 물품이 유행하기 시작해 남녀를 가리지 않고, 조선의 복식을 따라 하고 있다고 한다.

그것과 별개로 요즘은 도성에서도 북방의 영향을 받아 소매 폭이 줄어들고 있기도 하다.

내가 요 몇 년 전에 곤룡포의 소매 폭을 줄이라고 한 것도 영향이 있었을 거다.

또한 요즘 산동에서 안경이 유독 인기가 많다고 한다.

주로 부유층이 안경테를 주문 제작 해서 치장용으로 쓰고 있다는데, 아무래도 안경 착용자인 성삼문이 끼친 영향 같아 보인다.

안경이 인기가 많은 건 조금 의외네.

북명에서 왔던 이들이 하나같이 안경원에 들러서 안경을 맞춰 가길래, 다들 눈이 안 좋아서 그런가 싶었는데……. 그게 멋을 위해서 그런 거였군.

거기에 더불어 설탕을 가공한 사탕이나, 화령산 모피의 수

량도 늘고 있다고 한다.

성삼문이 이 기회를 살려 더 많은 물품을 교역하자고 그가 정리한 품목을 추천하는 것으로 보고서가 마무리되었다.

난 그것만으론 교역 규모를 확대하긴 조금 부족한 듯싶어서 생각을 정리해 봤다.

사탕을 제외하곤 전부 사치품이고, 대부분 한번 사면 그만인 것들이다.

지금 팔 수 있는 것 중에 소모품이면서 적당히 비싼 게 뭐가 있을까?

그렇게 고민하던 중 불현듯 인삼이 떠올랐다.

인삼은 지금도 명과 교역에서 빠지지 않는 품목이지만, 생각보다 양이 많지 않다.

지금 인삼 재배 현황은 고려 말부터 인공 재배에 성공했고, 아버지의 치세 시기부터 조금씩 양이 늘어 한 해당 몇 십 근에서 백 근가량이 거래되는 정도지.

또한 인삼은 약재치고 지나치게 고가이다 보니, 부자가 아니면 차마 살 생각도 못 하는 게 약점이라 할 수 있고.

개중엔 빚을 내어 인삼을 사서 병을 고쳤다가 빚을 갚지 못해서 자살하는 이가 나올 정도니 이건 조금 개선할 필요가 있겠어.

난 그렇게 생각을 정리하고 계획서를 작성하기 시작했고,

다음 날 정리를 마칠 수 있었다.

"주상 전하. 전농시 판사, 이천 대령했사옵니다."

"들라 하라."

김처선이 내 지시대로 전농시의 책임자 이천을 불러왔다.

"신, 전농시 판사 이천이 주상 전하를 뵙사옵니다."

"대감도 여전히 정정해 보이니 참으로 다행이오."

"아니옵니다. 신의 나이도 이제 여든이 넘어 눈이 침침하고
사물을 구분하는 게 힘이 들어……."

이천이 오늘은 사직할 핑계로 시력 저하를 들고 왔기에 난
빠르게 그의 말을 끊었다.

"그래요? 고가 오늘은 대감을 위해서 안경을 하나 하사해야
겠소. 알현 후에 안경원에 들렀다가 가시게."

그러자 이천은 들릴락 말락 한 한숨을 내쉬며 내게 답했다.

"성은이 망극하옵니다."

그러자 자리에 동석한 사관 유성원이 잠시 표정을 관리하
지 못한 채, 엷게나마 웃음을 보였고 김처선 역시 웃음을 참
지 못한 듯 고개를 돌리고 말았다.

너희의 후임도 미래에 너희가 이러는 모습을 보게 될 것 같
은데…….

"고가 대감을 이리 부른 것은 다름이 아니라, 삼(蔘)의 재배
를 늘리기 위함이오."

"성상께선 삼의 물량을 늘려 대외 교역 물목에 쓰시려 하심 이옵니까?"

요즘 관료들의 인식이 바뀌어서 그런지, 시시콜콜한 설명을 할 필요가 줄어서 편하다.

"그렇소. 요즘 개성 근처에 왕실 직할지가 휴경 중이라던데, 거기서부터 시작하면 좋을 거 같소."

"그것뿐이라면 신을 이리 부르시지 않으셨을 것 같사옵니다. 따로 당부하실 부분이 있으신지요?"

"그래요. 이참에 나라에 허가받지 않고 삼을 밀매하는 잠상(潛商)의 단속에 힘을 써야 할 것 같아 새로운 정책을 맡기려 하오."

그러자 이천은 난처해 보이는 표정을 지으며 내게 답했다.

"그건… 지방 관아에서 단속해야 할 문제라고 보입니다. 신이 거기까지 나서기엔 권한도 인력도 모두 부족합니다."

"사실상 모든 잠상을 단속하는 건 불가능한 걸 알고 있네. 그건 대감의 말대로 관아에서 해결할 문제가 맞소."

"그럼 어떤 일을 맡기려 하십니까?"

"인삼 허가제와 인증제를 만들어보려 하는데, 거기에 대감의 도움이 필요할 것 같소이다."

"허가제라 하심은 나라에 세를 내고 재배와 상행을 하라 이르시는 것 같사옵고, 인증제는 무엇을 뜻하시옵니까?"

"나라에서 파는 삼의 효능을 보장한다는 인증서를 발급하는 방식이라고 보면 될 거요."

그러자 이천은 잠시 뭔가 생각하는 듯 보이더니 곧바로 내게 질문했다.

"그럼 삼의 등급도 나눠서 판매하게 하실 요량이시옵니까?"

"그렇소. 재배삼이나 산양삼은 생장 햇수를 기록해 크기별로 등급에 차등을 두려 하고, 야생 산삼은 관청에 신고 후 감정을 거쳐 나라에서 사들인 후 전매하려 하오."

이렇게 인삼에 품질보증제를 도입해서 보급품과 상품을 나눠서 거래하게 되면, 나라에서 삼을 관리하기가 한층 쉬워지고 비인가 제품을 추적하기도 편해질 거다.

"물론 그렇게 해도 밀매를 완벽하게 막을 수는 없겠지만, 새로운 제도를 시행하여 구매자의 인식부터 바꿔가는 게 좋을 듯하오."

"그리되면, 생각보다 많은 관원이 필요하옵니다. 농사와 별개로 민간에서 삼에 대해 잘 아는 이들과 의원도 새로 영입해야 할 거 같습니다."

"그 말이 맞소. 이참에 전농시 예하에 인삼 공사를 창설해서 관리하는 게 나을 듯하오."

"주상 전하, 전농시에도 인원이 부족한데, 정원을 늘려주실 뜻이 있으시옵니까? 요즘 전농시에서 물류 운송업에도 신경을 쓰다 보니, 사람이 많이 부족하옵니다."

"그렇소. 지금의 전농시는 육조의 관할이 아니라 독립된 아문(衙門, 관청)이나 마찬가지니, 이참에 규모를 더 키워보려 하네. 농조(農曹)가 될 수 있게 말이오."

그러자 이천은 여기까진 예상하지 못한 듯, 눈을 크게 떴다.

"대감이 초대 농조판서가 된 거나 마찬가지니, 미리 승진 축하부터 해야겠소이다."

"성은이… 망극하옵니다……."

그러자 유성원과 김처선은 다시 한번 티 나지 않게 웃고 있었다.

지금이야 아직 젊으니 그럴 수도 있겠지. 그런데 너희가 이천만큼 나이가 들고도 웃을 수 있을까?

"자세한 건 다음 조회 때 대신들과 함께 논하면 될 테고……. 이건 고가 작성한 문건이니 가져가서 읽어보시게나. 그리고 고가 이 대감의 몸을 생각해 산삼을 준비해 두었으니, 내의원에 들러 받아 가게."

"성은이 망극하옵니다."

그렇게 내게 절을 마친 이천이 일어서며 말을 이어갔다.

"신은 이만 물러나겠사옵니다."

"그러시게."

이천이 조금 맥없어 보이는 뒷걸음으로 정중하게 물러났고, 난 곧바로 장영실과 최공손이 합작해서 만들고 있는 전열함에 장착할 선회식 포가와 화기를 보러 군기감에 들렀다.

"주상 전하, 이것이 선회식 포가에 올릴 새 화기이옵니다."

"이게 전에 말했던 마자파힛의 화기를 개량한 새 화포인가?"

"예, 그러하옵니다."

장영실이 내게 보여준 건, 포신 길이가 다섯 자(1.5m)에 세 치(9cm)의 소구경으로 제작된 후미 장전식 화포였고, 다른 주력 화포에 비교해 가벼운 만큼, 회전식 포가에 올려두고 조준 방향을 바꿀 수 있었다.

이들이 참고한 화포는 마자파힛에서 주력으로 쓰는 청동제 후장식 대포 쳇방(cetbang)이었고, 지난번 교류를 위해 조선에 들렀던 사신단이 몇 정을 선물로 주고 갔었다.

"이것만으론 부족한 듯싶어 신이 후미 장전식 구조를 이용해서 대구경 화포의 시제품을 만들어보았지만, 문제점이 있었습니다."

"내 짐작건대, 제대로 격발되지 않은 듯하군."

"예, 그러하옵니다. 크기를 키우니 장전하는 뒷부분이 완전히 폐쇄되지 않아 격발 불량이 생기고, 심지어는 후미가 터지기까지 해서 이 정도의 크기로 만드는 게 한계였사옵니다."

그건 어찌 보면 당연한 일이었다. 지금 기술론 후미 장전 구조에서 완벽하게 폐쇄되는 장전 기관을 만드는 것도 힘들지만, 거기에 걸맞은 제련 기술도 뒷받침되어야 한다.

"그건 새로 개발 중인 역청탄의 강철 제련법이 먼저 완성되어 강철로 포신을 주조할 수 있어야 가능하리라 보이네."

그러자 장영실은 장인으로서의 자존심이 상한 듯, 근엄한 표정을 지으며 대답했다.

"으음, 신이 예산과 시간을 조금만 더 들이면 완성할 수 있을 것 같기도 합니다. 좀 더 크고 두꺼운 덮개로 안정성을 확보하고, 그다음엔 회전식 손잡이를 돌려서 후방을 폐쇄하는 방식으로 간다면 가능할 듯하온데……."

장영실이 간만에 폭주하려는 듯한데, 적당히 말려줘야겠군.

"그렇게 새 화포를 완성한들, 평범하게 앞에서 장전하는 방식보다 속도가 느려질 것 같은데, 그렇지 않은가?"

그러자 장영실은 생각지 못한 맹점을 찔린 듯 목소리가 작아졌다.

"송구하옵니다. 소신의 생각이 짧았사옵니다."

그 후 새 화포의 시험 사격을 보았는데, 딱 기대한 만큼의 화력이었다.

빠른 장전을 제외하곤, 구경이 작은 만큼 기존에 쓰던 대형 화포보다 나은 점이라곤 없을 정도였으니.

그렇게 시범을 마친 장영실이 내게 말했다.

"신이 만들긴 했지만, 이런 어중간한 화력의 화포론 새 전함에 어울리지 않을 듯하옵니다."

"모든 무기는 상황에 맞춰 쓰임이 다른 법이네. 지금 수군이 쓰고 있는 귀갑철환(포도탄)을 작게 개량해서 이 화포로 쓰면 유용하지 않겠나?"

그러자, 가만히 듣고 있던 최공손이 내게 답했다.

"그럼 이 화포를 전함의 상갑판에 두고 적선의 병사를 노리는 식으로 운용하면 될 듯하옵니다."

"그래, 그리고 꼭 병사만 노릴 필요도 없지. 근거리에서 적선의 돛이나 노를 노려 항행 불능으로 만들어도 충분하노라."

"그럼 소신이 기존에 천지현황(天地玄黃) 총통의 구경에 맞춰 쓰이던 귀갑철환을 이 화포에 맞춰서 제작해 보겠사옵니다."

"이참에 산탄(散彈)이라고 이름 붙이는 게 낫겠군. 내용물로 들어가는 탄의 크기와 종류로 구분하게나."

그간 조선에 산탄식 포환이나 탄환을 조란환과 귀갑철환으로 불렀는데 이참에 명칭을 통일해야겠어.

"예, 장인들에게도 그리 전하겠습니다. 따로 당부하실 점이 있사옵니까?"

"아닐세, 자네와 자네의 스승도 삼이 필요할 거 같으니 내의원에 들러 받아 가게나."

그러자 이 둘은 이천과는 다른 반응을 보이며 반색했다.

"성은이 망극하옵니다."

난 이어서 전열함 위층에 적재할 50근(30㎏)짜리 포환을 쓰는 근거리용 화포의 시험 발사를 보았고, 하층에 들어갈 거포는 지난번에 보았기에 개량 중인 포가만 보고 처소로 돌아왔다.

그럼, 이제 전열함의 완성만 기다리면 되겠군.

요즘은 산동까지 얼마 걸리지도 않는데, 건조가 끝나면 산동의 민생도 챙길 겸 한번 보러 가는 게 좋겠지.

내가 가는 김에 성대하게 진수식을 여는 것도 괜찮겠는데?

성삼문에게 답장을 써야겠네.

*　　　　　*　　　　　*

1457년 새해와 함께 내 의지로 농조가 창설되었고, 그간 수많은 신설 기관이 생기긴 했어도 육조의 틀을 이어가던 조선의 정치체계에 변화가 생겼다.

내 치세에 상업과 기술이 발달하곤 있지만, 민생과 직결된 농업을 소홀히 할 수는 없다.

그간 전농시에 예산을 투자해 농업 전반의 업무를 맡게 했었지만, 태생이 국가 제례에 쓰일 농작물 재배를 담당하던 기관이었기에 육조보단 권한과 인력이 부족했었지.

"오늘은 새해 첫 상참(常參)에 앞서 이 대감이 정식으로 농조의 판서가 된 걸 축하해야겠노라. 그러니 다들 한마디씩 하게."

그러자 편전에 모인 대신들이 이천에게 축하의 말을 건넸지만, 축하받는 당사자 이천의 표정은 썩 좋아 보이진 않았다.

"대감은 이리 좋은 날에 어찌하여 표정이 굳어 있소?"

"송구하옵니다. 신이 어제도 밤늦게까지 공무를 처리하다 보니 그만⋯⋯."

"그렇소? 내 조만간 농조 창설을 기념해 별시(別試)를 개최하려 하오. 그러니 당분간 지금처럼 임시 파견된 관원들로 운영해 줘야겠소. 그러니 잠시만 고생해 주시오."

"예, 신 농조판서 이천이 삼가 명을 받들겠사옵니다."

이후 약식 조회인 상참의 절차도 끝나자, 난 마무리를 위해 정리하는 말을 꺼냈다.

"새해 첫 상참이니 간략하게 마무리하지. 혹여 상참관 중에 하고 싶은 말이 있는 대신이 있다면 하게나."

"신, 영의정부사 황희가 성상께 아뢰옵니다."

"말씀해 보시오."

"신이 근래 풍문을 듣자 하니 산동에서 건조 중인 신형 전함에 지나치게 큰 예산이 들어가고 있다 하옵니다. 신이 들은 이야기가 맞사옵니까?"

"그렇소."

"사정이 그렇다면 주상께서 산동 절제사 성삼문을 조금 자제시킴이 어떠하겠습니까?"

"그건, 기꺼이 큰 지출을 감수하고 허락한 일이니, 영상 대감이 염려하지 않아도 좋소이다."

"현재 아국은 성군이신 주상 전하의 치세하에 나날이 재정과 예산이 풍족해지고 있사옵니다."

"영상 대감은 느닷없이 내 얼굴에 금칠하려 하는구려. 말하고 싶은 바가 뭐요?"

"전통의 육조에 이어 농조가 신설되고, 또한 요 스무 해 사이 관원의 수도 비교할 수 없이 늘었사옵니다. 그러니… 그에 걸맞게 관사를 개축하고 늘릴 때도 된 듯하옵니다."

예산을 늘려달란 소리를 길게 돌려 말한 거였네.

"관사 개축에 대해선 다음 조회에 논하기로 하겠소. 그건 그렇고 영상 대감께선 새 전함을 만드는 게 불만인 게요?"

"아니옵니다. 산동의 작년치 재정 결산보고가 아직이니 얼마를 쓴지는 신이 알 수는 없었기에 혹시라도 예산이 낭비되지 않은가 하여, 우려의 마음에 의견을 올린 것뿐이옵니다."

아, 그러고 보니 나도 지금까지 전열함 건조에 총 얼마가 들어갔는지 정확하게 모르고 있었네.

성삼문이 지난번 보낸 보고서엔 목재 수급의 어려움만 적혀 있었고, 그간 얼마가 들어갔는지 언급하지 않았었다.

"그건 조만간 장계와 문건이 도착하면 알게 되지 않겠소? 내 작년에 소식을 듣자 하니 새 전함도 거의 다 완성되었고 전함 상층에 쓰일 목재가 모자라 남방에서 보낼 목재를 기다리고 있었다고 하오. 지금쯤이면 완성이 되었을지도 모르고."

"그것뿐만이 아니옵니다. 성삼문이 전하의 영지인 산동을 다스리는 대리인이긴 하나, 다른 절제사들과 달리 지나칠 정도로 큰 권한이 주어져 있기에 월권을 행사하는 게 아닌가 싶어 조금 우려되옵니다."

"영상 대감은 혹시 산동 절제사가 다른 마음을 품고 예산에 손을 댈까 걱정하는 게요?"

"아뢰옵기 외람되오나 그렇사옵니다."

지금이야 안 그러지만 예전엔 비리로 말도 많았고 여러 차례 탄핵도 당했던 황회가 이러니 조금 웃기네.

"내가 젊은 시절부터 청죽을 가까이 두고 지켜본바, 그처럼 소탈하고 청렴한 사대부도 드물다고 보오."

"신이 감히 성상의 안목을 의심하는 것은 아나나, 무릇 사람이 큰 재물을 손대는 위치에 오르면 변할 수도 있기에 우려의 말씀을 올린 것이옵니다."

"그건 대감의 기우라고 생각하오."

그러자 예전에 잠시 호조판서직에 역임하다가 대마주 제찰사로 근무했었고, 얼마 전 의정부 우참찬으로 승진해서 도성으로 돌아온 운성군 박종우(朴從愚)가 황희를 지원하듯 나섰다.

"신, 우참찬 박종우가 성상께 아뢰어도 되겠사옵니까?"

"그래, 운성군(雲城君)은 무슨 말이 하고 싶은가?"

"신도 대마주에 오랫동안 근무했기에 외지에서 지내는 고충을 알고 있사오며, 관원들 대부분은 재임 중에 수많은 유혹에 시달리게 되옵니다."

"그래서?"

"그러니 행여라도 불상사가 일어나기 전에 성삼문을 도성으로 불러들이심이 옳은 듯싶사옵니다."

"혹시 운성군은 대마주에서 오래 근무했다고 나를 탓하는 건가?"

"신이 어찌 성상을 탓할 수 있겠사옵니까. 다만 염려되는 점을 고했을 뿐이옵고, 산동의 재정이 낭비된다고 하니 그에겐 분에 넘치는 자리인 듯싶어 우려를 표한 것입니다."

"예산이 낭비된다는 근거가 있나?"

"신이 산동에 다녀온 이들에게 들었사옵니다. 그러니 그의 벼슬을 거두시는 게 옳다 여겨지옵니다."

"그는 내가 임명한 산동 절제사이기도 하지만, 명국의 관직인 산동성 도독을 겸하고 있네."

"그가 명국의 관직을 받은들, 전하께서 임명하신 것이나 마찬가지니 거두실 수 있는 것을 신도 알고 있사옵니다."

요즘 관계가 뒤바뀌고 있는 양국의 사정에 다들 적응을 잘하고 있네.

"게다가 재정 보고도 올라오지 않은 상황에서 소문만으로 낭비나 횡령을 운운하는 것도 섣부르니, 운성군의 청은 가당치 않노라."

그러자 분위기에 휩쓸려 몇몇 대신들이 박종우를 지원하듯 성삼문을 공격했고, 이어서 박종우는 그의 공적이 산동을 맡을 정도로 대단하지 않다며 몰아가기 시작했다.

지금 돌아가는 눈치를 보니, 이 사태의 주동자는 문제를 제기한 황희가 아니라 운성군 박종우인 듯 보인다.

내 짐작이지만, 황희는 박종우에게 들은 이야기만으로 있을 법한 문제를 제기한 듯싶었고, 노골적으로 성삼문을 공격하는 박종우야말로 이 사태의 원인 같았다.

성삼문이 젊은 나이에 그리 출세한 게 마음에 들지 않았던 건가. 아니면 내 할아버지의 부마이기도 한 자신은 대마주에서 고생했는데 성삼문은 부유한 산동에서 임기를 보내니 보상 심리라도 든 건가?

그러자 이제껏 조용히 있던 좌부승지 박팽년이 입을 열었다.

"지금 운성군께선 성 대감의 인품을 의심하고 한 것도 없이 전하의 총애로 그 자리에 오른 거라고 하시는데……. 고작 그것만으로 중요한 요직에 오를 리가 있겠습니까?"

"좌부승지는 산동 절제사와 개인적인 친분으로 그를 두둔하려는 게요?"

"산동 절제사 성삼문은 광무정난 당시 주상 전하를 호종하며 전장의 대소사를 관장했고, 전장에서도 정보를 관장하고 보급에 힘을 썼지요."

평온하게 말하던 박팽년은 잠시 숨을 고르더니, 분노한 듯한 표정과 말투로 바꾸고 빠르게 말을 쏟아냈다.

"그리고 전쟁이 끝나고도 북경에서 조정 재건의 업무를 도맡아 해서 명국의 사정을 잘 알고 있는 데다 그쪽의 인맥도 넓소이다. 그러니 누가 봐도 그 자리에 적임자라 할 수 있는데 난데없이 군께서 이러는 의도가 뭡니까?"

"그렇게 따지면 비슷한 일을 하고 지금도 북경에서 벼슬을 하는 일성군 정효전이 그 자리에 더 적임이 아닌가? 게다가 그는 본관처럼 전하의 친족이기도 하니 더 믿을 만하지."

하, 저놈이 저런 말을 하니 기가 차네. 둘 다 할아버지의 사위지만, 원역사에서 일성군은 수양이 반란을 일으키자 분을 참지 못해 자살했고, 저놈은 수양에게 가담해서 내 고명대신들을 살해하는 데 협력한 부역자다.

박팽년과 말싸움을 하던 박종우는 명분에서 밀린다고 느낀 듯, 곧바로 내게 고개를 숙이며 말을 돌렸다.

"전하, 지금처럼 성씨 일가가 전부 산동에 머물면 행여라도 다른 마음을 품기 쉽지 않겠사옵니까?"

허, 이젠 성삼문이 내게 역심을 품을 수 있다고 돌려 말하기까지 하네. 성삼문이 거사에 실패하고 아버지와 함께 수양에게 처형당하자, 그의 처와 여식을 종으로 받은 이가 네놈인데 어디서 감히……

"일가라고 한들, 그의 처자식만 산동으로 이주해서 살고 있노라. 그의 아비인 성승(成勝)은 평안도 절제사로 근무하다 삼년 전에 경상도 절제사가 되었고. 그댄 경상도의 관할인 대마주에 있다가 도성으로 왔으니 그걸 모를 리가 없을 텐데."

"하오나, 그는 산동의 해군과 더불어 군대를 손에 쥐고 있으니, 언제든 위험할 수 있사옵니다."

이젠 대놓고 반역을 논하는 건가?

나도 모르게 짜증이 나서 면박을 주는 투로 말을 꺼냈다.

"그댄 산동에 대해서 아는 게 뭔가? 산동군의 지휘권은 첨절제사이자 원정 함대 해사제독인 최광손에게 있노라."

하지만 이후로도 박종우는 굴하지 않고 터무니없는 트집을 잡기 시작했고, 성삼문과 절친한 박팽년을 비롯해 하위지와 이개의 공격을 받았지만, 끝까지 뜻을 굽히지 않았다.

"주상 전하, 성삼문을 산동 절제사에서 물리심이 지당하다 여겨지옵니다."

그러고 보니 그간 관료 중에서 날 화나게 만든 이가 거의 없었는데, 박종우는 백성을 무지렁이로 비하한 정창손에 이어서 두 번째로 날 열받게 했어.

"그만, 거기까지 하라. 그 이상 터무니없는 중상모략으로 성삼문을 비난하는 건 용납할 수 없노라."

나도 모르게 차가운 목소리가 흘러나왔고, 그 순간 편전에 모여 있던 관료들은 곧바로 고개를 숙였다.

내가 종친들에게 군역을 지우고 인척들을 전부 외지의 한직으로 내몰아서 불만을 품고 성삼문을 찍어내려 한 모양인데, 상대를 잘못 골랐어.

"만에 하나, 이 나라에서 반란이 일어나 대신들 모두가 거기 가담한다 해도 성삼문만은 그럴 이가 아니로다. 그러면 능히 반역자를 전부 죽이려고 나설 의인이자 충신의 자질을 가지고 있네."

박종우를 따라 성삼문을 공격하던 몇몇 대신들은 난데없는 내 말에 황망한 듯한 표정을 지으며 내게 결백하다며 항변하기 시작했다.

"전하, 어찌 그런 망극한 이야기를 하시옵니까? 신의 충심을 의심하지 마시옵소서."

"전하! 부디 말씀을 거두어주시옵소서!"

"신이 조금이라도 역심을 품었다면 당장에라도 벼락에 맞아 죽을 것이옵니다."

난 냉소적인 투로 말을 이어갔다.

"그러니 만에 하나라고 했잖은가. 혹시 찔리는 거라도 있는 건가?"

"…아니옵니다."

"이참에 말해두겠는데, 대간을 비롯해 모든 관료는 확인되지 않은 소문만으로 다른 이를 탄핵하는 것을 전면적으로 금지하겠노라."

그러자 사간원의 수장 대사헌 이승손이 고개를 숙이며 물었다.

"주상 전하, 그럼 양사의 관원들이 전처럼 의견을 내기 어렵지 않겠사옵니까……?"

"본래 근거 없는 풍문만으로 관원을 탄핵하는 건 상왕 전하의 치세 때부터 엄연히 국법으로 금지되었노라. 다만 지나치게 제한하면 언로가 막힐까 봐 적정선에서만 용인하도록 두었던 거지."

사실 양사의 대간이 풍문만으로 탄핵을 제기할 수 있는 권한은 시간이 흐르며 점차 변질하였고, 성종 이혈의 치세 이후 정치적인 무기가 되어 혀로 사람을 죽이는 지경에 이르게 된다.

대간과 대신들의 사이가 벌어지고 정치 싸움이 심화된 이유 중에 하나기도 하고.

난 침묵하고 있는 이승손에게 말을 이어갔다.

"처지를 바꿔 생각해 보게. 만약 내가 그대를 증거도 없이 억울하게 소문만으로 역모죄를 씌워 처형하거나 유배를 보낸다면, 그게 옳은 일이겠는가?"

"무릇 군신 관계라면 그런 시련도 감내하여 받아들일 수 있어야 하옵니다."

"그럼 자네 옆에 있는 이가 뜬금없이 소문으로 들었다면서 자넬 역모의 주동자로 몰아가면 받아들일 수 있겠나?"

"…그렇지는 않사옵니다."

"지금이야 다들 선을 지키면서 사리에 맞게 일을 하니 별문제가 없었지만, 지금의 상황을 보게. 근거 없는 소문만으로 몇몇 이들이 분위기에 휩쓸리니 어떻게 되었는지."

"송구하옵니다. 신은 사정을 잘 알지 못해 진위를 파악하려 가만히 있었는데, 전하께 심려를 끼친 듯하옵니다."

그러자 박종우에게 이용당해 처음 문제를 제기했던 황희는 박종우를 죽일 듯이 노려보기 시작했고, 박종우는 늙긴 했어도 여전히 흉흉한 기세를 지닌 황희의 시선이 부담스러운지 눈을 피했다.

그리고 이승손을 비롯한 양사의 대간도 박종우를 노려보

기 시작했으니, 졸지에 최강의 정적을 만든 셈이 되었네.

난 즉위하고 나서 원역사의 배신자들을 모아 유격 체조를 시키곤 마음을 털어냈고, 그들도 변화한 세상 속에서 적응하면서 능력을 보였기에 중용했으며 그 한명회도 내게 발탁되어 충성을 다하고 있기도 하다.

상재와 숫자에 밝아 대마주의 예산 관리와 중계 교역에 공을 세웠고, 오랫동안 외지에 근무한 걸 참작해 인척임에도 불구하고 의정부 우참찬으로 승진시켜 준 건데 배은망덕한 놈 같으니.

혹시 성삼문이 부러워서 그런 거면 나도 네 소원을 들어줄게. 네 다음 부임지는 대만이야.

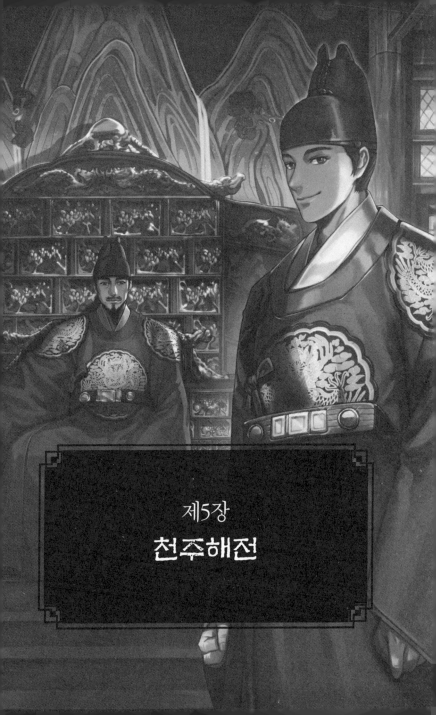

제5장

천주해전

난 1457년의 시작을 농조 설립과 감찰 기구인 양사(兩司)의
개혁으로 열었다.

양사의 대간이 소문만으로 관료를 탄핵할 수 있는 풍문거
핵(風聞擧劾)과 자신의 주장에 근거를 대지 않아도 되는 불문
언근(不問言根)의 불문율을 폐지했고, 입증할 증거가 없이는 안
건을 발의하지 못하게 정했다.

그 대신 합당한 근거에 의해 관료들의 비리를 조사하고 증
거를 수집하기 위해서라면, 의금부 도사에게 협력을 받을 수
있게 법률에 명시해 두었다.

그사이 작년 연말에 구주로 향하던 유구의 상선이 잔평의 해적에게 습격당했었고, 열 척의 배 중 단 두 척만이 간신히 살아남았다는 소식이 구주에서 들어왔다.

그와 동시에 유구국 중산왕(中山王)의 명의로 된 편지를 받았다.

그 내용을 살펴보니, 지난해에 유구 전역에 습격을 겪은 것만 열 차례에 달하고, 백성들 여럿이 노비로 잡혀갔다고 한다.

아무래도 저놈들이 그간의 경험으로 학습을 한 듯, 아국의 선박을 건드리질 않고 수군 전력이 약한 곳만 노리며 약탈에 집중하는 식으로 전략을 바꾼 듯싶었다.

비단 유구뿐만 아니라, 아국의 영향력이 끼치지 못하는 곳들도 같은 처지일 거라 짐작된다.

난 잔평 정벌의 초석으로 구주의 수군 중 일부를 유구로 파견해 당분간 상황을 보호하도록 병조에 지시했고, 새로 즉위한 유구왕을 위로하는 편지를 보냈다.

그렇게 원정 준비로 시간을 보내던 중, 겨울이 끝나 봄이 찾아왔다. 한성부 관아에서 복무하던 홍위가 첫 휴가를 받아 궁에 돌아와 내게 문안을 올렸고 곧바로 가족들과 대면했다.

"우리 아들이 정말 몰라보게 변했구나. 참으로 의젓해졌어."

아내는 절을 마친 아들에게 다가가 손을 잡았고, 다른 한 손으론 짧게 자른 홍위의 머리를 쓰다듬었다.

나와 아내는 기쁜 마음으로 여러 가질 물으며 아들을 살폈다. 홍위도 오래간만에 가족들과 재회하자 점잖게 웃으면서 안부를 물었고, 끝에 의외의 말을 덧붙였다.

　"소제가 소문을 듣자 하니, 누님께서 조만간 배필을 들일 거라 하던데… 그게 참말입니까?"

　그러자 다른 동생들과 함께 홍위를 보러 강녕전에 들른 경혜가 얼굴을 붉히며 말끝을 흐렸다.

　"대체 어디서 그런 소문을 들었니……?"

　"소제와 근무 중인 선임 중에 부마 후보 중 한 명과 아는 이가 있습니다. 그에게 듣자 하니 요즘 누님과 만남이 잦았다고 하길래 물었습니다."

　경혜의 혼사 문제는 내가 관심을 두면 본의 아니게 간섭하거나 영향을 미칠까 싶어, 철저하게 내명부와 경혜에게 전부 맡겨두었다.

　그렇기에 의외에 말에 조금 놀랐지만, 난 곧바로 짐짓 아무렇지도 않은 표정을 지으며 맏딸에게 물었다.

　"공주는 이제 마음에 두고 있는 상대가 생긴 것이냐?"

　"아바마마, 그게… 아직은 잘 모르겠사옵니다."

　"네 동생의 말대로 특정한 상대와 자주 만나는 것은 사실이고?

　"예, 그러하옵니다만, 서로를 알아가는 과정이옵고 소녀는 아직 확실하게 상대를 정한 게 아니옵니다."

"상대는 누구고? 혹시 이 아비도 아는 이더냐?"

"한미한 가문 출신의 평범한 사내라, 아바마마께서 이름을 듣는다 해도 누군지 모르실 것이옵니다."

그러자 아내가 내게 푸념하듯 말을 꺼냈다.

"지난해부터 내명부에서 간택의 새 법도를 정해 공주에게 여러 부마 후보를 만나게 해줬지만, 이 아인 해를 넘기고도 상대를 정하지 못하고 있사옵니다."

그러자 경혜가 아내에게 고개를 숙이며 답했다.

"송구하옵니다, 어마마마……."

"그래서 요즘 소첩의 근심이 태산과 같이 높습니다."

"중전, 혼인이야말로 제일 중요한 인륜지대사이고, 공주의 처지에선 평생을 같이 살 상대를 직접 골라야 하는 일이니 그럴 법도 하지요. 그러니 조금 더 지켜봅시다."

그러자 아내는 한숨을 쉬며 말을 이어갔다.

"지당하신 말씀이시지만, 그간 스무 명이 넘는 이들을 만나 보고도 결정하지 못한 걸 보면 내심 그걸 즐기는 게 아닌가 싶기도 합니다."

부마 간택과 선에 대해 자세한 사정을 모르고 있던 난 다시 한번 놀라 경혜를 바라보았고, 딸은 부끄러운 것인지 민망한 건지 알 수 없는 표정을 짓고 있었다.

"그게 사실이더냐?"

"예, 어마마마의 말씀이 맞사옵니다……."

"우리 공주는 그리도 마음에 드는 남자가 없었니?"

"소녀도 나름대로 이상과 현실이 다를 거라 생각하여 기대치를 대폭 낮추고 여러 부마 후보자들을 만나봤지만, 눈에 차는 이가 별로 없었습니다."

"대체 어떤 남자를 이상적인 상대로 생각하기에 그러느냐?"

"아바마마만큼 빼어난 미남은 바라지도 않지만, 제 남편이 될 사람의 학식과 무예는 아바마마의 절반이라도 따라갔으면 하옵니다."

"……."

내가 할 말을 잃자 아내가 다시 입을 열었다.

"그런 남자가 어디 흔한지 아니? 네 말대로 주상 전하의 절반이라도 미치는 사내는 온 천하를 뒤진다 한들 찾기 힘들 거다. 이 어미가 눈을 더 낮추라고 몇 번을 이야기했어?"

아내는 내가 듣기 부끄러운 말을 하면서도 내심 자랑스러워하는 것으로 보였다.

신랑감 찾는 딸 앞에서 대놓고 자기 남편 자랑하는 건 좀 그렇지 않나……? 약 올리는 것도 아니고. 그러자 경혜는 이 상황이 익숙한 듯 아내에게 지지 않고 항변했다.

"어마마마, 일전에 한 번 이야기 드렸듯이 부마 후보 중에서도 육예를 익히고 글 좀 한다는 이들은 그간 대체 뭘 배웠는지, 소녀보다도 활을 못 쏘는 이가 태반이고 아는 것도 적어 이야기마저 통하지 않았사옵니다."

"그건 어느 정도 네가 가르치면서 맞춰도 될 것 아니야. 평생 시집 안 가려고 그러니?"

"가르치는 것도 기본이 있어야 한다고 생각하옵니다. 소녀에게 걸맞은 배필이 되려면 그럴 만한 자질이라도 있어야 하는데 아직 그런 남자는 보지 못했사옵니다."

난 한숨을 내쉬며 맏딸에게 물었다.

"…그것 말곤 따로 보는 건 없고?"

그러자 경혜는 작정한 듯 비장해 보이기까지 한 표정을 지으며 진지하게 말을 시작했다.

"수염 있는 남자도 질색이옵니다."

"어째서 수염이 싫으니?"

"늙어 보여 싫사옵니다. 수염이 없는 아바마마의 용안은 아직도 묘령(20대)에서 이립(30대) 사이로 보이니 얼마나 좋사옵니까."

"네가 어릴 적, 이 아비가 수염을 잃기 전엔 아비의 수염을 자주 쓰다듬으며 놀았는데 기억나지 않느냐?"

"…솔직히 고하면, 기억이 나지 않사옵니다."

"그러냐. 아무튼 이 아비는 공주의 선택을 존중할 테니 부디 마음에 맞는 상대를 찾길 바라마."

…이건 내 죄가 크네. 딸아이의 남자 보는 기준은 전부 날 본보기로 삼는 모양이고, 내 조기 교육의 성과가 엉뚱한 방향으로 변한 듯싶었다.

그러자 여태 옆에서 가만히 듣고 있던 홍위가 천진난만하게 웃으면서 답했다.

"이러다가 소제가 누님보다 먼저 일가를 이루게 될지도 모르겠습니다."

그러자 경혜는 고개를 돌려 홍위를 흘겨보았고, 예전엔 경혜가 노려보면 위축되던 홍위는 달라진 듯 아무렇지도 않게 웃으며 말을 이어갔다.

"농이었으니 한번 봐주시지요. 그건 그렇고 소제가 누님께 선물로 주려 시전에서 사 온 물건이 있으니 이따가 보여 드리지요."

그러자 경혜는 들릴락 말락 한 크기로 작게 속삭였지만, 내 귀엔 다 들렸다.

"…어디 마음에 안 들기만 해봐."

홍위도 정말 많이 변했네. 언제나 의욕만 넘치고 만사에 서툰 면이 있는 데다 경혜에겐 꼼짝도 못 했었는데, 차분하면서도 능글맞게 변했다.

그렇게 홍위는 일주일이란 시간 동안 궁에서 가족들과 즐겁게 보냈고, 그동안 양씨 소생의 막냇동생인 경희옹주를 유독 예뻐하는 듯 보였다.

그렇게 홍위가 근무지로 돌아갔고, 얼마 지나지 않아 산동에서 장계가 도착했다.

그간 말도 탈도 많았던 최초의 전열함이 완성되었다고 한다.

난 이참에 원로대신들과 군기감 장인을 데리고 산동에 다녀오기로 마음먹었다.

이후 회의를 거쳐 산동행이 결정되자 동행하게 된 대신들은 합법적으로 일을 쉴 수 있게 되어 그런지 표정이 밝아졌고, 선별되지 못한 이들은 아쉬워하는 게 표가 날 정도였다.

대신들은 요즘 나를 비롯해 모든 관료에게 미운털이 박힌 운성군 박종우가 산동행에 참여한 것에 의아함을 느꼈지만, 일단은 왕실의 인척이니 그런가 보다 하고 넘어갔다.

난 그렇게 북명에 미리 소식을 보내놓은 채 5월이 시작할 무렵에 일행을 이끌고 강화도에 도착했고, 곧바로 대기하고 있던 지벡에 몸을 싣고 산동을 향해 출발했다.

그리고 내 호위를 위해 경기 수영 소속의 함선 50여 척이 동원되어 뒤를 따랐다.

본래는 10여 척만 데려가려 했는데, 내 안전이 제일 중요하고 전쟁에 앞서 항해 훈련도 필요하다며 신하들이 적극적으로 나섰기에 그들의 의견을 수렴했고, 그 결과 50여 척의 배가 물살을 가르며 산동의 등주항으로 향했다.

*   *   *

"신, 산동 절제사 성삼문이 주상 전하를 뵙사옵니다."

난 등주항에 도착해 항구에서 날 기다리던 성삼문과 재회했다.

"그래, 지난번에 귀국했을 때 보고 다시 만난 건 거의 3년만인가."

"예, 그러하옵니다."

"얼마나 대단한 배가 나왔을지 기대되네. 언제쯤 첫선을 보이려 하는가?"

솔직히 말해서 전열함 제작 초기엔 첫 시험작인 만큼 기대에 미치지 못해도 상관없다고 생각했었지만, 완성이 가까워질수록 기대감이 점점 커졌다.

"성상께서 원하신다면 바로 보실 수 있게 조치하겠습니다만, 즐거움은 황상과 함께 나누시는 것이 좋지 않겠사옵니까?"

"황상이 여기 오겠다고 하던가?"

"예, 지난번에 전하께서 친히 산동에 오신다고 한 이야기가 북경에 전해졌고, 그 소식을 들은 황상께서 전하를 만나기 위해 행차를 시작했사옵니다."

"그럼 일정은 언제쯤으로 예상하는가?"

"신이 어제 전령에게 들어본 바, 사흘 뒤면 이곳에 도착할 거라 하옵니다."

하, 우리 바지 사장이 그리도 날 그리워했던 건가. 병신 같지만 차마 미워할 수 없는 바보 동생 같으니.

"즐거움은 잠시 미뤄두기로 하지. 그럼, 등주를 둘러보며 시간을 보내는 게 좋겠군."

"성상께선 등주엔 처음 오셨을 테니 신이 호종하겠사옵니다."

"그래, 고맙네."

항해 도중 멀미를 심하게 앓았던 황희와 몇몇 대신들을 제외하곤 나머지 일행은 나처럼 평복을 입은 채 따라왔고, 명국에 처음 온 이들은 등주의 거리를 보며 나름대로 감탄한 듯 놀란 표정을 지었다.

수많은 사람이 오가고 있었고, 잘 정비된 길에 말이나 마차들이 움직이고 있었다.

"이 정도면 한성과 비교해도 될 법하군. 등주가 이 정도로 발전했으리라 생각 못 했었네."

"신이 이곳에 처음 왔을 땐 이 정도까진 아니었사옵니다. 이리 번성하게 된 것은 최근 몇 년에 걸쳐 일어난 일이옵니다."

"그래? 내 짐작건대, 그리 된 것은 교역의 영향이 크겠군. 실로 자네의 공이 크다 할 수 있겠어."

그렇게 다들 내가 들으라는 듯 성삼문을 칭찬하며 대신들을 바라보자, 그를 공격했던 당사자 박종우가 민망한 듯 고개를 숙였다.

"아, 여태 중요한 것을 잊고 있었는데, 신형 전함에 들어간 예산이 얼마나 되던가?"

그러자 성삼문은 조금 침울한 목소리로 내게 답했다.

"작년에 마지막으로 투입한 예산까지 합하면 총 천이백만 냥이옵니다."

내가 뭘 잘못 들었나?

"다시 한번 말해보게. 얼마라고?"

"삼 년간 들어간 예산이 총 천이백만 냥이옵니다."

천이백만 냥이면 전성기 시절의 명나라 일 년 예산의 절반 가량이다.

"…자네가 돈을 허투루 썼을 리는 없고, 뭐가 잘못되기라도 했나?"

"우선, 신이 심히 과욕을 부린 듯하옵니다."

대신들도 성삼문의 난데없는 고백에 놀란 표정을 지었고, 여태 쭈그러져 있던 박종우는 금세 의기양양해져 당장에라도 고함을 칠 기세로 돌변했다. 난 그를 쏘아보는 것으로 얌전히 만든 뒤, 성삼문에게 손짓해 대답을 재촉했다.

"신이 본으로 삼았던 도면을 선박 장인들과 합심하여 개수했고, 원안보다 더욱 크고 튼튼하게 고쳤습니다."

그러니까 내가 프랑스의 주력 전열함 테메레르를 참고해 만들었던 설계도를 개조했다는 소리네?

"어떻게 고쳤는지 고해보게."

그렇게 성삼문의 전열함 제원 설명이 이어졌는데, 정리해 보니 다음과 같았다.

원안의 74문에서 포구를 늘려 백 문이 되었고, 배수량은 무려 2천 톤에 갑판 길이만 54미터, 함 폭은 17미터에 상갑판 위엔 세 개의 커다란 돛대와 하나의 전방형 돛대가 있었다.

"원안보다 과하게 늘린 감이 있긴 하나, 그 정도론 그리 큰 돈이 들어간 게 설명이 되지 않네."

혹시 건조에 몇 번 실패하고 처음부터 다시 만든 건가? 아니지, 그러기엔 완성 기간이 짧은 편이니 이상하네. 최소 4~5년은 걸릴 줄 알았는데.

"거대해진 만큼, 선체에 가해지는 하중을 견딜 만한 목재가 부족했사옵니다."

"그래서 목재값이 그리 많이 든 것인가?"

"거기도 많은 예산이 들기도 했지만, 무엇보다 운송 비용이 생각보다 많이 나왔사옵니다."

"얼마나 들었기에 그러나?"

"요동 근방에 있던 작은 숲 두어 개가 통째로 사라졌사옵
고, 그 과정에서 들어간 인건비만 백만 냥이 넘사옵니다."

"……."

내가 잠시 할 말을 잃고 침묵하자, 성삼문은 난처한 표정으
로 말을 이어갔다.

"그렇게 큰돈을 들여 모으고도 선별 과정을 거치고 나니, 정
작 쓸 만한 목재는 삼 할이 채 되지 않았사옵고, 나무못용으
로 쓸 만한 전나무도 모자라 화령에서 수배해야 했사옵니다."

"그런가. 이참에 그간 겪은 고충을 전부 이야기해 보게. 자
네에게 짐을 지워놓고 사정을 알려 하지 않았으니 여기엔 내
책임도 있군."

"신이 어찌 전하를 탓할 수 있겠사옵니까? 신이 전하를 이
리 세워두고 이야기하는 것도 예법에 어긋나니, 잠시 다른 곳
으로 모시겠사옵니다."

그의 말대로 이야기가 길어질 것 같자, 우린 근처에 있는 장
원에 잠시 들렀다. 집주인은 성삼문과 아는 사이였는지, 서로
웃으면서 인사를 나눴다.

그는 평범하게 손님을 맞이하려다가 성삼문이 작게 속삭이
자, 급하게 태도를 바꾸곤 어설픈 발음의 조선말을 하며 내게

절하기 시작했다.

"일개 필부가 광무왕 전하를 알현하게 되어 영광이옵니다.
천세! 천세! 천천세!"

"자네가 이곳의 주인인가? 집이 넓고 좋아 보이는군. 잠시
만 머물다 갈 테니, 딱히 대접 같은 건 하지 않아도 좋네."

"신은 그저 일개 상인일 뿐이옵니다. 부디 편히 머물다 가시
옵소서."

이곳의 주인은 나를 만난 게 기쁜지, 호들갑을 떨며 장원
안쪽으로 우릴 안내했다.

그렇게 난 후원에 급하게 마련된 의자에 앉아 보고를 들었
다.

"그렇게 모은 재료로 선박 조립을 시작했지만, 막상 실무를
담당하는 목수와 선박공들은 배를 건조대 위에 올려두고 작
업하던 예전 방식으론 힘들 거라고 말했습니다."

"그래서 그 문제는 어찌 해결했는가?"

"신식 조선소 겸 정비용 항만을 새로 만들었사옵니다."

"어떤 방식의 조선 시설인가?"

"둑을 만들어 바닷물을 빼낸 후 저수지처럼 땅을 파고, 배
가 들어가고도 남을 넉넉한 공간을 확보했습니다. 이후 개폐
식으로 해수를 넣고 뺄 수 있게 선거(船渠)를 만든 후 그곳에
서 선거의 양면을 이용해 튼튼한 지지대를 세우고 거중기를

설치한 다음 배를 건조하기 시작했사옵니다."

…이건 나도 할 말이 없네. 미래식으로 말하자면 드라이독(Dry dock)을 만들었다는 이야기잖아. 이거 기반이 없어 답답하면 내가 만들겠다는 수준인데?

"그거… 재료도 재료지만, 인건비도 많이 들었을 테고, 사람 구하기도 어려웠겠군."

"그 부분에 있어선 의외로 고생하진 않았사옵니다."

"어떻게 그럴 수 있었나?"

"전하께서 직접 고안하시고 추진하시는 국책이라고 하며 역사에 이름을 남길 만한 배가 제작된다고 소문을 내니, 산동의 상인과 부호들이 너 나 할 것 없이 인력을 지원했사옵니다."

성삼문은 말하던 중, 뭔가가 떠올랐는지 흐뭇한 미소를 지으며 말을 이어갔다.

"거기다 전하를 위해 기꺼이 나서겠다는 백성들도 많아 인력에 있어선 고생하지 않았사옵니다. 오히려 너무 많아서 조금 곤란하기도 했으니 고생을 아예 안 한 건 아니기도 합니다만……"

이럴 땐 그야말로 대륙의 기상이라고 해야 하나.

"거기다 자금을 지원하겠다고 하는 이들도 있었지만, 그런 제안은 정중히 거절했사옵니다. 그리고… 또한 급하게 수배한 목재를 말리는 데도 편법을 동원하게 되어 부대 비용이 증가했사옵니다."

"그렇게 시간이 부족했나? 시간이 걸리더라도 자연스레 말리는 것이 나을 텐데."

"몇몇 나무들에 한해서였지만, 아국의 온실처럼 열기를 불어넣을 시설을 만든 후 석탄을 때 목재를 말렸사옵니다."

이후 성삼문이 계속 설명을 이어갔고, 다른 지출에 대해서도 알 수 있었다.

전열함에 들어갈 밧줄의 총길이만 40킬로미터에 두께도 엄청나게 굵어야 해서 이 부분에 있어선 상단에 의뢰해서 납품하게 했다고 한다.

거기다 예전에 남방 항해를 마치고 온 배들의 목재 바닥이 따개비나 유기물로 인해, 심하게 상한 걸 보고 그것을 방지하려 배 바닥 전면에 구리판을 입혔기에 비용이 더 늘어났다고 말했다.

거기다 성삼문은 이 기회를 이용해 새로운 일자리들을 창출했고, 요동과 화령에 사는 몽골이나 여진 출신을 모아 임업 회사를 차리게 했단다.

또한 요동과 산동을 잇는 수송로를 정비하고 목재용 수송선 생산을 시작했고, 무역 특수와 전열함 건조로 생긴 일자리로 몰려든 유동 인구들을 정착시켰다고 한다.

나와 같이 이야기를 듣던 대신들은 나름대로 나라의 여러 일을 처리하며 실무로 단련된 이들이었지만, 성삼문이 일을 처리한 규모와 방식에 마냥 놀란 듯 감탄만 하고 있었다.

"그래도 온갖 시행착오를 겪어봤으니, 다음번에 만들 신형 전함은 싸게 만들 수 있을 것이옵니다."

그렇게 자신의 공을 전혀 내세우지도 않은 채, 담담하게 보고를 마치고 해맑게 웃는 성삼문을 보곤 나도 웃기 시작했고, 대신들도 따라 웃기 시작했다.

장영실은 성삼문의 말을 들으며 뭔가를 떠올린 듯, 최공손을 시켜 받아 적게 하고 있었다.

그리고 그 와중에 유일하게 웃지 못하는 이가 있었으니, 그는 바로 박종우였다.

그러고 보니 지금쯤, 내가 널 여기 데려온 이유가 궁금하겠지?

진수식이 끝나는 대로 대만으로 보내려고 데려온 거야.

필요한 짐은 나중에 배편으로 부쳐줄게.

*   *   *

난 그렇게 전열함의 진수식을 기다리던 중, 등주의 관청에서 정통제 주기진, 그리고 그를 따라나선 북명 조정의 대신들을 함께 만날 수 있었다.

난 일전에 받았던 구석(九錫)의 특권과 친분으로 가볍게 고개를 숙이며 인사를 마무리했고, 황룡포를 입은 주기진은 나를 보자 해맑게 웃으며 손을 흔들었다.

조선의 대신들이 주기진에게 절을 올리는 순간, 거기에 맞추기라도 한 듯 북명의 대신들도 내게 절을 했고, 그렇게 나와 정통제는 양측 관료들의 절을 받으며 재회했다.

"휘지, 대체 이게 얼마 만인가? 그간 정말 그대가 보고 싶었네."

"저도 황상을 뵙고 싶었습니다. 황상께서 그간 제 가르침을 잊지 않으신 듯하니 기쁘군요. 용안이 헌양해지셨습니다."

정통제는 내가 조선으로 돌아간 후에도 운동을 열심히 했는지, 늘어졌던 얼굴을 비롯해 목이 접힐 정도로 쪄 있던 살이 전부 사라졌다.

미남 소리 들을 정돈 아니지만, 봐줄 만한 얼굴이 되었고, 이 정도면 일전에 선물했던 어갑을 새로 맞춰야 할 정도겠어.

그도 내 칭찬이 마음에 들었는지 활짝 웃으면서 말을 이어 갔다.

"자넬 만나면 진정으로 듣고 싶었던 말이었네. 그간 양생법을 열심히 한 보람이 느껴지는군."

"그렇습니까?"

"그것도 그렇지만, 이곳에 행차하면서 보니 제남을 비롯한 산동 일대가 경사(京師, 북경)에 못지않게 번성했던데, 그대에게 산동을 영지로 내린 보람이 있었노라."

"그것은 여기 있는 제 대리인 산동 도독 성삼문의 공이 큽니다. 또한 새로운 배를 완성한 것도 그의 공이라 할 수 있습니다."

"그래? 가까이 오거라. 얼굴을 봐야겠다."

성삼문은 잠시 나를 바라봤고, 내가 고개를 끄덕이자 다가와 정통제에게 고개를 숙였다.

"광무왕 전하의 대리인, 산동 도독 성삼문이 황상을 뵙사옵니다."

"으음, 자네도 경사에 있었던 관료인 겐가? 얼굴이 잘 기억나지 않는군."

그건 네가 에센 때문에 잃어버린 남성성을 되찾겠다며 여자에 빠져 있는 동안, 성삼문은 북경 조정 재건을 위해 코피를 쏟아가며 일했으니 그렇지.

"개선식에서 여러 대신과 함께 알현한 적이 있사옵니다."

"그런가. 아무튼 그대의 공을 참작해 상을 내리도록 하지."

"황은이 망극하옵니다."

"그나저나, 우리가 이렇게 다시 만난 김에, 잔치라도 열어야 하지 않겠는가? 짐도 술을 마셔본 지 오래되었는데……."

정통제가 난데없이 나와 왕진의 눈치를 보며 말끝을 흐렸고, 난 그와 동행한 왕진을 바라보며 눈짓으로 물었더니 그는 곧바로 고개를 끄덕였다.

"이렇게 만난 양국의 대신들을 위해서라도 연회를 열도록 하지요. 황상께서는 원하는 요리라도 있으십니까?"

"근 십 년간 기름진 것을 끊다시피 했더니, 뭐든지 좋네."

"알겠습니다. 왕 태감과 상의해서 준비하도록 하지요."

그렇게 공식 대면 행사를 마친 주기진은 그것만으로 부족했는지, 어디를 가든 나와 붙어 다녔고 난 잠시 그에게 양해를 구하고 왕진을 불러서 이야길 했다.

"그간 왕 태감의 노고가 대단했으리라 보이네."

"성은이 망극하옵니다. 신이 그간 황상의 보체를 보필하느라 들인 공을 알아주신 분은 오직 전하뿐이었사옵니다."

이제 왕진도 나이가 들어 노신의 반열에 올랐지만, 주기진과 같이 양생법을 꾸준히 실천한 탓인지, 나름대로 건강해 보였다.

"그랬나? 그건 그렇고 황상이 술과 기름진 것을 전부 멀리했다는 게 참말이었는가?"

"예, 그렇사옵니다. 신이 전하와 상선에게 배운 것을 잊지 않고, 황후마마와 함께 술과 기름진 것을 멀리하라 간언드렸사옵니다."

그러자 내 곁에 있던 김처선이 자신이 언급된 게 기쁜지 엷게 미소 지었다.

"단지 그것만으론 황상께서 저리 변하지 않으셨을 거 같은데… 혹시 다른 방법을 쓴 건가?"

"그건 어디까지나 전하가 계셨기에 가능했던 일이옵니다. 황상께서 힘에 겨워하실 때, 신이 전하를 언급하면 고된 양생법을 순순히 따라주셨사옵니다."

대체 내 이야기를 어찌했길래…….

"그랬군. 자네가 있어서 황실이 앞으로 더 번영하겠어. 앞으로도 계속 이리해 주게."

그래, 주기진은 지금처럼 정치엔 관여 말고 운동이나 하면서 황실의 대를 잇는 정도면 족하다.

"망극하옵니다, 전하."

일전에 소식을 듣기로, 주기진이 황후 전씨에게서 본 아이만 여섯이라더니, 거기엔 왕진의 공이 컸나 보다.

"또한, 황상께선 일전에 논했던 국혼을 진지하게 생각해 주시길 바라고 있사옵니다."

"그런가. 지금 황자의 나이가 몇이지?"

"기사(己巳)년생이니, 올해 여덟 살이 되었습니다."

"흐음… 여덟 살이면 아직 시간이 좀 더 필요하겠군."

"황상께선 전하의 소생 중 막내 옹주의 보령이 다섯 살이라 들으시곤, 옹주를 황자의 배필로 들이고 싶다 하셨습니다."

"경희 옹주의 친모인 양 씨는 회회(回回)계인데, 행여 다른 이가 그걸 문제 삼지 않겠는가?"

내 후궁 양씨는 고려 때 정착한 위구르 계통의 가문 출신이고, 그 탓에 유독 키가 크고 서구적인 외모를 지녔으며, 경희는 나와 어미의 장점만 물려받아 왕실에서 가장 예쁜 아이로 태어났다.

"친모의 가문이 어쨌든, 옹주는 전하의 여식인데 누가 감히 핏줄을 문제 삼을 수 있겠사옵니까? 만에 하나라도 그런 일이 벌어진다면 신이 책임지고 그를 없앨 것입니다."

"그런가. 그 문제는 나중에 다시 논하기로 하고, 오늘은 연회 준비부터 하세."

"그러지요. 신도 전하에게 배운 미식을 오래간만에 만들 생각을 하니 즐겁사옵니다."

"본국에선 많은 게 변했네. 새로운 음식이나 요리도 늘었고. 자네도 새로 배울 게 많아."

"그렇사옵니까? 이거 조만간 조선에 다녀와야 할 듯싶사옵니다."

"요즘은 배편 때문에 왕래도 편하니, 시간 내서 다녀가게나."

난 그렇게 조선에 새로 들어온 재료들을 이용한 음식에 대해 알려주었고 그중에서도 양병, 즉 제빵이나 제과로 만든 음식을 맛본 왕진은 감탄하며 내게 고개를 숙였다.

"이참에 신만 조선에 갈 게 아니라 황상의 진선(進膳, 식사)을 담당하는 주사(요리사)들을 조선으로 파견해서 배우게 하는 것도 좋을 듯하군요."

"그것도 좋겠군. 황상도 그간 자네가 짜둔 양생 식단에 물린 듯하니, 적당히 여유를 두는 것도 좋을 것 같네."

"으음, 단것이나 기름이 없는 식단만을 고집하는 건 그릇된 처사이옵니까?

"아무래도 그렇지. 그러니 한 달에 두세 번 정도는 원하는 걸 마음껏 드시게 하고, 다음 날 단련 강도를 높이게."

"명심하겠습니다."

그렇게 본격적으로 연회가 열리자, 주기진은 지방이 가득한 고기 요리들을 보곤 기뻐하며 걸신들린 듯 먹어치웠고, 후식으로 준비된 호두 타르트와 캐러멜이 들어간 커피를 맛보곤 감탄했다.

커피와 타르트의 조합은 북명의 관료들에게도 인상적이었는지, 연회장에선 호평이 쏟아졌다.

"이 흑차의 이름이 가화라고 했던가?"

"예, 서역의 첩목아(帖木兒, 티무르)국에서 들여온 까후와입니다. 아국에선 주로 커피라고 부르지요."

"허, 이런 맛이면 황실에서 첩목아에게 조공을 받아도 되겠군. 실로 인상적이야."

"그렇습니까? 제가 알아서 황실에 올리도록 조처하지요."

"고맙네. 역시 날 생각해 주는 이는 자네뿐이야."

그런 정통제의 반응은 둘째 치고, 북명 대신들의 반응을 보니 명에서도 커피가 잘 팔릴 것 같았다.

이참에 티무르와 커피 중계무역으로 이득을 보는 것도 나쁘지 않겠어.

그렇게 모두가 만족한 연회가 끝나고, 다음 날부터 전열함에 군기감에서 만들어 가져온 화포 적재 작업이 시작되었다.

그렇게 며칠에 걸쳐 작업을 마치자, 등주의 백성들과 양국의 대신들이 모인 가운데 성대한 진수식이 열렸다.

성삼문에게 말로만 들었던 드라이독, 즉 건선거(乾船渠)의 위용은 내 생각보다 규모가 더 거대했고, 그곳에 준비된 전열함의 위용은 웅장하단 말로는 표현이 안 될 정도로 대단했다.

거대한 선체는 설명을 들어 예상했지만, 겉으로 보이는 포구만 복층식으로 백 문이었기에, 실제로 본 느낌은 말 그대로 바다 위의 요새나 다름없었다.

아직 안으로 들어가 보진 못했지만, 설계대로라면 상갑판을 제외하고 저장고 역할을 하는 하단 선창과 상단 선창, 그리고 상·하의 포 갑판을 포함하는 4층 구조로 되어 있을 것이다.

나도 모르게 감탄이 흘러나왔고, 전열함을 처음 본 이들은 나보다 더 감탄한 듯 입을 벌리고 전함을 바라보았다.

"허… 이 정도면 짐이 풍문으로만 듣던 정화의 보선보다 더 대단한 것 같은데……. 실로 광무왕의 위엄을 담기 적당한 전함이로구나."

주기진 역시 난생처음 보는 전열함에 홀린 듯 넋을 놓고 감탄했고, 이어서 내게 말을 걸었다.

"휘지, 새 전함의 이름은 광무함(光武艦)으로 하지. 짐의 제안이 어떠한가?"

내가 뭐라 대답하기도 전에 주기진의 곁에 있던 도어사 석형이 곧바로 맞장구를 쳤다.

"황상의 고견이 지당하시옵니다. 실로 광무왕 전하의 왕호에 걸맞는 위풍당당한 전함이옵니다."

그렇게 석형이 동의하자 이부상서 설선이 눈물을 살짝 보이며 그의 말에 동의했다.

"도어사의 말이 옳습니다. 새 전함에 붙일 명칭은 광무가 되어야 하옵니다."

전열함의 위용이 대단하긴 한데… 그게 눈물마저 보일 정도인 건가? 설선의 반응은 조금 과한 것 같다.

그렇게 내게 익숙한 얼굴의 대신들이 그들의 의견에 뒤따라 동조했고, 명나라 말을 할 줄 아는 조선의 관료들 역시 그들의 의견을 지지해 전함의 이름은 순식간에 광무함이 되어

버렸다.

그렇게 이름이 결정되자, 성삼문이 웃으면서 좌중에 알렸다.

"그럼, 광무함의 화력 시범을 선보이려 하니, 황상과 전하께선 준비된 배에 오르시지요."

"알겠네. 황상, 저를 따라 배에 오르시지요. 그것보다⋯ 괜찮으시겠습니까?"

주기진은 토목의 패전에서 심각한 트라우마를 겪었고, 북경 공성전 당시 포성에 민감하게 반응하며 귀를 막고 천막에 틀어박혀 있다가 전투가 소강상태일 때나 선전을 목적으로 성 주변을 말을 타고 한 바퀴 도는 게 고작이었다.

내가 돌려서 그 일을 언급하자 주기진은 자세한 사정을 모르는 신하들 앞에서 억지로나마 강하게 보이려 했다.

"괜찮네. 배가 가라앉을 걱정 따위 하지 않아. 그리고 배가 흔들려 어지럼증이 난다 해도 어의들이 곁에 있으니 안심하고 있다네."

화기 공포증에 대해선 전혀 언급하지 않은 채 배에 관해 이야길 하는 것으로 잘 넘어갔네.

"그렇습니까? 혹시라도 보체에 해가 생길 것 같으면 바로 중지할 수 있게 조처하겠습니다."

"아닐세, 그리하면 여기 모인 사람들이 실망하지 않겠나. 참아보도록 하지."

주기진도 전쟁을 겪고 나서 나름대로 성장한 건가. 아니면 내게 인정받고 싶어서 애를 쓰는 건가.

그의 행동을 보면 내게 인정받고 싶어 하는 동생 같은 느낌이 든다. 그가 날 대하는 것도 형을 대하는 느낌이고.

"알겠습니다."

그렇게 나와 일행이 전부 전열함 상갑판에 오르자 성삼문이 설명을 이어갔다.

"이곳이 노천갑판이며, 저 뒤에 있는 문을 열면 선장과 무관들이 거주하는 숙소가 있습니다."

내가 고개를 끄덕이자 성삼문은 일행을 상대로 다시금 설명을 이어갔고, 우린 그를 따라 아래로 내려갔다.

"다들 미끄러지지 않게 조심하시기 바랍니다."

우리가 계단을 내려오자 선원들이 화포를 정비하는 광경을 보였고, 다시 곧바로 성삼문의 설명이 이어졌다.

"이곳은 상부의 포 갑판이며, 하부 포 갑판의 장거리용 거포보다 가벼운 대구경 화포가 이렇게 배치되어 있습니다."

그러자 본래 무관 출신인 석형이 성삼문에게 물었다.

"성 대인, 여기 실린 화포의 수가 전부 몇 문이나 됩니까?"

"이 아래층에 실린 거포의 수까지 합치면 포구만 100문이고, 아까 보신 노천갑판에 실린 선회포까지 합치면 총 120문가량 됩니다."

"허어, 그 정도면 웬만한 요새 못지않은 듯합니다. 아니, 어쩌면 더 많을 수도 있겠군요."

그러자 가만히 듣고 있던 주기진이 한마디 꺼냈다.

"지난 광무정난 당시, 북방의 달자들에겐 화포가 무용했으니, 이참에 훈련 중인 정예 기병을 북방에 올리고, 남방 전선과 수군에게 모든 화약과 화기를 집중하는 건 어떻겠나?"

그러자 병부시랑 조의가 고개를 숙이며 답했다.

"신이 병부상서 광무왕 전하와 논의하여 처리하겠습니다."

"그리고 이리도 많은 화포를 운용하려면 화약도 모자랄 듯하니, 그간 모은 화약이나 초석을 산동에 지원하는 것도 좋겠군."

우리도 이제 인도랑 교역해서 화약은 넉넉한데? 굳이 주겠다면 말리진 않겠지만, 나중에 조의랑 이야기 좀 해봐야겠네.

내가 성삼문에게 손짓하자, 그는 다시 설명을 이어갔다.

"또한 포 갑판 아래에 위치한 상·하단의 선창은 창고이자 병사들의 숙소로 쓰일 것입니다. 그곳까지 행차하시기엔 불편하실 테니 생략하고 이것으로 설명을 마치도록 하지요."

그렇게 성삼문이 전열함 내부의 안내를 마치자 양국의 대신들이 열렬히 손뼉을 치며 그의 공을 칭찬했고, 곧바로 선원들이 출항을 준비를 시작했다.

그렇게 출항 준비가 끝나자 건선거의 수문이 열려 전열함이 바다로 나가며 진수식이 일차적으로 마무리되었다.

"주상 전하, 지난번 남방 항해를 마치고 수명이 다 된 보선 두 척을 화력 시범용으로 준비해 두었습니다."

"그런가? 준비되면 말하게."

난 그렇게 대답하고 등주항에 몰린 관중을 바라봤는데, 그들도 이렇게 큰 배가 움직이는 게 신기한지 연신 만세를 외치고 있었다.

우리는 화력 시험에 앞서 안전을 위해 전열함을 항구 앞바다로 이동시켰다.

그러자 성삼문이 말한 대로 두 척의 보선이 전열함의 양쪽 측면으로 접근했으며, 그들은 닻을 내려 바다 위에 정박한 후, 선원들이 쪽배를 타고 배에서 내리는 것으로 준비를 마쳤다.

그렇게 준비가 되자 주기진이 난데없이 크게 소리쳤다.

"짐의 대리인이자 황실의 수호자이며 명국 병부상서인 광무왕의 이름을 딴 새 전함의 완성을 기념하며 만세삼창을 명하겠노라."

그러자 양국의 대신들이 일제히 나를 바라보며 만세를 외쳤다.

"만세, 만세, 만만세!"

졸지에 천세가 아니라 만세 소리를 듣게 되었는데, 기분이 좀 묘하네. 그것도 조명 양국의 관료들에게 듣게 되니 더 그렇다.

그렇게 만세 소리에 맞춰 내가 손짓으로 성삼문에게 신호를 보내자 총 120문의 화포가 양쪽으로 일제히 불을 뿜었다.

콰콰콰쾅—!

차마 형언할 수 없는 엄청난 소음과 진동이 뱃전을 진동시켰고, 몇몇 이들은 놀라서 그 자리에 주저앉기도 했다.

또한 포연이 올라와 양면의 시야를 완전히 가렸고, 화약 특유의 매캐한 냄새에 난 새삼 지난 전쟁의 추억을 떠올리며 전율에 젖었다.

그래, 이거지. 이거야말로 진정한 거함·거포의 진수다.

그런데 주기진은 이 상황에서 기침하면서 산통을 깨네.

그의 표정을 살펴보니 아까 말한 대로 억지로 참고 있는 듯, 아직 공포를 극복하진 못한 것 같았다.

첫 번째 일제사격 후 후미장전식 선회포를 담당한 병사들이 빠르게 재장전을 마쳤고, 곧바로 돛과 갑판으로 추정되는 부분을 노려 산탄을 발사했다.

그렇게 선회포가 빠르게 표적을 공격하는 사이 하단의 포갑판에서 장전을 마친 듯, 담당 무관이 갑판 위로 크게 소리쳐서 포격이 다시 준비되었음을 알렸다.

그렇게 내 신호에 맞춰 다시 한번 공격이 재개되었다.

그렇게 총 3번의 일제사격을 마치고 선회식 선상포의 사격마저 끝내자 포연이 온통 시야를 가려 아무것도 볼 수 없었다.

그 상황에서 일 각가량의 시간이 흐르자 마침 거센 바람이 불어 포연이 걷혔으며 나는 그제야 과녁이 되었던 보선의 상태를 볼 수 있었다.

왼쪽 측면에 있던 보선은 선체가 벌집이라도 된 듯 온통 구멍이 뚫려 있었고, 간신히 형태를 유지하고 있었지만 곳곳에서 목재가 갈라지는 소리를 내며 금방이라도 가라앉을 듯 보였다.

그리고 오른쪽에 있던 보선은… 선체 하단을 완전히 관통당한 듯, 이미 가라앉고 있었다.

그렇게 놀라운 광경을 목격한 양국의 관료들은 열광하며 자발적으로 만세를 외쳤고, 항구에서 화기 시범을 지켜보고 있던 등주의 백성들 역시 만세를 외치고 있는 듯 보였다.

나름대로 공포에 질려 있던 주기진은 시범이 끝나자 억지로나마 웃으면서 손뼉을 쳤고, 구석에서 이 모든 광경을 지켜본 박종우의 표정은 일그러져만 갔다.

난 대만으로 보내 버릴 박종우의 반응 따윈 곧장 무시했고, 전열함의 성능에 진정으로 만족했다.

이제 곧 잔평의 해적 놈들에게 진정한 불침함이 뭔지 보여

줄 차례지. 전열함과 동행할 함대만 정비하면 준비는 끝이겠어.

*   *   *

난 산동에서의 일정을 성공적으로 마무리하고 박종우를 제외한 대신들과 함께 귀국했다.

주기진과 북명의 관료들은 헤어지는 게 아쉬웠던지 귀국 전날에 등주 전역에서 성대한 축제를 열었고 여분의 화약으로 불꽃놀이마저 벌였다.

그러고 보니 조선에서도 명나라의 사신이 오면 벌이던 불꽃놀이가 꽤 유명했었는데, 내가 대리청정을 시작한 뒤 화약을 아끼려 금지했었다.

우리도 인도산 초석 수입을 시작했으니 여유가 생기는 대로 불꽃놀이를 재개해 봐도 될 것 같네.

북명의 관료들 다수가 술에 취했는지 내게 아쉬움을 표하며 울기도 하던데, 그간 일이 많이 힘들었었나 보다.

그렇게 내가 귀국하는 동시에 산동에서 준비하고 있었던 잔평 원정 함대가 대만을 향해 출발했고, 해사제독 최광손이 그들을 지휘하게 했다.

난 귀국한 다음 날 집무실인 천추전에 앉아 밀린 일을 처리하며 곁에 있던 김처선에게 말했다.

"왕 태감이 보낸다는 주사(요리사)들은 상선이 알아서 관리하라."

"예, 그렇게 하겠습니다. 또한 등주에서 왕 태감이 신에게 고하길, 주사만이 아니라 내관 후보들을 아국에 교육 위임 하고 싶다 하였사옵니다."

그러고 보니 저기도 내관의 수가 대폭 줄었었지? 왕진의 세가 약해진 만큼 이 기회에 뭐라도 해보고 싶나 보네.

"자네 재량으로 알아서 하여라. 북경에서 한 번 해본 일이니 더 잘할 수 있겠지. 다만 지나치게 많은 인원은 받지 말고, 수를 제한하게."

"예, 그리하겠습니다. 또한 신은 직책상 전하를 모셔야 하니, 실무 교육은 다른 내관에게 맡기려 하옵니다."

"알겠다."

난 그렇게 밀려 있던 업무를 마치고 예조판서 신숙주에게 티무르의 군주 울루그 벡이 보낸 서신을 받았다.

거기엔 내 안부를 묻는 말로 시작해, 동유럽과 중동의 정세가 자세하게 정리되어 있었고 내용을 요약하면 다음과 같았다.

메흐메트를 수장으로 한 이슬람 연합과 에센 타이시를 수장으로 둔 동방 정교회 연합이 흑해와 카스피해 사이의 북쪽

영역을 두고 기나긴 전쟁을 벌이고 있다고 한다.

몇 년 전 에센이 개종한 덕인지 모스크바와 주변 국가에 큰 영향력을 끼치고 있었고, 적의 적은 친구라는 논리로 오스만에게 위협받던 나라들은 오이라트에 호의적인 시선을 보내고 있다고 한다.

거기다가 로마, 즉 콘스탄티노폴리스가 아직 건재하고 정교회의 총대주교가 그곳에 있기에 종교적인 이유와 현실적인 생존 등의 명분으로 두 나라도 연합하고 있다고 한다.

전쟁 상황은 개전 초기에 에센이 강력한 기병 전력으로 우위를 점했으나, 메흐메트가 전략을 바꿔 강을 타고 이동하며 요새를 건설하여 지역을 점유하는 방식으로 전환해 장기전이 되었다고 한다.

그리고 전장이 된 지역 아래 위치한 캅카스산맥 인근의 소국들은 독자적인 연합을 형성해 이번 전쟁에서 중립을 지키고 있다고 한다.

종교는 그렇다 쳐도, 저들은 오스만과 국경을 맞대고 있으니 직접 전쟁에 참여하는 건 부담이었나 보다.

그리고 거기 사는 이들은 기질도 드센 데다 자주성이 강하기도 하지. 몽골이나 티무르도 그곳에 원정 갔다가 거센 저항으로 결국 포기했으니.

그건 그렇고⋯ 지난 전쟁에서 보았던 에센의 성향상 오스만의 요새를 가만히 둘 성격이 아닌데, 메흐메트가 그걸 짓도록 두는 건 뭔가 다른 속셈이 있는 듯하다.

비록 지난 전쟁 때 명의 대체가 미흡했다고 한들, 일찌감치 돌파당한 산서 방면을 제외하고 남아 있던 북방 요새들은 나름대로 부족한 자원을 최대한 활용해서 결사적인 항전을 벌였었다.

에센은 고생하면서도 화포의 힘을 빌려 몇 곳을 함락시킨 적이 있었고, 사로잡은 정통제를 이용해 남아 있는 요새들을 항복시키려 계획했었지.

에센이 비록 내게 패했지만, 그가 전장을 아우르는 능력은 여느 명장들 못지않다고 본다.

상대적으로 다수인 명군을 상대로 전면전을 피하며 자신이 원하는 상황을 강제했고, 거기에 완벽하게 말려든 주기진은 결국 굶주림과 갈증에 시달려 퇴각을 반복하다 결국 비참하게 패했으니.

막판에 북경을 함락한 상황에서 수성을 강제당해 처참하게 패하긴 했지만, 넓은 전역을 두고 여러 군을 움직이며 싸웠으면 그 정도로 나쁜 결과가 나오진 않았을 거다.

물론 지금이야 그때보다 물적이나 질적으로도 한층 더 강해진 내 군대로 다시 싸우면 이길 자신이 있긴 하지만.

일단 지금은 잔평부터 정리하고 남방 항로가 안정화되고

나면 다음 계획으로 넘어가야겠어.

그러니 당분간 너희끼리 알아서 잘 싸우고 있으라고.

*　　　　　*　　　　　*

운성군(雲城君) 박종우(朴從愚)는 등주에서 귀국하기 전날 느닷없이 주상에게 대만으로 가라는 말을 들어야 했고, 자신이 그토록 질색하던 광무함에 몸을 싣고 대만으로 오게 되었다.

"이보게, 왜 내 밥은 이것밖에 안 되는가? 어제도 그랬지만, 이 정도 양으론 간에 기별도 안 간다네."

박종우는 배 안에서 식사를 배급하는 이에게 따지듯 물었지만, 그의 대답은 어제와 한 치의 오차도 없이 똑같았다.

"병사들에게 배정된 식량을 조금씩 줄여 대감께 드리는 것이니 그걸로 만족하시지요."

박종우는 소란을 피우기는 싫었지만, 배고픔으로 어제 잠을 이루지 못한 것을 생각하며 다시금 요청했다.

"여기 타는 인원이 몇인데, 그게 말이 되는가? 그러지 말고 더 덜어보게."

"안 됩니다. 전 지시받은 대로만 할 뿐입니다."

그러자 박종우는 서러운 마음이 폭발하여 최후의 수단을 동원하게 되었다.

"어찌 일개 병졸 따위가 왕실의 인척인 내게 이리 방자하게 구는가? 야! 너 이름이 뭐야?"

"그리 고귀하신 분이 일개 병졸의 이름은 알아서 무엇 하시려 합니까?"

"네 이놈! 이름이 뭐냐고!"

배급 담당 병사는 일말의 표정 변화 없이 대답했다.

"대감, 뒤에 줄이 밀려 있는 거 안 보이십니까? 그만 비켜주시지요."

"오늘 내가 네놈의 버릇을 고쳐주마. 어디서 건방지게……."

그러자 뒷줄에서 심드렁한 목소리가 흘러나와 박종우를 자극했다.

"거참. 땍땍, 땍땍 시끄럽네."

"뭐가 어쩌고 어째? 방금 말한 놈은 또 누구야! 이것들이 단체로 실성을 한 건가."

"예, 여기 나왔습니다. 누군지 알면 어쩌려고 그랬습니까?"

그렇게 뒷줄에서 나온 이는 박종우도 익히 아는 얼굴이었다.

"해사제독 대감이 어찌 여기에……."

어릴 적부터 아버지를 따라 종군하며 병사들과 함께 먹고 자는 습관이 든 최광손은 호화롭게 장식된 선장실에서 홀로 밥을 먹는 것보단 병사들과 함께 먹는 것을 선택했고 그 과정에서 소란을 보게 된 것이었다.

"그거야 제가 항상 병사들과 같이 밥을 먹으니 그런 거고요. 왜 소란을 피우십니까?"

"대감! 뒷줄에 계셨으면 저놈의 행패를 봤을 거 아닙니까? 어찌 저런 무례한 놈의 편을 드는 게요?"

"승선하기 전에 운성군 대감께 당부했었지요? 대감은 어디까지나 정식 탑승원이 아니고 승객이니 조용히 있어달라고."

"하지만 사람이 어찌 요것만 먹고 버틸 수 있단 말이오?"

"제가 일전에 여러 나라를 돌아보고 느낀 건데. 조선 사람이 유독 많이 먹는 거고, 보통 그 정도면 다른 나라에서도 충분히 많은 양입니다. 대감도 대마주에서 지내셨으면 알 법하신데."

박종우는 대마주에 오래 있긴 했지만, 그들의 풍습에는 관심이 없었던 데다 철저하게 조선식 생활을 고수했으며 언제나 독상을 받아 혼자 식사했기에 다른 이들이 얼마나 먹는지 알 수 없었다.

"말이 되는 소릴 하시오! 이 따위 대우는 대감께서 지시한 거요?"

"거참, 진짠데 안 믿으시네. 아무튼 이들은 제 지시를 따르니 제가 시킨 게 맞겠네요."

"대체 누구에게 사주를 받고 이리 치졸하게 나오는 거요?

성 대감이 그리 시켰소?"

"산동 절제사 대감이 운성군께 무슨 원한이 있다고 이런 걸 시키겠습니까? 망상이 지나치시군요."

"그럼 누구의 지시인 거요?"

"지시고 나발이고 그런 거 없으니, 얌전히 식사나 하시죠."

"대감! 말을 가려주시지요. 내 비록 직급은 대감보다 낮으나, 나이도 많고 왕실의 인척인 몸이오."

"허, 그러신 분이 체통도 없이 먹을 거 가지고 드잡이를 하셨습니까?"

"대감의 장형과 내 친분을 생각해서라도 이러면 안 되는 거 아니오?"

"대마주에서 쌀 한 톨까지 철저하게 관리하시면서 예산으로 제 장형을 괴롭히신 게 운성군 대감 아닙니까. 누가 들으면 정말로 두 분이 친한 줄 알겠습니다."

"이… 이이… 내 나중에 전하께 고해 대감의 횡포를 폭로할 것이오."

"무슨 명목으로요? 먹을 거 조금 줄였다고요? 우린 지금 전쟁을 위해 출정 중이고, 대감은 객으로 여기 탄 겁니다."

이제껏 웃음기를 띠고 말하던 최광손은 다음 말을 이어가며, 전쟁터에서나 보일 법한 기세를 드러냈다.

"그리고 대감이 들고 계신 그 밥은 백성들이 혈세로 낸 것이며 병졸들에게 돌아갈 것을 조금씩 모아서 양보한 거외다. 먹을 걸 줘서 고맙다곤 못 할망정 어디서 감히……."

박종우는 평소와 다른 분위기의 최광손에게 압도되었지만 기어들어 가는 목소리로나마 항변했다.

"하지만 이럴 수는 없소이다. 어찌……."

"참 내, 자기가 무슨 처지인지도 모르는 건가……."

그러자 최광손뿐만 아니라 모여 있던 선원들이 박종우를 노려보았고, 최광손은 겁에 질린 그에게 다가갔다.

"왜 이러시오!"

박종우는 최광손이 폭력이라도 쓰는 줄 알고 겁에 질려 위축되었지만, 최광손은 그에게 작은 목소리로 속삭였다.

"대감, 배 위에선 선장이자 제독인 내가 생살여탈권을 지녔지요. 제가 말 안 듣는 선원들을 어찌 처리했는지 알고 싶으십니까?"

"지금 날 겁박하는 거요……?"

"뭐, 그럴 수도 있겠군요. 어쩌면 대감을 바다에 던져 버릴 수도 있겠네요. 본국엔 대감이 항해 중에 실족해서 바다에 빠졌다고 보고하면 그만입니다. 제가 그러길 바라십니까?"

"아… 아니오."

"그럼 남은 항해 동안 불평불만 가지지 말고 얌전히 있으시지요. 그러면 불행한 사고 따윈 벌어지지 않을 겁니다."

"알겠소이다."

그렇게 박종우는 항해 내내 얌전히 굴었지만, 속으론 대만에 도착하면 반드시 장계를 보내 고발하리라 마음먹었다.

그렇게 박종우는 대만 다두 왕국에 도착해 다두 병사의 안내를 받아 조선인들이 모인 마을에 도달했다.

"새로 오신다는 나리십니까."

피로에 찌든 얼굴로 마중 나온 이가 박종우에게 묻자, 그는 귀찮은 표정을 지으며 답했다.

"그렇다. 내 먼 길을 와 피곤하니 숙소에서 잠시 쉬고 싶은데, 안내하거라."

그러자 사내는 피식 웃으면서 손을 내밀었다.

"가져오신 짐은 먼저 제게 주시고, 나리께선 저기 있는 관청으로 먼저 가시면 됩니다."

"본관은 군호를 받은 대감이다. 그건 그렇고 내 숙소가 관청에 있는 게냐?"

박종우가 호칭을 정정해 주려고 말했지만, 그는 개의치 않는 표정으로 말을 이어갔다.

"그건 저도 모릅니다. 저야 시키는 대로 할 뿐이니까요."

"자네가 내 숙소가 어딘지 모르면 내 짐은 어디로 가져가는 거지?"

"여기 오는 이들은 행여라도 불온한 물품을 들일까 하여 병사들이 검사부터 하게 됩니다. 전 심부름을 할 뿐이고요."

"뭣? 난 엄연히 관원으로 여기 온 이인데 어찌 남의 물건을 함부로 뒤진단 말이냐?"

그러자 사내는 고개를 갸웃거리며 답했다.

"나리가 관원이라고요? 아무튼 제게 물어도 알 수 없습니다. 그러니 관청으로 출두부터 하시지요."

"자네 이름은 뭔가?"

"갑자기 그건 왜 물으십니까?"

"가져간 짐을 되돌려받으려면 자네 이름 정돈 기억해야 할 것 아닌가."

"그건 제가 할 일은 아니지만, 어쨌든 물으시니 답해드리지요. 홍가의 윤성이라 합니다."

"하, 알겠네."

그렇게 관청에 출두한 박종우는 개척촌의 현감 이석형과 대면했다.

"아, 그대는 문강(文康)이 아닌가? 여기로 보내졌단 말을 듣긴 했는데 잠시 잊고 있었네."

"운성군 대감, 오래간만입니다. 그간 별래무양 하셨는지요."

"그리고 보니 내가 자네 조부이신 양후(襄厚, 이종무의 시호)와 친분으로 가문 간에 왕래도 있었는데, 대마주에 가 있는 동안 뜸해졌었지…… 아무튼 이리 만나니 반갑네."

"예, 저도 이렇게 만나게 되니 반갑습니다."

"그건 그렇고, 내가 여기서 무슨 일을 하면 되는가? 다두국의 섭정이나 재정 관리를 맡으면 되는 건가?"

"섭정이라니요. 대감께선 대체 무슨 말씀을……. 설마 이곳에 오시기까지 아무것도 듣지 못하고 오신 겁니까?"

"그렇네. 주상 전하를 호종하여 등주에 갔다가 곧바로 이곳에 오게 되어서……."

"여긴 죄를 짓고 전가사변된 이들이 모인 정착촌입니다. 저도 보은현에서 불사 건축에 구휼미를 투입하여 죄를 지어 오게 된 거고요."

"그게 무슨 말인가……?"

"대감께선 무고죄로 유배를 오신 거란 말입니다. 저도 말로만 현령이지 사실상 이곳의 촌장이나 다름없습니다."

박종우는 무고죄라는 죄명을 받아들이지 못하고 주제를 돌렸다.

"그럼 이곳에 파견된 관원들은 우리와 다른 곳에 있나?"

"그들은 다두 왕궁에서 국왕에게 경연하거나 통치를 돕고 있지요."

"그럼 내가 여기서 해야 할 일은 대체……."

"이곳에서 대감의 직책은 권농관(勸農官)입니다."

"그건 농사를 장려하는 관직이 아닌가?"

"명목상으론 그렇지만 실상은 이곳의 주민들과 함께 농사짓는 일을 하시게 될 겁니다."

"……."

박종우는 자신의 행동으로 인해 모든 조정 대신과 주상의 미움을 샀다는 것을 어렴풋이 알곤 있었으나 대단한 일을 하기 위해 이곳에 왔다고 착각하고 있었다.

박종우는 그제야 자신이 배 안에서 그런 취급을 당한 것이 이해가 되었으며, 돌아갈 수 없다는 사실을 알게 되었다.

*   *   *

최광손은 박종우를 대만에 내려주고 친우인 다두왕 바타안과 잠시 안부 인사를 나누곤, 곧바로 함대를 이끌고 첫 번째 공격 목표인 천주(泉州)로 향했다.

"대감, 천주의 지형은 깊은 만으로 이뤄진 복잡한 해안가입니다. 아군의 함대가 진입하는 건 조금 무리가 아닐까요?"

최광손은 선장실에서 작전 계획을 점검하다가 부관 왕충의 물음에 답했다.

"자네 말대로 북경에서 협조해 준 해도 자료를 보니 천주로 진입하는 항만의 폭도 20리(8km) 정도고, 진입로의 길이도 그 정도더군."

"예, 그뿐만이 아닙니다. 거긴 진입로 부근의 수심이 얕고 섬과 암초도 즐비해서 사고도 자주 나지요. 그곳의 바닷길을 잘 아는 이들이 없이 들어가는 건 무모한 일이 될 겁니다."

"괜찮네. 우리가 천주항에 꼭 들어가야만 하는 건 아니니까."

"그게 무슨 말씀입니까?"

"천주는 잔평의 도성인 복주(福州) 다음으로 번영한 항구일세. 천혜의 지형으로 인해 방어가 용이하니, 해적질의 근거지로 쓰고 있기도 하고."

"그렇긴 합니다. 그럼 다른 계획이 있으신 겁니까?"

"그래. 여긴 광무함과 스무 척의 배를 남기고 다른 곳으로 향하게 할 걸세."

"설마 스물한 척의 배로 천주항을 봉쇄하려 하십니까?"

"오, 이젠 따로 이야기하지 않아도 잘 아는군. 그리고 이건 주상 전하의 지시이기도 하네."

"소관이 보기엔 조금 우려되는군요."

"어떤 면에서 그러지? 광무함이 없었다면 실행하지 못할 계획이긴 하지만, 충분히 할 만하다고 보는데."

"비록 저들의 배가 구형 복선이나 보선뿐이라지만, 몇백 척이 있을 줄 알고 그러십니까? 광무함에 적재할 수 있는 화약이나 포환도 한계가 있는데, 너무 무모한 듯싶습니다."

"그거야 자네가 이야기한 섬 중 하나를 점령해서 그곳에 보급선을 보내 보급품을 보관하면 되네."

"제가 알기론 바위섬들뿐이라 배를 대기 어렵습니다."

"짐 나르는 데 광무함을 직접 정박할 필요가 있나? 다두에서 쓰는 수송선을 징발해서 배로 실어 나르게 하면 그만인데."

"그럼 섬에도 주둔할 병력이 필요하겠군요."

"맞아. 이번에 아국에서 새로 창설된 병과인 공병대에 그 일을 맡기려 하네."

"공병대가 뭡니까?"

"본래 전쟁터에서 병사들이 이런저런 목책부터 해서 잡다한 공사들을 많이 하는데…… 그걸 전문적으로 분리해서 담당하는 병과라고 하더군."

그렇게 최광손의 설명이 이어졌다.

왕충은 섬에 상륙하고 보급고 겸 간이 요새를 건설할 공병대의 작전 계획에 대해 들었고, 그 외에도 해상수송을 위해 많은 것들이 준비되었다는 사실을 알게 되자 한숨을 쉬며 말을 꺼냈다.

"소관이 대감을 따라 배는 많이 탔지만, 전쟁에 대해선 아직도 모르는 게 많군요. 앞으로 함부로 의견을 내면 안 되겠습니다."

"뭐, 나도 공병이나 봉쇄 계획에 대해선 주상 전하의 지시를 따르는 것이니 너무 그럴 거 없어."

"이렇게 주상 전하께서 의도하신 대로 전황이 흘러가면……. 저들은 어쩔 수 없이 봉쇄된 항구를 돌파하여 전력을 모아 아군과 결전을 벌이려 하겠군요."

"맞아. 처음 몇 번의 전투에서 승리하고 나면, 저들은 전력을 최대한 모아서 우릴 습격하게 될 거야."

"그럼 따로 움직이는 함대는 중간에 오는 지원군을 차단하기 위함이겠군요."

"맞아. 복주 방면에서 보내는 함대를 차단하게 둘 거야."

"알겠습니다. 소관은 주상 전하와 대감의 명을 따르지요."

"그건 그렇고, 난 저들이 이 배를 보면 어찌 반응할지 그게 더 궁금해."

"제가 적 지휘관이라면 최대한 교전을 피하고 다른 배를 노리겠습니다."

"그렇겠지? 그런데 내 예감은 그러지 않을 거 같단 말이야."

"설마 그런 멍청이가 있겠습니까?"

"그저 겉으로만 크다고 생각할 수도 있잖아."

"뭐, 크고 화려하니 적의 기함이라고 생각해서 나포하려는 멍청이가 있을 수도 있겠군요."

"뭐, 지금이야 예상일 뿐이니 실전에 들어가면 알게 되겠지."

광무함을 포함한 선봉대가 작전대로 천주의 항만을 봉쇄하기 시작했고, 나머지 함대는 곧바로 잔평 수군이 대만에서 본거지로 활용 중인 북쪽 항구로 향했다.

그렇게 본격적인 전쟁이 시작될 무렵, 천주항에서 출발한 오십 척의 해적 함대가 봉쇄 임무를 맡은 최광손의 함대에게 접근하기 시작했다.

*   *   *

"쯧, 저건 진입하다가 암초에 부딪히기라도 한 건가. 이거 골치 아프게 되었군."

명목상 잔평 원정 함대의 수군 대장, 즉 해적 함대의 우두머리 배원영은 천주에서 출항하던 중, 항만의 입구에서 약 스무 척의 배가 멈춰 있는 것을 보며 혀를 찼다.

"대형. 선두에 위치한 거대한 배는 돛을 접고 있는 걸 보니, 짐작하신 대로 사고라도 난 듯싶습니다. 우리가 잘 피해서 움직여야겠군요."

그의 부관이 나름대로 타당한 의견을 내놓자, 배원영이 잠시 생각에 잠겨 있다가 곧바로 의문을 표했다.

"잠깐, 아국에 저리 큰 배가 있었나?"

배원영이 의문을 표하기 무섭게 거대한 배에서 거대한 연기가 피어올랐고, 시차를 두고 거대한 굉음과 함께 피리 부는 듯한 소리가 뒤따라오듯 울려 퍼졌다.

"대형, 아무래도 적의 함대인 것 같습니다!"

"이런 개같은······! 아악!"

배원영이 욕설을 완성하기도 전에 무수히 많은 포탄이 그의 기함 주변에 날아와 무수한 물기둥을 세우며 배를 흔들었고, 그는 자신의 혀를 씹어야 했다.

개중 몇 방은 뱃머리를 때린 듯 나무 파편이 흩어지며 선상 앞부분에서 구경 중이던 선원들에게 상해를 입혔다.

"어서 전투준비부터 해라!"

"대형, 화포를 준비시킬까요?"

배원영은 입에서 피가 흐르는 상황에서 혀 짧은 소리로 대답했다.

"그럼 이 상황에서 화포를 아껴서 뭐 하겠어? 빨리 움직여!"

그렇게 부관이 다른 배에도 신호를 보내 부족하나마, 남명을 약탈하며 모아둔 화포를 준비하게 시켰지만, 곧바로 새로운 문제를 깨달았다.

발사각을 위해 배를 선회시켜야 하는 건 둘째 치고 이들이 사용하는 화포의 유효한 사정거리를 확보하려면 최소 1리에서 2리(약 400~800m) 안쪽으로 들어가야 하는데, 지금 이들이 포격받는 거리는 5리(약 2km) 정도였다.

어쩔 수 없이 전진을 시작한 잔평의 함대는 1리를 전진하는 동안 몇 번의 일제사격을 받았다. 그러나 수없이 솟아오르는 물기둥으로 인해 다들 공포에 질렸고, 몇몇 배들은 물수제비를 뜨듯 해면을 튕기면서 날아온 포환에 얻어맞아야 했다.

"대형, 이대로 전진을 계속하기엔 피해가 너무 클 듯한데 일단 뒤로 물린 다음에 전력을 정비하고 오는 게 어떻겠습니까?"

"야, 이 얼간아! 넌 생각이 있냐? 여기가 사방이 트인 공해도 아니고, 이런 좁은 지형에서 배를 돌리면 더 큰 피해를 보는 거 몰라?"

배원영은 피와 침이 뒤섞인 타액을 뿜어내며 고함쳤고, 그의 부관이 얼굴을 닦아내는 사이 다시금 말을 이어갔다.

"그리고 다른 놈들은 전부 내륙으로 교대해서 들어갔는데, 우리가 전력을 정비하는 사이에 더 많은 적이 오면 어쩌려고?"

"하지만……."

"아직까진 입은 피해는 거의 없으니까, 일단 닥치고 전진부터 시켜!"

"그럼 포진은 어찌해야 합니까?"

"지금 포를 쏘고 있는 건 선두에 위치한 저 배 한 척뿐이니, 저것부터 둘러싸 무력화시키고 후방의 횡진을 돌파한다."

배원영의 말대로 나머지 총 스무 척의 배는 선두에 위치한 전함에서 2리가량 떨어진 후방에서 돛을 전개한 채, 일자진으로 진을 치고 상황을 지켜보고 있었다.

　　"예, 다른 배에도 그리 전하겠습니다."

　　그렇게 신호를 전달하고 온 부관은 포격으로 인한 진동에 나름 적응한 듯 침착한 말투로 배원영에게 물었다.

　　"대형, 대체 저들은 어디의 군대일까요?"

　　"그게 이 상황에서 그리 중요하냐? 눈앞에 닥친 적부터 먼저 없애고 알아보는 게 빠르지."

　　배원영의 결정은 이 상황에서 나름대로 합리적인 판단이었으며, 그 자신도 자신의 옳음을 믿어 의심치 않았다.

　　하지만, 상대는 그들이 평소에 상대하던 남명이나 유구의 수군과는 다른 존재였고, 대만을 넘어 남쪽의 먼 바다로 나가서 손쉽게 약탈하고 노예로 잡아 오던 야인들의 수군도 아니었다.

　　남경과 항주의 대대적인 공격 당시, 장강에서 벌어진 교전으로 인해 악연으로 얽혔으며, 잔평왕 등무칠이 극도로 경계하던 조선의 함대와 마주하게 되고 만 것이었다.

＊　　　＊　　　＊

잔평의 해적 선단이 돌파를 위해 4열의 단종진을 전개하며 광무함을 향해 돌진하자, 선장실의 창문으로 그 광경을 지켜보던 이들 중 한 명이 입을 열었다.

"저것 봐, 내 말이 맞지? 분명히 적들이 광무함부터 노리고 있잖아."

해사제독 최광손이 안면을 개방한 투구를 쓰고 판금 흉갑 위에 주상에게 하사받은 도포를 멋스럽게 입은 채 으스대듯 자랑하자, 왕충이 곧바로 한숨을 쉬며 답했다.

"예, 아무래도 소관이 적들을 너무 높이 평가했나 봅니다."

"무릇 사람이란 말이야, 직접 겪어보기 전까진 자기 상식에 맞춰서 행동하기 마련이야."

"그렇긴 하지만, 이만한 크기의 배를 보면 보통 겁을 먹는 게 정상 아닙니까?"

"자네는 등주에서 나랑 같이 광무함의 시범을 보고 이 배의 무서움을 아니 그런 거고, 저들이 보기엔 그냥 커다란 배겠지."

"소관, 제독 대감의 말을 부정할 수 없으니 슬프군요."

그러자 이들의 곁에 있던 최광손의 막냇동생이자, 등선군 대장으로 파견된 최영손(崔泳孫)이 형에게 질문했다.

"해사제독 대감, 이번 전투에서 소장이 나설 차례는 없겠습니까?"

"먼저 상황을 보다가 나포할 만한 배가 보이면 그때 돌입하는 거로 하자."

"예, 그럼 소장은 선창에서 등선군과 함께 기다리고 있겠습니다."

"아니. 너도 여기서 전황을 보고 있어. 자칫 증원이라도 나와 전투가 길어지면, 반나절 가까이 걸릴지도 몰라."

"예, 알겠습니다."

그렇게 왕충과 최영손을 선장실에 머물게 한 최광손은 노천갑판으로 나와 전투를 지휘하기 시작했다.

"선회포수는 준비하라!"

"각자 위치로!"

선임 갑사가 최광손의 명령을 받아 소리치자, 화살에 대비해 투구와 흉갑을 갖춰 입은 포수들이 2인 1조로 담당한 선회포를 찾아가 그 앞에 섰다.

"상부 포 갑판의 화포수는 충완구(衝碗口)를 준비하라."

"충완구 준비!"

최광손의 지시가 전성관(傳聲管)을 통해 상부 포 갑판에 전달되었고, 근접전용 대구경 화포인 충완구의 발사 준비마저 끝나자, 어느새 적선의 선두가 1리 안으로 접근해 광무함을 둘러싸려 하고 있었다.

"저러다가 빗나가서 자기편의 화포에 맞으면 어쩌려고."

최광손이 혼잣말하며 엷게 웃는 사이, 여섯 척의 배가 먼저 자리를 잡고 화포를 발사하려 했지만, 최광손의 지시가 한 박자 앞서서 상부 포 갑판에 전달되었다.

"일제히 방포하라!"

—콰콰콰콰쾅!

양쪽 상층 포 갑판에서 발사된 수십 발의 대형 포환은 잔평 수군이 그동안 겪어보지 못했던 충격력으로 그들의 배를 흔들었고, 한 박자 늦게 발사된 그들의 포환은 배가 흔들리는 바람에 전부 위아래로 흔들리며 발사되어, 광무함의 위로 날아가거나 바닷속으로 처박히고 말았다.

잔평 측이 재차 후속 공격을 준비하는 사이, 광무함의 하부 포 갑판에서는 20근짜리 포환을 쓰는 장거리용 거포가 그들의 배 아랫부분을 노리고 일제히 발사되었다.

연달아 이어진 공격에 배가 심하게 흔들리자 잔평의 화포수는 재장전을 할 엄두도 내지 못한 채 넘어지지 않기 위해 뭐든 붙잡으려 애를 써야 했다.

개중 운이 없는 이들은 쓰러지는 화포에 깔리거나 포환에 머리를 맞아 명을 달리하거나 상처를 입은 채 전투 불능이 되었다.

잔평 측에서 곧바로 대기하던 선원을 투입해 병력을 보충하는 사이, 광무함에서는 재장전을 마친 충완구가 양면으로 일제히 불을 뿜었고, 광무함의 선체는 수많은 화포로 발생한 거대한 포연으로 인해 서서히 보이지 않게 되었다.

잔평 측에선 난데없는 상황에 당황했지만, 그들의 수장인 배원영의 지시로 목표를 어림짐작해서 화포를 쏘아대기 시작했다.

기본적인 내구도 차이는 그렇다 쳐도, 단 한 척의 배에 실린 화포의 수만 해도 포위 중인 여섯 척의 배에 실린 화포 수보다 6배가량 많았다.

거기다 포연으로 인해 앞이 잘 보이지는 않는 상황에서 무작정 포격을 주고받을 때마다 피해가 누적되는 건 잔평의 함대 측이었다.

배원영은 광무함을 포위 중인 배들을 도우려고 추가로 6척의 배를 투입했지만, 그들은 처음부터 전투에 투입되지 않았기에 표적의 위치를 제대로 파악하지도 못한 상황에서 쉽사리 포를 쏠 수 없어 그다지 도움이 되지 못했다.

그렇게 한 척의 배와 12척의 배가 잘 보이지 않는 상황에서 포격전을 벌이자, 배원영은 사정이야 어쨌건 어느 정도 목적을 달성했다고 생각해 자신의 기함을 후위에 세운 채 나머지 배들을 전진시켰다.

그렇게 30척의 배들이 교전 중인 광무함을 통과해 후열에 횡진을 전개 중인 나머지 스무 척의 함대에 접근하자, 그들의 배에서도 어마어마한 양의 산탄과 이름 모를 거대한 화살, 어쩌면 작은 나무 기둥이라고 불러야 할 만한 것의 공격이 쏟아지기 시작했다.

단 2각 만에 절반 이상의 배들이 돛이 엉망이 되어 추진력을 상실했고, 후위에서 전진하던 몇몇 배들은 정지한 아군의 배를 들이받고 말았다.

그렇게 움직임을 멈춘 선두의 배엔 장강의 악몽이었던 작열식 포환, 맹화유탄(猛火油彈)이 발사되어 그들의 배를 불사르기 시작했다.

그렇게 적의 횡진을 돌파하는 건 무모하다는 걸 알게 된 배원영은 전진하던 배들을 멈추게 했고 후열에 위치한 모든 배와 합하여 광무함 공격을 지시했지만, 선두에 위치한 십여 척의 배는 항행 불능이 된 아군의 배가 가로막아 배를 돌릴 수 없는 상황이었고, 어쩔 수 없이 적의 함대와 포격전을 시작할 수밖에 없었다.

그렇게 전투가 시작된 지 2시간 정도가 흐르자, 거센 해풍이 불어 포연이 걷히기 시작했고 배원영은 전황을 제대로 살필 수 있었다.

거대한 전함 공격을 시도한 12척의 배 중 10척이 완전히 파손되어 침몰하거나 전투 불능이 되었고, 남아 있던 2척의 배도 결코 정상이 아니었다.

그리고 어느새 돛을 전개한 채 움직이기 시작한 거대한 배를 보자, 잔펑의 해적들은 완전히 질린 듯 전의를 잃어갔다.

포연으로 둘러싸인 채 벌어지던 포격전에서 광무함도 적의 공격을 선체로 받아냈지만, 잔펑의 구식 화기론 뛰어난 방어력을 자랑하는 전열함엔 별다른 피해를 주지 못했다.

그렇게 본격적으로 움직이기 시작한 바다 위의 요새는 천재지변이라 할 수 있었다.

광무함의 노천갑판에서 차마 셀 수 없이 많은 산탄이 쏟아져 갑판 위에 노출된 해적들을 살상했으며.

광무함이 잔펑의 전선을 추격하듯 배 꼬리에 측면으로 접근하면서 수많은 포구에서 종사(縱射, 직각 포격)를 퍼붓자, 방향타가 부서지거나 후미에 탑승 중인 지휘관이 죽어나가며 엄청난 피해를 보았다.

그렇게 1시간가량이 더 지나자, 50여 척의 배 중 온전한 배는 단 8척이었으며 사태의 심각성을 깨달은 잔펑 수군은 어떻게든 후퇴하기 위해 배를 돌리려 했지만, 그들보다 광무함의 반응이 한발 더 앞섰다.

마침 불어온 순풍과 해류를 타고 빠르게 움직인 거대한 요새가 상대적으로 작은 잔펑의 전선을 뭉개듯 들이받아 버린 것이었다.

충파(衝破), 혹은 충각(衝角)이라 불리는 전법으로 공격당한 복선(福船)은 이들 중에서도 나름대로 덩치가 큰 편이었는데, 그간 포격을 받아 누적된 피해로 인해 장난감처럼 쪼개져 버렸고, 그 광경을 지켜본 모든 이들은 공황 상태에 빠졌다.

"후퇴해라! 어떻게든 항구로 도망쳐야 한다."

배원영이 공포에 질려 급하게 소리치자, 그의 부관이 서둘러 남아 있는 배에 신호를 보냈지만, 별 소용이 없었다.

혼란한 와중에 신호가 제대로 전달되지 않았고, 수적 우위가 역전되자 횡진을 전개하던 원정 함대 일부가 남아 있는 적의 배들을 나포하려 접근하기 시작했다.

"소장을 부르셨습니까, 제독 대감."

갑판에서 해전을 지휘하던 최광손이 선임 갑사를 통해 선장실에서 대기하던 막내를 부르자, 그가 갑판으로 나와 형에게 군례를 취하며 말했다.

"그래, 이제 네가 나설 차례야."

"예, 알겠습니다."

최광손은 추격 중인 배를 왼손으로 가리키며 말했다.

"저기 저 배에서 먼저 신호가 나오는 거 보니, 저게 적의 기함인 듯싶은데, 이참에 나포하자꾸나."

"예, 소장이 제독의 명을 받들겠습니다."

최영손은 일단 대답은 했지만 그 와중에 의장용으로 입고 있던 도포를 벗어 잘 개어놓은 후, 수석식 권총과 검을 꺼내 정비하는 모습의 셋째 형을 보곤 의아함을 느꼈고, 그런 동생의 표정을 본 최광손은 웃으면서 말을 이어갔다.

"이 형이 어찌 우리 막내만 혼자 보낼 수 있겠니? 나도 너와 함께 갈 거란다."

"어찌 제독께서 적선에 뛰어드시려 하십니까? 부디 생각을 달리해 주십시오!"

"인명 피해 없이 완벽하게 이길 자신이 있으니 가는 거야. 애초에 승산이 없었으면 네게 등선을 허락하지도 않았어."

"…알겠습니다."

그렇게 적의 기함을 따라잡은 광무함은 선회포의 산탄과 승무원의 화승총 공격으로 선상에 보이는 전투원들을 무력화시키기 시작했으며, 화기 공격에 노출된 적의 선원들은 반격할 엄두도 내지 못하고 엄폐물을 찾기 바빴다.

그사이 등선군이 갈고리가 달린 줄을 던져 고정했고, 그다음엔 사다리를 아래로 내려 배를 접현했다.

"다들 조심해. 여기서 떨어져 다치거나 바다에 빠지면, 은상은 고사하고 내게 엉덩이를 차일 거다!"

최광손이 내려가려는 병사들의 긴장을 풀려 웃으면서 소리치자, 등선군 대원들이 일제히 답했다.

"명심하겠습니다!"

지원사격을 받으며 줄이나 사다리를 타고 적선에 내려간 이들은 각자 철퇴나 도를 들고 적을 공격하기 시작했고, 갑판은 순식간에 난장판이 되었다.

그리고 그중 유독 눈에 띄는 이 둘이 있었으니, 바로 통천 최씨의 셋째와 넷째였다.

통천 최가의 셋째 최광손이 다마스쿠스 강으로 만들어진 해군용 검으로 그에게 덤비던 적을 베어버린 후, 곧바로 왼손에 들고 있던 수석식 권총을 발사해 머리통을 꿰뚫었다.

그는 사격 후 방아쇠 부분을 손가락에 끼운 채 회전시킨 후 총을 거꾸로 잡아 손잡이 부분으로 자신에게 달려드는 적의 머리통을 후려쳤다.

하지만 그 일련의 동작을 해낸 최광손의 표정엔 불만이 가득했다.

"하, 난 주상 전하처럼 잘 안되네. 왼손을 쓰니 오른손의 움직임이 꼬이는 것 같아."

최광손은 정통제 구출 전투 당시, 위기에 처한 자신과 기병대를 구하기 위해 선두에 서서 오이라트군을 문자 그대로 도륙하던 광무왕의 무위를 흉내 내봤던 것인데, 그의 생각처럼 잘되지는 않았던 것이다.

그러자 양손 철퇴를 들고 적을 때려눕힌 통천 최가의 막내 최영손은 그 와중에 여유가 생긴 듯, 형의 혼잣말을 듣곤 말을 걸었다.

"대감, 천품을 타고나지 못하면 쌍수병장술 같은 건 쓰지 않는 게 좋습니다."

"하, 역시 타고난 재능의 차이인가. 그냥 너처럼 쓰던 무기나 가져올 걸 그랬어."

최광손은 들고 있던 총을 허리에 달린 총집에 넣고 검으로 눈앞의 적을 베었다.

그렇게 적들을 척살하며 기함의 후미로 전진하던 두 형제의 앞에 화려한 비단옷을 입은 사내가 보였고, 여러 병사가 그들을 막아섰다.

"저 녀석이 아무래도 이 배의 선장이자 함대의 총지휘관인 거 같은데, 아우에게 공을 양보하마."

"대감의 배려에 그저 감읍할 뿐이나, 거절하겠습니다. 차라리 등선군에게 맡기시죠."

"왜, 행여 조정에서 뒷말이라도 나올까 그러냐?"

"예, 본래 소장이 대감과 같은 배에 탄 것만으로도 주상 전하께 분에 넘치는 배려를 받은 겁니다."

"그래, 네 의견이 그렇다면 존중하마."

"예, 등선군은 적의 수괴를 생포하라!"

그렇게 두 형제는 뒤로 물러난 채, 등선군에게 적의 지휘관 생포를 명했고, 필사적으로나마 반항하던 일당은 결국 버티지 못한 채, 철퇴에 맞아 곳곳의 뼈가 부러진 채로 묶이는 신세가 되었다.

그렇게 광무함의 전투원이 기함을 온전히 손에 넣은 것을 시작으로 남아 있던 모든 배가 원정 함대에 나포되었고, 천주에서 벌어진 첫 번째 전투는 일체의 사망자 없이 가벼운 부상자 십여 명을 내는 것으로 마무리되었다.

그렇게 대승을 거두자 천주의 항구는 부서진 배의 잔해가 대량으로 흘러 들어가 엉망이 되었으며, 항구와 수군을 재정비하는 데도 엄청난 시간이 소모되게 되었다.

이후 소식을 전해 들은 잔평왕 등무칠은 대로하여 전역에 흩어져 있던 수군을 소집해, 대대적인 반격을 준비하기 시작했다.

제6장

남경

　천주에서 해전이 벌어지고 한 달 후 잔평에서 반격을 위해 수군을 모으고 있을 때, 남명의 병부상서이자 황제 다음가는 실권자인 우겸(于謙)은 조회 직전에 전령에게 온 서신을 읽어 보곤, 거의 보이지 않던 웃는 표정을 지었다. 편전으로 이동하던 중 우겸의 그런 모습을 본 왕문(王文)이 물었다.

　"병부상서 대인, 뭐가 그리도 즐거우십니까?"

　우겸은 평소와 다르게 유쾌한 어조로 대답했다.

　"아, 예부상서 대인. 그리도 티가 났습니까?"

　"예. 집안에 좋은 일이라도 생기신 겁니까?"

"아닙니다. 그보다 나라에 좋은 일이 생겼지요."

"무슨 일이기에 그럽니까?"

"조금 전 소식을 들었는데, 잔평의 역도들이 천주 앞바다에서 조선의 원정 함대에 대패를 당했다고 하는군요."

"그래요? 그것 참 희소식이군요. 황상께서도 분명 기뻐하실 겁니다."

그렇게 시작한 남명 조정의 회의에서 우겸이 경태제에게 자신이 들은 소식을 알리자, 황제는 기뻐하며 우겸에게 물었다.

"병부상서, 그대가 생각하기엔 이 기회를 틈타서 복건(福建)을 수복할 수 있겠는가?"

"그건 힘들 것입니다."

"어째서지?"

"우선 복건의 수군… 즉 해적의 규모가 전부 얼마나 되는지는 아국에서도 파악이 안 되고 있는 상황입니다. 50척의 함대를 잃을 정도면 역도들 나름대로 타격이겠지만, 단지 그것만이 모든 전력은 아닐 듯합니다."

우겸은 잠시 호흡을 고르곤, 다시 말을 이어갔다.

"역당들이 감히 황도를 공격하고 범궐(犯闕)하려 했을 당시, 아국을 구원한 조선 수군에게 잃은 배가 많다곤 하지만 도망친 배가 그 몇 배는 더 되옵니다. 또한 그 후로 역당들이 얼마나 많은 배를 더 만들었는지 알 수 없사옵니다."

우겸은 희소식으로 인해 이제껏 조금 들떠 있던 기분을 가라앉히며 약간 우울한 어조로 현실을 이야기하기 시작했다.

"게다가 그들은 아국의 방비가 약한 광동이나 광서 지방을 습격하고 약탈하며 무수한 실전 경험을 쌓았습니다."

"으음……. 병부상서의 말이 옳구나."

"또한 아국이 봉쇄 중인 관문 너머 생긴 저들의 요새와 병력이 여전히 굳건하니, 이 틈을 타서 육로로 진군하는 건 하책이 될 것이옵니다. 또한 여기엔 신의 실책도 있사옵니다."

등무칠의 반란 초창기에 우겸이 지휘관으로 나서 복주로 통하는 관문을 철저하게 봉쇄했고, 그 결과 잔평이 해적 국가가 된 것이라고도 볼 수 있었다.

"그건 일전에도 이야기하지 않았는가. 그대가 역도들에 맞서 진군을 저지하고 봉쇄책을 펼친 건, 실책이 아니라 공이라고."

잔평은 육로에 이어 바다를 통한 남경 공격에 연달아 실패했고, 바다에서 이어지는 장강 입구에 위치한 장강문호라 불리는 섬들에 새로 건설된 요새와 방위 체계 덕에 남경을 넘보지 못하게 되었다.

그러자 상대적으로 방어가 약한 남명의 해안 전역을 약탈했고, 대만에서 사람을 사냥하듯 잡아 오다가 지금은 북부에서 다두 왕국과 대립 중인 세력과 결탁해서 안정적으로 인력을 수급하고 있기도 하다.

그리고 최근엔 유구 그리고 남방의 인도네시아 지방이나 베트남 인근까지 영역을 넓혀가며 약탈과 노예 거래 수입으로 국가를 유지하고 있었다.

"하오나, 폐하. 신은……."

경태제는 예전처럼 우겸이 자책하려는 언사를 내뱉으리라 짐작하고 빠르게 말을 이어갔다.

"당시, 그 어려운 상황에서도 그대가 역도들의 진공을 성공적으로 막아낸 것은 누구도 이의를 제기할 수 없는 큰 공이네."

"누누이 말씀드리지만, 신은 공을 세운 것이 아닙니다. 그저 현상 유지를 간신히 한 것에 불과하옵니다. 신은 무슨 수를 써서라도 난을 제압하고 역당 수괴 등무칠의 수급을 황상께 바쳐야 했습니다."

"아니, 자네가 틀렸네. 당시 병부상서가 아니었다면 역도들이 육로를 통해 황도를 공격했을 걸세. 또한 어떤 명장도 그런 열악한 상황에서 난을 진압할 수 없었을 거야."

"신은 그저 범부에 불과하옵니다."

"게다가 그 상황에서 그 누구도 저 역당들이 왜구처럼 해적질을 시작하리라 예측 못 하지 않았는가. 그러니 누구도 자네에게 책임을 물을 순 없어. 안 그런가?"

경태제가 다른 대신들을 둘러보며 묻자, 남명의 관료들은 일제히 큰 소리로 대답했다.

"황상의 견해가 지당하시옵니다."

대신들의 반응에 만족한 경태제는 다시 우겸을 보며 말을 이어갔다.

"병부상서, 자책은 그만하고 하던 이야기나 계속하지. 역당의 수괴, 악적 등무칠은 요지인 천주가 이대로 외세에 봉쇄당하도록 두지는 않을 터, 그럼 조만간 더 큰 해전이 벌어지지 않겠는가?"

"신의 생각도 그렇습니다. 그러니 이 상황에선 그저 지켜보는 게 최선이라 사료되옵니다."

"병부상서는 조선이 이길 거라 가정하고 말하는 듯하군. 저들의 주요 자금원인 해로가 끊겨 안으로부터 자중지란 하도록 두자는 건가?"

"예, 게다가 지금 상황에서 아국이 조선에 참전 의사를 표한들, 그들은 북명과 관계나 지휘권 문제 등 여러 이유를 들어 거절할 것입니다."

"으음, 그래도 이번 전쟁이 조선의 승전으로 끝나면 다시 한번 아국이 일방적인 은혜를 입는 것이나 마찬가지인데… 다른 방법은 없겠는가?"

"아국이 저들을 도우려 한들 사정이 여의치 않습니다. 역당들이 수군 거점인 항주를 비롯해 여러 곳에 끼친 피해 때문에 재건 중인 수군 전력은 저들과 비교하면 지극히 미약합니다."

"병부상서의 생각으론 현재 아국의 수군으론 전쟁에 도움이 되지 못할 것이란 말이군."

"예, 그러하옵니다."

"하긴, 역당들의 지속적인 습격을 받아 가뜩이나 부족한 화약과 화기마저 약탈당했었으니 어쩔 수 없겠군."

"또한 신이 사료컨대, 이대로 저들이 남은 전력을 모아 결전을 벌인들 조선의 압도적인 승리로 끝이 날 것입니다."

"아까부터 일말의 여지없이 조선의 승전을 전제로 말하는 게 궁금했네만, 어째서 그리 생각했는지 말해보게."

"얼마 전 등주에서 새로 건조되었다는 신형 전함… 통칭 광무함은 그간 모두가 알고 있던 상식을 전부 우습게 만드는 배라고 하옵니다."

"대체 어느 정도길래 그러나?"

"정확한 제원을 알 수는 없었지만, 신이 듣기론 그 전함은 엄청나게 거대한 데다, 총 120정의 화포가 적재되어 있으며 웬만한 화포에 맞아도 흠집도 안 날 정도의 단단함을 갖추고 있다 합니다."

경태제는 우겸이 말한 전함에 대해 차마 상상이 가지 않아 눈을 찌푸리며 되물었다.

"그런 말도 안 되는 배가 바다에 뜰 수 있긴 한 건가……?"

"이미 천주에서 실전을 겪었다고 하옵니다. 풍문을 듣자 하니 홀로 수십의 적선을 상대하고 전부 격침했다 하옵니다."

"허, 쉬이 믿어지지 않는 이야기로군."

천주 해전에선 전함 20척의 지원이 있었기에 우겸이 말한 건 조금 과장된 소문이었다.

진위를 확인하지 못한 채 경태제에게 그대로 전달한 우겸은 이어서 산동에서 들어온 소문에 관해 이야기했다.

"그리고 단 한 척을 만드는 데 천만 냥 이상이 들었다고 들었사옵니다."

"배 한 척에 천만 냥이라고?"

황제가 경악하듯 소리를 지르자, 다른 대신들도 놀라 웅성대기 시작했고, 경태제는 놀란 마음에 얼굴에 손을 얹으며 탄식했다.

"중원이 갈라진 사이에 격차가 그리 벌어졌단 말인가……? 북에선 산서와 북방 전선을 복구하면서 아국과 양면 전선을 유지하느라 아무것도 못 할 거라 여겼는데……."

마음이 답답해진 경태제는 탄식하며 가슴을 쳤고, 이어서 증오스러운 주기진을 떠올리며 말을 이어갔다.

"대체 북의 암군이 어디서 그런 재정을 마련한 거지? 혹시 북에서 고통받는 짐의 신민들을 쥐어짜기라도 한 건가?"

경태제는 그만한 거금이 북명의 조정에서 나왔을 거라 여겨 탄식했지만, 우겸의 의견은 그와 달랐다.

"폐하, 북의 암군은 지금도 정무에 전혀 관여하고 있지 않사옵니다. 그만한 자금을 마련한 건 번국(藩國) 산동이며, 산동의 번왕인 광무왕이 출처라 여겨집니다."

그러자 경태제는 금세 우울해하던 표정을 평소대로 바꾸며 말을 이어갔다.

"조선이 어느새 그리도 부유한 나라가 되었다는 건가? 배 한 척에 아국의 일 년 치 예산을 쏟아붓다니 정말 대단하군."

그러자 설선과 더불어 명의 대학자로 이름을 떨치던 예부상서 왕문이 입을 열었다.

"신이 듣기론 조선이 그리 부를 쌓을 수 있던 연유엔 다른 나라와 적극적인 교역을 했기 때문이라 들었습니다."

"그런가? 아국도 유구와 교역을 하고 있잖나. 그걸로는 조선에 미치지 못하는 건가?"

"아국과는 규모가 다르다고 하옵니다. 신이 듣기론 조선에선 저 멀리 있는 천축을 넘어 서역과도 교류를 트고 교역하고 있다 하며, 그렇게 들여온 진귀한 물품들을 북쪽이나 왜국에 팔아 수익을 올리고 있다 하옵니다."

"으음… 그럼 우리도 마냥 뒤처져 있을 수는 없겠구나. 예부에서 교역에 대한 방책을 마련해 보게."

그러자 이부상서 왕직(王直)이 입을 열었다.

"폐하, 지금은 밖으로 눈을 돌리기보단 내치에 먼저 집중해야 할 때입니다. 재정도 재정이지만 수군과 배를 재건하고 정상화하려면 시간이 더 필요하옵니다."

"그렇지만 이대로 현상 유지만 하다간 조선의 지원을 받는 북의 암군, 기진에게 밀릴 수밖에 없는 게 현실 아닌가? 뭐라도 타개책을 내야 한다."

"그럼 유구를 통해서 간접적으로나마 항주의 항구를 개방하는 게 좋을 듯하옵니다."

"이부상서의 의견은 우리가 나가지 말고 외부에서 찾아오게 하자는 건가?"

"예, 아국이 현 상황에서 유일하게 할 수 있는 대책이옵니다. 그리고 현 상황에서 아국의 충실한 제후인 유구에게 힘을 실어줄 수 있는 방책이기도 하옵니다."

"그것도 나쁘지 않은 것 같군."

"또한 유구와 교류 중인 조선의 상인들이 북의 눈을 피해 아국에 들어올 만한 명분도 세워집니다."

"조선과 교류는 지금도 비공식적으로나마 하고 있지 않은가."

"지금처럼 관을 통해 일 년에 한두 번씩 화약과 화기를 거래하는 것 말고도, 민간 상인 간의 교역이 필요하옵니다."

"듣고 보니 그렇군. 결국 시중에 재화가 돌아야 많은 세를 거둘 수 있겠지. 예부상서와 상의해서 일을 처리해 보게."

"신, 이부상서 왕직이 황상의 명을 받들겠습니다."

"또한, 이참에 유구의 새로운 국왕과 조선의 왕에게 내 친 필 서신을 보내야겠어."

"황상의 뜻대로 하소서."

그러자 예부상서 왕문이 다시 입을 열었다.

"신이 소식을 듣자 하니, 유구에선 왕위 계승을 두고 환란 이 일어났었고, 거기에 더불어 잔평 역도들의 침략으로 말미 암아 나라가 어지럽다 하옵니다."

"그러면 짐이 유구 국왕을 위무하는 내용의 서신을 써야겠 구나. 더불어서 하사품도 최대한 많이 내려주어야겠다."

"황상께서 그리하신다면, 유구의 중산왕도 황은에 감복할 것이옵니다."

"알겠다. 그럼 여기까지 하고 본래의 안건으로 넘어가도록 하 지. 호부상서는 실시 중인 세제 개혁의 성과에 대해 보고하라."

＊　　　　＊　　　　＊

남명이 어떻게든 조선이란 금 동아줄을 잡기 위해 노력하 고 있을 때, 잔평국의 수도 복주(福州), 잔평국의 명칭으로 복 경에선 잔평왕 등무칠(鄧茂七)이 측근들과 함께 대책 회의가 한창이었다.

"폐하, 조선과 전면전을 벌이는 것만이 능사는 아닙니다. 복경(福京) 하구에 위치한 항구를 확장하고 전면 개수하여 함대의 기항지를 옮기는 것으로 어느 정도의 피해 복구가 가능할 것 같습니다만……."

외왕내제의 방식으로 체계가 정립되어, 폐하라고 불린 잔평왕이 신경질적인 태도로 측근에게 답했다.

"그딴 걸 대책이라고 내놓은 건가? 당장 천주에 갇혀 있는 나머지 함선들은 둘째 치고, 저들이 더 많은 전함을 동원해서 복경마저 봉쇄하면 어쩌려고? 그러면 그다음엔? 짐에게 천도를 권할 생각인 건가!"

등무칠의 면박을 들은 호부상서 증택이 고개를 숙이며 말했다.

"송구하옵니다."

그러자 수도 지방의 군을 통솔하는 복직례(福直隷)의 도독, 장이가 큰 소리로 말했다.

"형제여! 폐하의 말씀대로 지금은 싸워야 할 때요. 국운을 걸어서라도 저들을 몰아내지 못하면, 남은 건 서서히 말라 죽는다는 걸 모르시오?"

"역시 장 도독이 짐의 마음을 잘 알아주는구나."

그러자 증택이 조심스럽게 말을 다시 꺼냈다.

"폐하, 이제껏 조선과 정면충돌을 피하지 않으셨습니까……."

증택이 저자세로 나오자, 등무칠 또한 화를 누그러뜨리며 답했다.

"그래, 내 비록 그동안 조선의 수군과 싸움을 피했지만, 지금은 무작정 피한다고 능사가 아니니, 이러는 걸세."

"하지만 지금 아국의 전력으론 말도 안 되는 성능의 그 거함을 처리할 방법이 없습니다."

중택이 다시 한번 천주해전의 생존자들에게 전해 들었던 이야길 상기시키자, 장내는 금세 침묵에 빠져들었고, 등무칠은 머리를 부여잡으며 잠긴 목소리로 이야길 꺼냈다.

"…짐도 나름대로 생각해 둔 계책이 있다."

"어떤 계책이십니까?"

"그 거함이 아무리 강력하다 한들, 싣고 있는 화약이나 포환의 수에는 한계가 있겠지."

"예, 그 말씀이 옳습니다. 그럼 혹시……"

"천주에 남아 있는 모든 배를 차륜전(車輪戰)으로 교대로 투입해 가며 모든 화약과 화포를 소모하게 하고, 본대로 급습하여 그 거함을 나포하는 거다."

"그럼, 천주에 남아 있는 함대도 무사하지 못할 듯합니다…… 수많은 형제가 다시금 죽게 될 겁니다."

"어쩔 수 없다. 그만한 거물을 잡는 데는 희생도 필요한 법이지. 그리고 그 배만 손에 넣는다면… 포기했던 남경 정벌도 다시 시작할 수 있어."

반란군 지도자에서 왕으로 즉위하여 권력에 취해가던 등무칠은 노동력이 부족한 상황이 되자, 대만에서 사람 사냥을 시작했었다.

그렇게 건국 당시의 이념, 사민평등을 완전히 잃고 타락하기 시작한 잔평국은 해적 국가가 되어 폭주하기 시작했다.

또한 등무칠 역시 타락하여 군사들의 목숨 따위 아무렇지 않게 생각하며, 헛된 욕심을 품게 되었다.

곧이어 복주에서 잔평의 수군이 총집결해 크고 작은 배를 가리지 않고 총 400여 척의 배가 모여 천주로 출항할 만반의 준비를 했다.

또한 잔평왕의 명을 받은 천주의 수군들은 출항에 지장이 없을 만큼만 배의 잔해와 부유물들을 제거하곤, 광무함에 반격을 시작하려 출항했다.

그렇게 천주항에서 함대가 나서자 천주의 입구 해역 근처, 보급기지로 확보한 섬의 상공에서 일련의 광경을 망원경으로 전부 지켜보던 열기구 관측병은 광무함에 효시(嚆矢)를 쏘아 신호를 보냈다.

*　　　　*　　　　*

1457년 7월 10일의 아침, 마침내 결전의 날이 밝았고 천주항에서 출항을 위해 모여 있던 잔평 수군의 어떤 병사가 최근 정체를 알 수 없는 괴물체에 관해 이야기를 시작했다.

"저게 대체 뭘까? 형제는 뭔가 아는 거라도 있어?"

어느 병사가 저 멀리 보이는 상공을 가리키며 공중에 떠 있는 물체에 관해 묻자, 질문을 받은 이는 불안한 표정으로 고개를 저었다.

"나도 몰라. 우리 중에서 저게 뭔지 아는 사람은 아무도 없을걸?"

"괴이나 요괴 같은 건 아니겠지?"

"글쎄, 모른다니까……. 자꾸 말 시키지 마. 가뜩이나 심란해 죽겠는데."

"미안해, 형제. 나도 불안해서 이러나 봐."

그들뿐만 아니라 많은 병사가 동요되어 불안에 떨고 있었다. 그리고 지휘관들은 지난 패전의 정보를 들어 객관적인 전력 차를 파악하고 있었기에, 상공에 떠 있는 정체 모를 물체보다 거함에 더 겁을 먹고 있었다.

"1진부터 출항이다! 각자 위치로!"

선임 지휘관의 지시로 첫 번째 함대가 천주항에서 출발했고, 총 30척으로 구성된 그들은 암초와 부유물을 피해 목표인 거함에 접근하려고 할 때, 천주항 입구 근방의 섬 상공에 떠 있던 것의 정체를 멀리서나마 확인할 수 있었다.

"혹시… 저기 저 둥근 주머니에 달린 바구니 같은 것에 사람이 타고 있는 건가?"

가장 선두에 위치한 배 위에서 괴물체의 정체를 두고 의문을 품었던 병사가 혼잣말하자, 다른 병사가 불안감을 감추려는 듯 소리치며 답했다.

"형제여, 말도 안 되는 소리 하지 마. 사람이 어찌 저렇게 높은 델 올라가? 저기 저거, 땅으로 이어져 있는 줄 보이지? 저건 분명 거대한 연 같은 거야. 그 아래 달린 바구니 같은 건 줄을 연결하기 위한 걸 테고."

"그런가……."

"그러니까 너무 겁먹지 마! 막상 이렇게 보고 나니 별것 아니잖아!"

"흐으… 괜히 겁먹었었네. 굳이 저런 걸 띄워놓은 이유가 뭐람."

"나도 자세한 용도는 모르겠지만, 아마 신호 같은 걸 보내기 위한 거겠지."

갑판 위에 올라와 있던 다른 병사들도 그들의 대화를 들으며 어느 정도 불안한 마음을 가라앉히고 있을 때, 목표로 한 거함이 그들의 시야에 들어왔다.

"이제 곧 적의 사정거리 안에 들어간다. 형제들이여! 최대한 주변의 것들을 단단히 붙잡아 충격에 대비하라!"

선임 승무원이 지휘관의 명을 받아 고함치듯 지시를 내렸다.

선봉 전선의 병사들은 적과 거리가 8리(약 3km)나 떨어져 있음을 상기하며 의아해하면서도 그 지시를 따랐지만, 약 1각 후 그의 말이 사실임을 그들의 몸으로 깨닫게 되었다.

수많은 화포의 포격음이 겹쳐 마치 하나의 소리처럼 울리며 먼 곳에서 도달했고, 뒤이어 수많은 물기둥이 솟아오르며 그들이 탄 배를 뒤흔들었다.

"으아악!"

일부 운이 없던 병사들이 배 밖으로 튕겨 나가듯 바다에 빠졌고, 개중 몇몇은 헤엄을 치며 간신히 살았다고 안도하고 있을 때, 뒤에서 전진하는 배에 치여 다시금 물속으로 처박혀야 했다.

한편, 선봉대의 지휘관들은 그들이 들었던 정보보다 적은 포화가 날아오는 것을 보곤, 조금은 안심하며 계획대로 정박 중인 거함을 우회하듯, 무시하고 지나쳤다.

그렇게 최소한의 희생으로 목적한 위치에 도착한 선봉대는 거함 뒤편에 포진하고 있던 적의 함대와 포격전을 준비하기 시작했다.

선봉대의 임무는 잔평왕의 지시대로 모든 공격을 그들의 전선으로 받아가며 시간을 끄는 것이었고, 이어서 출항한 2진과 3진이 거함을 상대로 본격적인 차륜전을 벌이는 게 목적이었다.

또한 천주 서남쪽의 석사(石獅)에서 출항한 50여 척의 소형 전선이 해안선을 경계로 숨어 있다가, 육지에서 대기 중인 전령의 신호를 받고 적당한 시기를 보아 급습하는 것이 숨겨진 한 수기도 했다.

거기다 이들이 실패한다 한들 천주의 함대는 미끼이며, 복주에서 출항한 주력, 즉 400여 척의 본대가 이어서 공격할 예정이었다.

단지 전함 한 척을 잡기 위해선 과하다 싶을 정도의 전력이 투입되었다고 할 수 있었다.

그렇게 본격적인 전투가 시작되었고, 선봉대가 스무 척의 함대의 포화를 받아가며 그들을 지체시켰고, 이어서 출항한 후속 함선들이 거함을 공격하기 시작했다.

그렇게 전투가 시작되고 시간이 어느 정도 지나자, 거함의 강력한 포격으로 가라앉기 시작한 배들이 서서히 나오기 시작했다.

"어떻게든 적의 포탄을 전부 소모하게 만들어야 한다! 곧바로 다음 공격진을 투입해!"

천주 소속 수군의 총대장이 기함에서 소리치자, 깃발을 통해 신호가 전달되었다.

8척의 전선이 명령을 받아 거함 공격을 시작했고, 그사이 먼저 공격을 하던 배들이 뒤로 빠지려고 했다.

그러자 거기에 맞춰 정박 상태로 전투에 임하던 거함이 선체만큼이나 거대한 돛을 올려 펴고 움직이기 시작했다.

"당장 저 거함의 돛을 노려서 움직이지 못하게 해!"

총지휘관의 생각은 좋았지만, 포연과 굉음에 둘러싸인 채 전투 중인 전선에 전달되기는 어려웠다.

결국 2각(30분)가량의 시간이 지체되었고, 이윽고 돛을 완전히 전개한 바다 위의 성채는 거대한 덩치에 어울리지 않는 빠른 속도로 움직이기 시작했다.

"안 돼! 들이받아서라도 저 전함의 움직임을 당장 멈춰야 한다!"

그렇게 자살 공격이나 다름없는 명령을 받은 후열의 배들이 움직여 거함에 충각 전술을 시도했지만, 속도의 차이로 인해 대부분 실패했고.

운 좋게 거함의 이동 방향과 정면에 자리 잡았던 전선 한 척이 필사의 각오로 들이받는 데 성공하긴 했지만, 오히려 부서진 것은 충각을 시도했던 전선이 되었다.

그렇게 잔평 수군이 움직이는 걸 막아보려 한 바다의 요새는 바람을 타고 전장을 움직이며 잔평의 전선을 무력화하기 시작했다.

그렇게 잔평 측에서 치밀하게 준비한 전술이 압도적인 힘을 지닌 한 척의 전함에 의해 분쇄되어 가고 있을 때, 복주에서 출발한 잔평의 본대는 천주로 가는 경로에 위치한 수서(秀嶼) 지방의 남일도(南日島) 부근 영해에서 80여 척의 함대와 마주치게 되었다.

잔평왕 등무칠을 위기에서 구하고 희생한 맏형 장철 덕에 출세한, 지금은 수군 본대의 총사령관인 복직례 도독 장이(張二)가 기함 위에서 적의 규모를 관찰하곤 화를 냈다.

"저건 대체 뭐야? 조선의 함대는 거함을 포함해 20여 척이 전부라고 하지 않았나?"

"아무래도 파악 못 한 전력이 있었나 봅니다."

"일선에서 적의 전력도 제대로 파악 못 하다니, 대체 뭘 한 거야."

"도독 대형, 어떻게 하시겠습니까?"

그의 부관은 상급자에게 대형이라 칭하는 잔평 특유의 괴상한 호칭법으로 질문했고, 장이는 신경질을 내며 답했다.

"쯧, 우선 100척으로 저들을 상대하게 두고 우린 그사이에 목적지인 천주로 간다."

"알겠습니다."

그렇게 함대 일부가 남아서 조선의 함대를 상대하게 하고 나머지 함대는 우회하여 그들을 지나치려 했지만, 막상 본격적인 전투가 시작되니 장이의 예상은 완전히 빗나갔다.

5열의 단종진으로 포진하고 이동하던 조선의 함대는 이들의 소형 쾌속선을 능가하는 속도로 움직여 빠르게 선회했고,

100척의 분대의 추격을 받으면서도 그대로 본대의 후미를 돌파하듯이 파고들며 포격을 시작한 것이었다.

"일전에 이주(대만)에 파견되었던 배들이 조선 수군의 치고 빠지기에 철저하게 당했다기에 비웃었는데… 이 정도로 속도 차이가 났던 건가?"

"도독 대형! 결단을 내리셔야 합니다. 이대로는 저들의 추격을 뿌리칠 수 없습니다."

부관이 다급하게 결단을 요구하자, 장이는 한참을 고민하다 한숨을 내쉬고 대답했다.

"어쩔 수 없지. 천주의 형제들이 조금만 더 오래 버텨주길 빌어야겠구나. 일단 눈앞의 적부터 격멸하라!"

"예, 그대로 전달하겠습니다."

그렇게 잔평의 본대가 뒤늦게나마 전투태세를 갖췄지만, 장이가 결단을 주저한 사이 후열의 전선 중 50척가량이 산탄 포격으로 돛에 손상을 입고 속도가 느려진 채 집중 공격을 받아 선체가 손상되기 시작했다.

이윽고 잔평 함대 역시 반격하면서 숫자를 이용해 조선의 함대를 압박했지만, 3시간가량 전투가 이어지자, 일방적인 피해를 본 건 잔평 측이었다.

조선의 함대는 기동성과 사정거리를 이용해 치고 빠지듯 움직였고, 비록 80척이라곤 하나, 함대에 총적재된 화포의 수는 조선 측이 훨씬 더 많았기에 벌어진 일이었다.

화력에서마저 우위를 점하지 못해 잔평 수군의 피해가 점점 가시화되어 갈 무렵, 이들을 절망하게 하는 사태가 발생했다.

"도독 대형, 동쪽에 적의 원군이 출현했습니다!"

"뭐? 적의 수는 얼마나 되나?"

"아직 정확한 수를 파악하진 못했습니다."

"혹시 남경에서 보낸 지원 병력인 건가?"

"제가 좀 더 알아보겠습니다."

한참 후 관측병의 도움으로 지원 함대의 정체를 파악한 부관이 다시 한번 보고를 이어갔다.

"망을 보는 형제들의 말론, 배의 생김새가 조선의 전선이라고 했습니다. 그런데 유구 촌놈들의 배들도 끼어 있다고 합니다."

"이런 개 같은 놈들이…… 적의 수는 얼마나 된다 하더냐?"

"조선의 대형선이 50척, 유구의 소선이 100여 척 가까이 된다고 합니다."

"150척? 이게 대체 무슨……."

어떻게든 조선군을 뿌리치고 천주에게 가려던 생각만 가득했던 장이는 이내 뭔갈 깨달은 듯 절망한 표정을 지었다.

"천주를 노린 건 어디까지나 미끼였던 건가? 어떻게든 우리를 한군데로 모아서 격멸하려던 속셈이었구나……."

잔평국의 개국공신이기도 한 장이는 국운이 기울었음을 느끼고 탄식했다.

"누가 이 전략을 짰는지는 모르겠지만, 실로 악랄하구나. 우린 멋도 모르고 불구덩이에 뛰어드는 부나방 신세였군."

"대형, 어찌하실 겁니까?"

"거함이고 뭐고, 지금은 최대한 많은 배를 보존하여 후퇴해야 한다."

"저들이 작정하고 추격을 시작하면 우리 전선의 속도론 따돌릴 수 없을 겁니다."

"그전에 저들의 화약이 먼저 떨어지길 빌자꾸나. 그리고 이 대장선과 함께 결사대를 조직해 시간을 벌면 조금이라도 더 많이 살아서 돌아갈 수 있겠지."

"도독 대형, 어째서 여기 남으시겠다고 하십니까?"

"나는… 마땅히 패장으로서 책임을 져야 한다."

"그래도……"

"나와 대장선에 탑승한 형제들의 목숨으로 다른 형제를 한 명이라도 더 살릴 수 있다면 개죽음은 아니겠지."

장이의 비장한 말을 들은 대장선의 병사들은 눈물을 흘리며 각오를 다졌고, 이어서 신호를 받은 다른 배들은 도망치기 위해서 사방으로 흩어지기 시작했다.

"그래, 어떻게든 도망쳐서 아군의 영역으로 가라! 여긴 내게 맡기고!"

그렇게 장이가 서른 척의 결사대를 조직해 조선 수군을 상대하기 시작했다. 잔평 측은 이미 100척에 가까운 전선이 침몰하거나 돛이 파손되어 항행 불능이 되었고, 전투 중에 곧바로 피신할 수 있는 상황의 배는 소형 전선 150척가량이 전부였다.

개중 몇몇 배들은 추진력을 잃었어도 화포를 발사하거나 화살을 쏘아가며 처절하게 항전했지만 별 의미가 없었으며.

얼마 지나지 않아, 움직이지 않는 표적으로 전락한 배들은 맹화유탄으로 불살라지거나, 혹은 함저가 관통되어 침몰했고 수많은 목숨이 바닷속으로 사라져 갔다.

총대장 장이와 잔평의 수군 결사대가 어떻게든 시간을 벌려고 충각 전술까지 시도했지만, 헛된 움직임이 되었고.

조선 수군과 함께 출정한 유구의 수군들이 움직여 도망치는 잔평의 전선을 추격하기 시작했다.

돛과 노를 혼용하는 유구의 소형 쾌속선엔 조선군에게 지원받은 소구경 화포가 실려 있었고, 유구의 수군은 화기로 도망치는 배들의 돛을 구멍 내기 시작했다.

유구의 병사들은 잔평의 꾸준한 습격으로 인해 가족이나 친지들을 잃은 이들이 많아 엄청난 원한을 가지고 있었고, 돛이 손상되어 움직임을 멈춘 전선에 올라타 거침없이 해적들을 도륙하기 시작했다.

"형제들이여! 부디……!"

장이는 소리를 지르며 재차 충각을 시도했지만, 그 순간 조선의 함선에서 뭔가가 날아와 장이를 침묵시켰다.

"대형!"

잔평 수군 총대장 장이는 근거리에서 대장군전에 맞아 오체분시 되듯 온몸이 산산이 흩어졌다.

온몸에 상관의 피를 뒤집어쓴 채, 뒤늦게나마 상황을 파악하고 비명을 지르던 그의 부관도 이어진 산탄 포격으로 온몸에 구멍이 난 채로 명을 달리했으며, 선원들 역시 그들과 같은 신세가 되기 시작했다.

그렇게 잔평의 해적들이 남방에서 끼친 죄악에 대한 벌을 목숨으로 갚기 시작했고.

전장에서 탈출하려던 배들마저 추격당해 하나둘씩 무력화될 때쯤, 남쪽 바다에선 어느새 노을이 지기 시작했다.

그리고 천주항에선 거함 나포를 위해 차륜전에 투입되었던 함대마저 완전히 궤멸되었다.

*　　　　*　　　　*

광무함의 선장 해사제독 최광손은 보급기지로 쓰던 섬에서 화약을 비롯한 물자 보급을 마치고 함대를 재정비하며 왕충에게 말을 걸었다.

"저 해적 놈들도 나름대로 머릴 쓴 것 같은데 말이야. 함대 포진과 움직임이 훤히 다 들통난 상황에서 그게 통하겠어?"

"저 기구라는 기물에 대해 소문만 들었었는데, 이리도 유용한 것일 줄 몰랐습니다."

"맞아. 남서쪽에 쾌속선을 숨겨둔 것까지 전부 들통났으니, 해적 두령 놈의 표정도 볼만했겠어."

"전부 용궁으로 가버렸으니 이제 그놈의 표정은 용왕님이나 볼 수 있겠군요. 그나저나… 대감께서도 기구에 대해 알고 계셨습니까?"

"사실 말로만 듣다가 여기 와서 처음 본 거긴 한데, 본국에선 해안 감시용으로 쓰고 있다고 하더라고."

"그렇군요. 저기 올라가서 아랠 내려다보는 기분은 어떨까요?"

"글쎄, 처음에야 무섭기도 하고 신기하기도 하겠지만 익숙해지면 좀 불편하지 않을까?"

"어떤 게 불편하단 말씀입니까?"

"저 위에서 오래 있으면 소피는 그렇다 쳐도 급작스러운 변의라도 오면 좀 그럴 거 같아서……."

"…더러우면서도 현실적인 부분을 지적하시는군요."

"일전에 듣자 하니 한번 올라가면 최소 반나절은 저기 있어야 한다길래 떠올린 거야."

"그래도 목숨을 걸고 하는 일이니, 담당 병사들의 녹봉은 높지 않겠습니까?"

"여긴 남쪽이고 날도 따듯하니까 나름대로 괜찮은 거지. 겨울에 저길 올라간다고 생각해 봐. 난 천금을 준다 한들 하지 않을 거야."

"…관측 담당 병사들의 노고가 정말 크군요. 그건 그렇고 이곳에 남아 있는 배도 없다는데 다음은 어쩌실 겁니까?"

"본래 작전 계획대로 천주항을 불태우고, 복주 방면으로 합류해야지. 그러니 출항 준비부터 하자고."

"예. 소관 왕충, 해사제독 대감의 명을 받들겠습니다."

＊　　　　＊　　　　＊

1457년의 8월. 내가 더위에 한창 시달릴 무렵, 남방에서 장계가 올라왔다.

원정 함대가 남일도(南日島) 근방 해역에서 아군 전선의 손실 없이 대승을 거두었다고 한다.

이번에 같이 참전한 유구 소속 수군들은 무리하게 함상 백병전을 벌이다 사망자가 100여 명 가까이 나왔다고 하지만 조선 측의 사망자는 없었다고 한다.

아무래도 양국 간의 기본적인 훈련이나 장비의 차이가 크게 난 듯싶었고.

그동안 꾸준히 육성했던 등선군, 즉 함선 백병전 전문 병과 덕에 내 생각보다 많은 배를 나포할 수 있었다고 한다.

등선군을 창설한 지는 조금 오래되었지만, 첫 실전인 구주 원정에선 막상 쓸 데가 없어서 지상전과 공성전에 주로 투입되었었는데, 이제야 본래 용도로 쓸 수 있었다.

또한 광무함의 활약으로 잔평의 주요 기항지인 천주와 수도 복주의 항구를 비롯해 주요 조선 시설마저 전부 불타 버린 채로 봉쇄되었다니, 잔평의 해적들은 앞으로 바다에서 보기 힘들 듯하다.

"주상 전하, 대승을 경하드리옵니다."

편전에서 조회를 개최하자 황희를 비롯한 노신들이 먼저 축하의 말을 건넸다.

"이게 다, 나라를 위해 군역의 의무를 다하는 백성들과 평소 공무에 애쓰는 대신들 덕이라 할 수 있소."

그러자 황희가 고개를 숙이며 말했다.

"아니옵니다. 이건 어디까지나 성군이신 주상 전하께서 부국강병을 하여 강군을 만드신 덕이라 할 수 있사옵니다."

난 황희의 찬사에 웃으면서 답했다.

"알겠소. 그럼 영상의 말대로 모두의 공이라고 합시다. 또한, 이참에 전쟁에 참여한 모든 이들에게 특별히 은상을 내려야겠소."

그러자 병조판서 민신이 내게 조심스럽게 말했다.

"주상 전하. 신, 병조판서 민신이 감히 아뢰옵니다."

"뭔가?"

"참전한 모든 병사에게 상을 내리는 건 재정에 조금 무리가 가지 않을까 염려되옵니다."

"병판은 병조의 예산이 부족하여 그러는가? 내 파악한 바론 그 정도는 아니었던 거 같은데, 그게 아니면 다른 이유인 건가?"

"당장 예산이 부족한 건 아니지만, 이번 출정을 위해 소모한 지출이 많았습니다. 그러니 출중한 공을 세운 이들 위주로 상을 내리시는 게 가당할 줄 아뢰옵니다."

"아닐세. 목숨을 걸고 먼 타국까지 가서 고생한 장졸들에겐 실질적인 보답이 필요할 터. 또한 후대에도 선례로 남기려 하노라."

"주상께서 바라시는 게 혹여… 병역법의 개정이시옵니까?

"맞네. 광무정난에 참전한 모든 병사에게 은상을 내렸으니, 은상을 내릴 만한 적당한 선례도 있지. 이참에 이걸 명문화시키도록 하고, 지난 구주 원정에 출정한 이들에게도 포상을 내리려 하네."

"지금은 아국의 재정이 부유하니 모든 장졸에게 은상을 내린들 별문제가 없겠지만, 후대에도 그런다면 재정이 악화될 수도 있사옵니다. 그러니 다시 한번 생각해 주시옵소서."

"앞으론 전리품으로 얻는 수익을 고생한 장졸들에게 분배하려 하네. 이번에 올라온 장계를 보니 등선군의 활약으로 나포한 배와 사로잡은 포로가 많더군."

"······"

민신은 잠시 침묵하다 뭔가 떠올린 듯, 내게 다시 물었다.

"주상 전하께선 전리품으로 거둔 배를 민간에 불하하려 하시옵니까?"

"그래. 병판이 짚은 바가 정확하네. 이번에 얻은 배들을 민간 상인에게 매각해서 상행을 더 권장해 보려 하네."

남일도에서 벌어진 결전 당시, 아군이 온전히 나포한 배가 58척이고, 도망치다가 돛이 부서져서 추진력을 잃은 채 유구 수군에게 나포당한 배도 62척이라고 한다.

거기다 광무함이 봉쇄하던 천주에서 나포한 배도 20여 척 정도 된다는데, 그건 대만으로 보내 보급선으로 재활용 중이라고 들었다.

그 와중에 잡은 포로도 삼천 가까이 된다고 하니, 당장 나포한 배 중 온전한 건 수송선으로 쓰고, 나머진 등주로 보내 수리해서 민간 상단에 팔아치우면 군사들에게 전쟁 수당 정도 지급한들 재정 문제 따윈 생기지 않을 거다.

오히려 이번 원정으로 큰 이득을 봤다고 볼 수 있지.

"좌부승지는 이걸 병판에게 건네라."

"예, 전하."

박팽년이 내 명을 받아 서류 뭉치를 민신에게 전달했고, 그는 서류를 보며 내게 물었다.

"이건… 전후 예산 처리 집행 과정을 정리한 듯하온데… 혹여 주상 전하께서 고안한 방도이시옵니까?"

그건 전리품의 규모에 따라 보상금을 나누는 방안과 직업군인의 연금제도를 정리한 초안이었다.

"그렇네. 내 나름대로 장계를 받고 좀 전에 말한 방안에 대해 서면으로 정리해 봤으니, 그걸 토대 삼아 병조의 관원들과 함께 일을 추진해 보게나."

"……."

민신이 잠시 당황했는지 할 말을 잃은 사이, 난 다시금 말을 이어갔다.

"또한 이번 전쟁에 참전한 유구국에도 전공을 따져서 전리품 일부를 나눠 줘야 하니, 그 부분은 예조와 상의하여 일을 처리하게."

그러자 모친이 졸하여 삼년상 대신, 3달의 휴가를 받아 자리를 비운 예조판서 신숙주의 대리자이자, 남방 항로 개척 당시 공을 세워 예조참의로 승진한 서거정이 답했다.

"신, 예조참의 서거정이 성상의 명을 받들어 병판 대감과 일을 처리하겠사옵니다."

그러자 민신은 황급하게 고개를 숙이며 대답했다.

"신, 병조판서 민신이 성상의 명을 받들겠사옵니다."

난 간단하게 민신과 서거정을 노동의 구덩이 속으로 잡아
던진 채, 평온한 어조로 말을 이어갔다.

"그럼, 다음 안건은 뭔가?"

이젠 팔십 세가 넘어 원로급 대신이 되어버린 이천이 고개
를 숙이며 말을 꺼냈다.

"신 농조판서, 이천이 성상께 감히 아뢰옵니다."

"경청하겠소."

"몇 해 전부터 아국의 이주민들이 다두에서 키운 흑차, 즉 커
피의 재배가 작년부터 나름대로 성과를 이루었다고 하옵니다."

"그래요? 어느 정도나 거두었다고 합니까?"

"작년의 총생산량이 2만 관(약 75t)에 조금 미치지 못한다
하옵니다."

"그건 생각보다 많은 양인 듯하오. 아국의 시중에 풀리면
값을 좀 더 낮출 수 있겠고."

그러자 조정의 수많은 커피 중독자들은 이 희소식이 기꺼
운지, 승전 소식 때보다 더 기쁜 표정을 짓고 있었다.

특히… 커피 전문점을 차려 성업 중인 우의정 황보인의 표
정은 기쁘다 못해 숨이 넘어갈 듯한네?

그러자 이천의 말이 이어졌다.

"다만 현지에서 재배를 담당한 관원의 말론, 다두의 경작 환경이 티무르의 기후나 토양과 달라서 그런지, 기존에 들여오던 것과는 다른 향과 맛이 난다고 하였사옵니다."

"그건, 질이 나쁘다는 이야기요?"

"아닙니다. 그저 다르다는 이야기인 듯싶습니다."

"그 차이가 어느 정도나 된다고 하오?"

"뭐라고 딱 잘라 정의할 수는 없지만, 드는 사람의 취향에 따라 갈릴 것이라 하였사옵니다."

그러자 우의정 황보인이 끼어들었다.

"주상 전하, 이참에 새로 키운 커피도 나라에서 전매하여 시전에 공급하는 게 어떻겠사옵니까?"

"우상 대감, 그 일은 농판 대감의 이야기가 끝나고 논하도록 합시다."

"송구하옵니다. 신이 너무나 마음이 급한 탓에 결례를 저질렀사옵니다."

"그 소식이 그리도 좋습니까? 이러다 우상이 사직이라도 하고 나면, 다두 왕국으로 커피를 키우러 가는 게 아닌지 모르겠소."

그러자 내가 무심코 꺼낸 사직이란 단어에 황보인은 민감하게 반응하기 시작했다.

"그게 정말이시옵니까?"

"뭐가 말이오?"

"성상께서 신의 사직을 윤허하신다니, 실로 성은이 망극할 따름이옵니다."

"뭔가 착각한 듯한데, 대감은 아직 준비가 안 됐소. 우상의 차례가 오려면 멀었소이다."

내가 딱 잘라서 말하자, 역사에 길이 남을 최고령 재상인 영의정 황희가 기가 찬 듯, 어림도 없다는 표정으로 황보인을 바라보았으며 황보인은 금세 시무룩한 표정을 지었다.

게다가 얼마 전 김맹성의 후임으로 좌의정에 오른 김종서는 친구를 바라보곤 옅게 코웃음을 쳤다.

"농판 대감은 하던 이야기를 마저 하시오."

"예, 또한 호초와 육두구가 소량이나마 시험 재배되었고, 이번 해에 어느 정도 성과를 보았다고 하옵니다."

"그렇소? 다두에서 고생 중인 농조 관원들의 노고를 치하할 겸, 품계를 한 단계씩 올려주도록 하겠소."

지금 대만엔 몇 년 전부터 농사 지도를 위해서 옛 전농시 관원들, 즉 이번 해부터는 농조로 소속이 바뀐 이들이 머물고 있었다.

"주상 전하, 혹여… 권농관의 품계 역시 올려주시려 하시옵니까?"

이천이 말한 권농관이란, 시 실상 죄를 짓고 대만에서 유배 중인 사대부를 뜻한다. 그러고 보니, 지금쯤이면 박종우도 농사짓느라 한창 고생하고 있겠네.

"농조판서는 그 부분에 있어 염려하지 않아도 되오. 정식으로 파견된 관원만 품계를 가자할 생각이니."

그러자 이천은 안도하는 듯한 표정을 지으며 답했다.

"예, 그리 알고 파견 중인 관원들에게 소식을 전하겠사옵니다."

이천은 이어서 구주의 농업 개선 방안에 관해서 이야기했고, 그쪽은 좀 더 시간이 필요하다는 쪽으로 결론이 났으며, 곧이어 신임 공조판서 양성지(梁誠之)가 말을 꺼냈다.

"주상 전하, 아국의 새 영토인 좌도도(佐渡島, 사도가시마)에서 얼마 전 쓸 만한 금맥을 발견했다고 보고가 올라왔사옵니다."

"그게 정말인가?"

"예, 왜국에서 그 섬을 할양받은 후, 공조의 관원들과 야장들이 쓸 만한 광맥이 있는지 탐색하던 차에 발견한 성과라고 하옵니다."

"그것 참… 경사로구나."

그러자 대신들도 금광이란 소리에 못내 놀란 듯한 표정을 지었고, 곧바로 내게 고개를 숙이며 외쳤다.

"감축드리옵니다! 전하."

난 못내 예상 밖의 일인 듯한 표정을 지으며 기뻐했지만, 그곳에 금광이 있는 걸 알고 있었다.

지난 종전 협상 당시, 왜국에서도 가치도 모르고 죄인의 유배지로나 쓰는 좌도도를 중간 기항지로 쓰겠다며 할양받았었다.

내 치세의 조선은 광맥 발견을 위해 국토 곳곳의 탐색을 꾸준히 하고 있으며, 새로 얻은 영토인 좌도도 역시 지도 작성을 겸해서 광맥 탐사대를 보내두었었는데 그 성과가 이제 빛을 본 것이었다.

"금광의 규모는 아직 알 수 없다고 하던가?"

"예, 그건 본격적으로 더 많은 인력을 투입해 봐야 파악이 될 듯하옵니다."

"같이 매장된 다른 광물은 없다고 하던가?"

"금만 있는 게 아니라 은맥도 섞여 있다 들었사옵니다."

거긴 1600년대에 발견되어 채광을 시작해 300년 이상 채굴한 거대한 광산이고, 전성기에 한해 채굴량은 금 400kg가량, 은의 생산량은 40톤 이상이었다.

"이 일은 어디까지나 대외적으로 비밀에 부쳐야 하노라. 지금 석견현에서 채굴 중인 은광을 탐내는 이들도 많은 상황이니."

"예, 이야기가 새어 나가지 않도록 단속하겠사옵니다. 다만… 신이 사료컨대, 왜왕이나 영주들이 소식을 안다 한들, 그들은 아국에 반기를 들지 못할 것이옵니다."

"어째서 그리 생각하는가?"

"일전에 왜왕의 새 어소(御所)를 개축해 주기 위해 공조의 관원들을 파견했었고, 그들이 얼마 전에 귀국한 후 들었던 이야길 종합해 본 결론이옵니다."

"그곳의 분위기가 어떻길래, 그런 결론을 냈는가?"

"왜국의 영주들은 진귀한 물건에 빠져 군에 들어가는 재정을 감축하고 백성들을 수탈하고 있사옵니다."

"음, 일전에 듣긴 했지만, 군사를 줄일 정도로 사치에 빠져 있단 건가?"

"예, 또한 주상께서도 아시다시피 백성들마저 명국에 팔아치우고 있으니, 몇몇 지방은 수시로 민란이 일어나 고생 중이라 들었습니다."

"그 정도면 악순환의 연속이라 할 수 있는데… 조만간 영주들의 서열 변화가 생기겠군."

"예, 신도 그리 추측하고 있사옵니다."

"그것 말고 경부(교토) 시중의 분위기는 어떻다고 하던가?"

"사족(士族)들은 아국의 복식을 왜국의 복식에 섞어 따라 하고, 민간에선 근래 제주산 청심환의 인기가 좋다고 하옵니다."

"계속 말해보게."

"또한 비누가 상당한 사치품인 사정으로 그것을 사용하는 이들을 기준으로 신분을 나누기도 한다고 들었습니다. 거기다가 짐승 고기를 꺼리던 풍습이 조금씩 바뀌고 있는지, 소고기의 수요가 늘고 있다 하옵니다."

저들의 사치를 유도하기 위해 12년 전부터 비누를 수출한 거지만, 이젠 그걸로 계층까지 나뉜다니 좀 심각한데?

지금 왜국에선 농사지을 때 말을 주로 사용하고, 대신 소를 수레를 끄는 데 주로 이용하고 있다. 나도 교토에서 직접 본 바 우차(牛車)가 고위 귀족들의 주요 탈것이었다.

그러고 보니 원역사에서 우차가 사라진 건, 전국시대의 시작인 오닌의 난 이후 사회 분위기가 바뀌어서라던데, 여기선 먹혀서 사라지게 생겼네.

"잘 알겠네. 금광의 일은 지금처럼 공조에서 맡아 처리해 주게나. 또한 호조판서가 부재중이니, 호조참판이 공조와 협력하도록"

호조판서 이순지는 현재 티무르에 사신단 수장으로 자원하여 먼 길을 떠났다.

"예, 신 호조참판 조석문(曹錫文)이 명을 받들겠사옵니다."

"신 공조판서 양성지, 성상의 명을 따르겠사옵니다."

그렇게 다른 안건들이 뒤이어 논의되었고, 회의를 마친 나는 집무실인 천주전에 들어 생각을 정리해 봤다.

내 왕호를 딴 전열함이 엄청난 성과를 올렸으니, 명국이나 남방에도 그 소문이 퍼지고 있을 거다.

이젠 그 누구도 감히 우리에게 도전할 만한 생각조차 못 하겠지. 소문도 소문이지만 전력 차이도 엄청나니, 아국이 활동하는 바다의 제해권을 장악한 거나 마찬가지다. 조금 낯부끄러운 말론, 바다의 패자(霸者)가 되었다고 보면 되겠고.

조만간 남방의 어지러운 정세도 정리될 듯하니, 삼 년 이내로 적당한 명분을 만들어서 서역으로 출정 준비를 시작하면 될 듯하고… 아까 양성지에게 들었던 사정을 종합해 보니, 왜국에선 많은 변화가 일어나고 있는 듯했다.

이참에 왜국의 사치를 더 부추길 방법이 뭐가 있을까…….

그렇게 고민하던 중, 방법이 생각났다. 일전에 미래 왜국 문화에 대해 언뜻 본 적이 있는데, 저들의 정서론 가챠, 즉 우리말로는 뽑기란 것을 그리도 좋아한다고 한다.

이거 괜찮은 거 같은데? 서민부터 영주까지 각자 쏨쏨이에 맞춘 뽑기 상품을 개발해 봐야겠다.

『내가 바로 세종대왕의 아들이다』 9권에 계속…